余生看你

上

月初姣姣 著

图书在版编目（CIP）数据

余生有你 / 月初姣姣著． — 重庆：重庆出版社，2023.3
　ISBN 978-7-229-17234-3

　Ⅰ．①余… Ⅱ．①月… Ⅲ．①长篇小说－中国－当代 Ⅳ．① I247.5

中国版本图书馆CIP数据核字（2022）第 199121 号

余生有你
YUSHENG YOUNI
月初姣姣　著

选题策划：李　子
责任编辑：李　梅　刘星宇
责任校对：刘　刚
封面设计：冰糖珠子

重庆出版集团
重庆出版社 出版

重庆市南岸区南滨路 162 号 1 幢　邮政编码：400061　http://www.cqph.com
重庆天旭印务有限责任公司印刷
重庆出版集团图书发行有限公司发行
E-MAIL:fxchu@cqph.com　邮购电话：023-61520646
全国新华书店经销

开本：890mm×1240mm　1/32　印张：17.125　字数：670 千
2023 年 3 月第 1 版　2023 年 3 月第 1 版第 1 次印刷
ISBN 978-7-229-17234-3
定价：69.80 元

如有印装质量问题，请向本集团图书发行有限公司调换：023-61520678

版权所有　侵权必究

目录

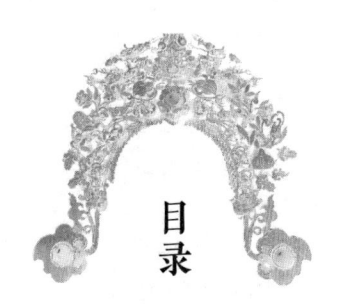

第一章
退婚,还是来相亲? /1

第二章
新婚夫妇的既视感 /16

第三章
为他失去了分寸 /46

第四章
油然而生的安全感 /71

第五章
前来助攻的情敌 /96

第六章
想成为她的依靠 /121

第七章
从做兄妹开始 /156

第八章
风雨来与她并肩而立 /189

第九章
只想靠近她,多一分也好 /227

第十章
因为喜欢,才亲你 /253

第一章
退婚，还是来相亲？

快出暑的天，昨夜半宿急雨，气温倏然降了几度，风歇雨停后，热意席卷，空气仍旧黏腻烦躁。

平江，一隅茶馆。舞台上，两个艺人，上手持三弦，下手抱琵琶，吴音细腻柔缓，这是当地有名的评弹。

大家听着戏，讨论着平江城近来最热门的大事：唐家老爷子病重，子女各显神通，欲分家产。

"老爷子病了，唐家近来却喜事连连，订婚的，结婚的，说是给老爷子冲喜，简直笑死人。"

"还不是想趁着老爷子没归西前，结了婚，多个人头，分财产的时候也能多拿点。"

"为了分财产，真是无所不用其极，所以说有钱不一定是好事。"

"有小道消息说，唐家曾和四九城的江家有过什么口头的娃娃亲，据说现在想把继女塞给江家。"

"不过江家也是挺那个的，明明有两个儿子，偏偏……"

其实这江家和平江唐家半个世纪前还势均力敌，只是唐家这些年隐有颓势，江家则越发显赫，按理说现在唐家正牌小姐都不一定能配得上江家。只是这江家……众人提起，不免又是一阵长吁短叹。

"继女？那大小姐的面子往哪儿搁……"

"没办法，后妈当道，肯定要给自己女儿争取最大利益。"

"这亲事本是和大小姐定的，这江家就算再怎么样，也轮不到她一个继女插足吧。"

此时坐在角落的一个姑娘起身，结账，提了一盒茶点离开。

台上两个评弹演员正唱到《狸猫换太子》的选段。

只道是："想刘娘娘做事多乖谬，调换真主不应该。忙将狸猫把太子换，命奴婢掷向绿波心。"

她正是议论风潮的焦点人物，唐家大小姐——唐菀。

平江唐家别墅，唐菀车子刚停下熄火，一个六十出头的妇人走过来，虽满脸风霜，却也看得出来是讲究人家出来的："小姐，您可回来了。"

"怎么了？"

"江家来人了！"

"人呢？"她并未在院子里看到其他车。

"还没到。"

"那我原本买给爷爷这两盒糕点怕是不够分了。"

这东西一隅茶馆做得最好，只是每日限量供应，若非早去排队根本买不到。

"这都什么时候了，您还惦记这糕点啊，我听说江家这次过来，谈的就是咱们两家的婚事。虽说这门亲事咱也不是非嫁不可，可要是被二小姐抢了，您少不得要让人在背后议论……"这亲事成不成是一回事，可被一个继女抢了，说法就不同了。

"爷爷呢？"

"出去了，说是家里闷，去透口气。"

"身体不好还往外跑，让我去买糕点，他却跑出去了？"

……

两人说着往里走，进屋就瞧见客厅坐着一对母女。女人端看样貌也就三十五六，美艳妩媚，简单的一袭黑色长裙，端庄，却藏不住骨子里的媚态。

"菀菀回来了。"这人是唐菀的后妈，张俪云。

"俪姨。"

张俪云嫁过来的时候，唐菀已经上初中，改不了口，便一直称呼姨。

"姐。"坐在她身侧的女孩低声道。

她穿着带蕾丝边的公主裙，今年十九，比唐菀小三岁。

正是众人口中唐家的继女——唐茉。

名字是进了门后改的,和唐家没什么血缘关系。

唐茉生得随张俪云,年纪不大,已有媚态,此时乖巧可人,唐菀却见过她在外面的大小姐做派,仗着是唐家小姐,神态颇为傲慢。

被唐菀撞见后,唐茉在家怯懦自卑的形象被彻底打破。唐菀虽没与旁人说三道四,但唐茉心虚,不敢接近她,导致两人关系一直不温不火。

"小姐,喝茶。"女佣已经捧了杯红茶上来。

唐菀接了茶水,慢条斯理地坐下,好似根本没看到对面母女眼底的焦急。

"菀菀啊,其实待会儿江家人要过来了。"张俪云笑得和善可亲。

"是吗?"唐菀神色未变。

"他们过来,肯定是商量两家早些定下的婚事,虽然是口头约定,没立什么字据,可老爷子重诺,肯定还是想履行约定的。"

张俪云说话时一直在打量唐菀,端着一副慈母和善的模样。

"江家虽然说,两个儿子任你选,可是那种情况……"张俪云叹息,"你爸不想你嫁过去也正常。"

"今天幸亏你爸不在,要不然江家来人了,怕是要闹得不欢而散。"

江家有两个儿子,他家的意思是,可以让唐家随便挑,看似非常有诚意,可问题是江家老大少负盛名,清贵桀骜,却有个母不详的儿子。老二偏又是个病秧子,据说身体有疾,活不过二十八,所以性子乖张,偏执暴戾。

饶是如此也有不少人把闺女往江家送,毕竟只要嫁过去,位置稳,就能显贵一生。张俪云就是属于觍着脸也要把女儿塞进去的那种。可唐菀的父亲偏疼她,觉得这江家的富贵就是没了边,嫁过去也是遭罪,他不同意,以至于这门亲事迟迟没有决断。毕竟她嫁到江家,不是给人做后妈,就是注定要守寡!

而此时的一隅茶馆包厢内两个男人,一老一少,相对而坐。

"怎么样,我孙女是不是生得很标致?"老爷子笑声沧桑低沉,单从嗓音就听得出来身体不大好,虚浮无力。

对面的人低头喝茶,余光扫了眼方才唐菀坐过的位置。其实他这个位置,只能依稀看到一个侧面。人来人往,只记得她那双眸子生得极漂亮,就像是落雨后的平江城,灵动朦胧,身段盈盈。

"唐老，外面的人都说我活不过二十八，其实您如果真的想给她找个庇佑，可能我哥更合适。"

老爷子没作声，只是暗暗打量着他。这么好的人，怎么就身体不好呢？

男子指尖摩挲着杯子，视线看着茶碗里的竹叶青："唐老，您应该考虑一下我哥的。"

"你哥那脾气……"唐老无奈，"他家还有个混世小魔王，太难缠！我们家情况你也清楚些，她和继母关系不好，大概也不愿意给人当后妈。"

想到自己的侄子，男子嘴角略微勾起，想起小家伙喜欢吃甜食，这家的松子黄千糕的确不错，改日回京，给他带点儿。

"而且我觉得你们两个比较合适，我孙女可是平江性子最好的。"唐老提起孙女，眼底浮现一层笑意，"不过感情的事不能勉强，我也不会给你什么压力。行了，不提这个，评弹听了，喝了茶，吃了糕，人也瞧了，陪我走走，刚下过雨，外面空气好。"

"嗯。"

老爷子抿了抿嘴，看他的神情复杂。

此时的唐家，唐菀听完张俪云的话，抿嘴笑着："是啊，得亏父亲不在，要不然就他的脾气，肯定要和爷爷闹起来的。"

"老爷子是重诺守信，你爸是心疼你，其实谁都没错。"张俪云心底是不喜唐菀的。

她嫁过来的时候，唐菀年纪不小了，已经懂事，无论她怎么讨好，小姑娘和她都不亲近，不过她性子不错，不骄纵，也从来没有故意为难过她。

所以这么些年相处，虽然偶有摩擦，却也相安无事。

说到底暗中也较着劲儿，只是随着老爷子身体不好，摩擦逐渐增大。

"菀菀，你觉得江家那两位，你更中意谁？"张俪云试探开口。

"我都没见过，谈不上中意谁。"

"那待会儿你要不要去楼上？要是江家人过来，你爸和爷爷又不在，如果执意和你说起这门亲事，我怕你不好应付。"她笑得和善，好似处处都是为了唐菀好。

唐菀却直接搁了茶杯，动静略大，笑道："俪姨，其实您不必和我绕弯子，您打的什么主意，我心里很清楚，外面都传开了……说您想让唐茉取代我嫁到江家。"

"菀菀，你这是听谁胡说的！"

张俪云的确有这个心，女儿显贵，她在唐家地位也能跟着提高，以后分财产说不准也能多拿些。

"我不用打听，自然有人告诉我。"

"既然你这么说，我也不瞒着你，我是这么想过，但我这么做也是为你好。"

"为了我？"唐菀挑眉。

"你爸不同意，老爷子却执意要把你嫁过去，江家要的不过是唐家一个女儿，茉茉完全可以代替你嫁过去。我们母女这些年能过上这样的好日子，也多亏了唐家，总要付出一点的。比起茉茉的幸福，我更希望你过得美满。"

唐菀呷了口温茶，分明是张俪云自己想借着女儿攀附权贵，居然敢说是为了自己好，这脏水泼得莫名其妙。分明是得了便宜还卖乖。敢情这事儿若是成了，自己还得谢谢她们？

"俪姨，您既然是为了我好，那我也坦诚和您说说。"她放下水杯，就这么端端正正坐着，那举手投足皆是教养和风度，这东西是骨子里的，学不来。

"如果唐茉真的这样嫁过去，你让外人怎么看我？他们可能觉得，是我不想嫁，才把她硬推出去的。弄不好，还会在背后编派我是个心狠、苛待继妹的人。再者……您让她这么嫁了，您让江家怎么想我？说我瞧不起他们家？居然找人搪塞？您如果真的是为了我好，就不该让我陷入这样两难的境地中。最后一点，"唐菀勾唇轻笑，那好似落雨平江的眸子，瞬间迸射出一丝凌厉，"俪姨，这江家真不是什么人都能进的。您想送，人家未必肯要。"

最后这话，已经不是单纯说说这么简单，而是拿着刀子狠扎母女俩的心。

"我的事，自己能处理，就算是不想结亲，也会亲自和江家说，不用俪姨操心。有些话我都听到了，或许您该担心一下，有些事会不会被父亲听到。我能想到的，他自然也能。"

她的语气轻松，就好似在闲话家常。

张俪云的脸上一阵青白，其实她压根儿没想那么多，只知道如果唐苿能进江家，鸡犬都能升天，以后在唐家，自然不用看这臭丫头脸色。

心思被戳破就罢了，还被警告了一番，张俪云妆容精致的脸上已经有了几许崩裂之色。

她进唐家十年有余，这次算是与唐菀第一次正面交锋。

唐菀平素跟着老爷子住在老宅居多，最近也是老爷子身体不好，为了看病检查方便，才搬到市区别墅住了段日子。

平江姑娘出了名的温婉娴静，而唐菀则是圈内名媛的典范，个中翘楚，举手投足皆是风雅。可谁又知道，她骨子里的野性难驯。

就在气氛僵持不下之时，陈妈忽然出声。

"老爷子，您什么时候回来的！"

客厅几人回头，才看到门外不远处站了几个人。

唐老拄着拐杖，鹤发白须，一身黑色唐装，虽已到了风烛残年，眼底浑浊，眸色却极深邃，好似能将人看穿般。

"爷爷。"唐菀立刻起身。

"老爷子。""爷爷！"张俪云母女也急忙起身，不知他何时归来，更不知他将她们之间的对话听了多少，眼神有些慌乱。

唐菀视线却落在他斜后侧的男人身上。

只消一眼，唐菀却永远都记得，初见他时的模样……

男人偏头看她时，似有微风吹过。

他站在树下，阳光透过树叶枝丫，在他一身白衣衫上拓下层层温绿。

他跟着唐老往前走，原是藏在树荫下，越光而出时，天光正好，阳光明媚，落在他身上，他周身好似笼着层光，眼底是柔和的暖，唇角却是苍凉的冷。

"这就是江家的老二。"唐老边走边介绍。

虽在家中排行老二，据说在整个江家族谱排第五，所以四九城的人，都唤他一声五爷。

"唐夫人。"

他音色堪比暖阳，可仔细一听，却能品出其中的冷漠疏离。

他又在看唐菀，客气有礼地唤了声："唐小姐。"

有那么一瞬，唐菀觉着自己心脏像是要跳出来了，猛烈敲击着胸腔，似是要把那截细细的肋骨撞断。

周围太安静，一切都会被无限放大，比如狂乱的心跳，紊乱的呼吸。

她此时，满脑子都是四九城内对他的评价：

江家这位爷啊，啧——七分妖致，三分仙骨。

可惜……

命不久矣，活不过二十八。

唐菀当时就是抿了抿嘴，心底觉着可惜，既然是这么好的人，怎么偏生是个短命鬼。

宿雨后的天，微风虽凉，却带着盛夏残留的热。

那人跟着唐老进屋，视线与唐菀交织，她略一颔首，算是打了招呼。

"五爷，您坐。"张俪云克制着紧张，偷摸打量着面前的人。

在他这个年纪，在四九城里能被称为爷的屈指可数，虽然年纪不大，和他说话也要客气三分，毕竟传闻这位……

脾气不大好。

许是久病的原因，生得白净，白霜料峭般，不易亲近。

"唐夫人客气了。"他开口说话，声暖意凉。

唐菀的目光此时已经落在了自己爷爷身上，唐老忽然大笑："菀菀啊，你说巧不巧，我就出去遛个弯，居然碰到了小五，这就跟他一起回来了，平江这地方就是太小。"

"那是挺巧。"唐菀并没戳破他，转而看向他身侧的人，客气喊了声："五爷。"

那人只是点头，神色平淡，好像对她没有一点兴趣。

这江五爷名叫江锦上，就是个病秧子。

据说病重时，不是卧病在床，就是依靠轮椅代步，也是近些年身体才好些。

江家人恨不能把他养在温房，怎么可能任由他在外面瞎溜达，平江城虽不大，可想和某个人偶遇也不是那么容易的，怕是两人早就约好了。

"喊什么五爷，你们也差不了几岁，可以喊声哥。"唐老笑道。

江锦上没作声，不过唐菀有自知之明，人家是给爷爷面子才没反驳，她不可能不识趣，真的喊他哥。

"你们刚才在聊什么？"唐老见这两人皆是神色淡淡，立刻转移了话题。

方才他们在外面，也只能看出屋里气氛有些不对劲，隐约听了些，不太真切。

7

"没什么，就随便聊聊。"张俪云随即开口，生怕迟了半秒，唐菀会说出些什么提前告状，说到底是自己心虚罢了。

此时唐家的用人刚泡好茶端上来，张俪云立刻抬脚踢了踢身侧的人，唐茉正看着斜对面的人发呆，忽然被踢了一下，恍然回神。

"妈？"

"愣着干吗？还不赶紧给五爷送茶。"张俪云很会见缝插针。

"好。"唐茉立刻起身，从用人手中接过茶水，因为紧张，杯子又烫，捧在手心，杯底撞着瓷托，叮当作响。

她随母亲改嫁进入唐家后，也见过了不少人，可从未见过像面前这样的人。

骄矜，养尊处优，举手投足皆是风度。

不了解的时候，看的就是颜值，江五爷无论是外表还是骨相，皆属上乘，唐茉也是少女怀春，怎么可能不心动。

同为女生，唐菀看得出来她的那点心思，抿嘴没作声。

"你这孩子，愣着干吗，瞧你紧张的，把茶递过去啊。"张俪云催着她，有些怒其不争。给她制造机会，不知道表现。

"五、五哥，您喝茶。"唐茉模样标致，声音娇嗔。正值妙龄，略微垂着头，面红娇羞，怕是少有男人不喜欢。

唐菀端起面前的茶水，刚低头抿了口茶水，就听到他说了句："唐茉？"

他居然知道自己名字，唐茉脸更红。

"方才唐老让你姐姐喊我哥，她尚且知道不合适，懂规矩，知道拿捏分寸，什么场合对什么人该说什么话，"他略微挑着眉眼，"你应该多和她学学。说话做事，要配得上自己的身份。"

唐菀喝了口水，抬头看了眼唐茉。

她站在那里，脸涨得通红，端着茶杯的手抖得更厉害。

都说这江五爷久病乖张，还真是不假。他这番话，几乎等于是告诉唐茉：她尚且不敢喊他哥，你的身份更不配！

而且她和唐茉关系本就微妙，这人偏又捧着她，踩了唐茉一脚。

更狠。

而且他这话似乎隐有深意：最近平江关于唐茉要代替唐菀嫁到江家的风言风语很多，怎么传出去的，聪明人都看得出来。这番话也是变相告诉她们母女，身份不配，别觊觎不属于你们的东西。

"五爷，不好意思，她年纪小，不懂事。"张俪云立刻上去接了茶水，将唐茉挡在身后，亲自给他捧了茶，"您别和一个孩子计较。"

张俪云怎么说也算是他长辈，亲自送茶，他也愣是没接，而是话锋一转，忽然扯向了别处。

"提起孩子，我忽然想起我的侄子了。"

张俪云不知道他想干吗，只能笑着附和："这个我知道，听说聪明又可爱。"

夸孩子，挑着好的说，准没错。

"我自己没有孩子，不知道该怎么教育，不过我哥能把孩子教育得很好，那是因为在我侄子很小的时候，他就没把他当孩子看。因为我哥说，小时候不把他当大人看，长大了，他也成不了人。"

张俪云站在那里，登时脸色发青，方才被唐菀怼了一下，现在又被江五爷狠狠打了一耳刮，只觉得脸疼！

"唐夫人，您觉得我哥的教育理念对吗？他说如果父母不尽责，不能正确教他怎么做人，孩子出了社会，就会有别人教他做人。所以与其交给别人教育，倒不如自己对他严苛些。"

他声音徐徐，只是嘴角那抹凉，却冷得更甚之前。

他的言外之意就是：张俪云没教会唐茉做人，所以……他来教！

"我觉得很对。"张俪云此时只能硬着头皮附和，饶是心里再窝火，也不能反驳。

唐菀低头喝着水，江五爷嘴毒就算了，心还这么黑。

假借他哥的名义，张俪云若是反驳了，那就是反对他哥，到时候他完全可以借刀杀个人，把自己择得干干净净。

张俪云母女是吃了哑巴亏，被人扇了巴掌，还得拍手称他打得好，怕是这辈子都没这么憋屈过。

唐茉更是没脸，借口去洗手间，钻回了房。

她今日还特意盛装打扮，此时却宛若一个跳梁小丑。

唐菀虽然和这对母女积怨已久，现在也算一家人，到底没公开撕破脸，有些话不会说得那么直白。今天算是出了口气，她喝了口茶，只觉得身心舒畅。她知道有些人，杀人大可不用刀，而这江五爷显然就是个中高手。

摘花飞叶，皆可伤人。

而江锦上此时出去接了个电话，估摸着是家里打来的，聊了几句就

9

挂了，转身准备回屋。

随他而来的江家人附在他耳边，低声说："五爷，听说平江城那些代嫁的风言风语就是那对母女传出去的，您刚才警告她们是对的。"

"警告她们？"江锦上声音温和，"她们值得我上心？"

"那您是……为了唐小姐？"方才在外面的人都能感觉到屋内的剑拔弩张，况且唐家抢遗产风波不断，踩那对母女，等于变相抬了唐菀。

"毕竟如果婚事成了，她不是我嫂子，就可能是……"

我媳妇儿。

随他而来的几个江家人面面相觑，五爷这话说得是不假，可他们此番过来……

不是退婚的？怎么莫名其妙像是开始"护媳妇儿"了。

江家来的若是旁人，事情发展不到这份上，偏是江锦上，说话自留三分，看似收着力，可一巴掌抽过去……

不见血也让能你肉疼心颤。

江锦上回去时，唐老本想留他吃饭，被他婉言谢绝了。

"原本就是和唐老偶遇，来得匆忙，改日再正式登门拜访。"他与长辈说话非常谦恭客气。

"你执意这么说，那我也不留你，菀菀，帮我送他一下。"

唐老很欣赏江锦上，居然还知道帮他圆谎，只是这孩子就不能给力点？！给我活得久一点嘛！

"那就麻烦唐小姐了。"江锦上并没客气或者拒绝，显然是有话和她说的。

唐菀点头，送他出门，江家车子就停在门口。

"有空单独聊几句吗？"

江家人本就是为了两人婚事而来，他想和自己私聊，说的大抵也是这个，唐菀点头："那我们找个地方坐下？"

刚见识过江锦上的厉害，唐菀和他说话都要客气三分。

"这里我不熟，你安排。"

"好。"

"上我的车？"江锦上说话绅士而客气，永远都是问询语气，不会让人觉得丝毫不舒服，"说完话我就送你回来。"

"谢谢。"唐菀也没拒绝。

只是江锦上的车与常见的不同，显然是为了照顾他的身体特别定制的，唐菀今天穿了袭长裙，抬手收拢裙子，小心翼翼上了车。

车厢很大，两人虽然共乘一排，中间却隔了一人距离。

唐菀低头给自己爷爷发信息，无非是告诉他可能会迟些回家，却不承想老爷子一个电话就打了过来。

"喂，爷爷。"唐菀压着声音。

"我眼神不好，你给我发什么信息啊，这都中午了，你干脆找个餐厅，有什么事边吃边聊。"老爷子嗓门贼大，整个车厢的人都听到了。

唐菀敷衍说道："知道了，我很快就回去。"

"小五人不错，你和他好好处处，晚点回来也行，他第一次来平江，我们平江人热情好客，你好好招待他一下。"

唐菀语塞，您表现得还能再明显一点吗？

唐老挂电话之前，还特意补充了一句："人家可是为了你来的。"

坐在副驾的江家人低头闷笑着，唐老的想法，简直是司马昭之心，路人皆知啊。

唐菀挂了电话，垂着头，那叫一个尴尬。

江锦上却直接问了句："我们去哪家餐厅？"

唐菀："……"她有说要去餐厅？

不过此时骑虎难下，唐菀只能快速问了下他的口味和喜好："您有什么特别喜欢，还是不吃的……"

他身体不好，按理说会有很多忌口的东西。

"我都可以，你选就行。"

他这话说完，正副驾驶位的两人面面相觑：您说什么都对，您一点都不挑食！

整个江家都知道，他们家有两个人最挑食。一个是五爷，另一个就是家里那个小祖宗。只是江锦上的身体不允许他挑食，所以他们家的情况通常都是，某个做大哥的人，一边盯着自家儿子，一边守着自己弟弟。

还是他的母亲看不过眼，直接说道："小五，你也是做叔叔的人了，就不能给你侄子做个好榜样？"

江锦上只是挑眉说了句："好榜样也需要坏典型衬托，大哥是他父亲，红脸给他做，我做恶人，给他当反面教科书，不是挺好？"

说着，还把自己小侄子挑出来的胡萝卜丝又夹回了他的碗里。

"不要学叔叔挑食,叔叔身体不好,就是挑食挑出来的毛病。"

某个小家伙看着碗里的胡萝卜丝,一脸的不开心。

然后某人就正大光明开始挑食,美其名曰给侄子树立榜样。

他现在说吃什么都随意,如果这位唐小姐选的餐厅不合他胃口,只怕筷子都不会动一下,场面怕是会难看啊。

唐菀根本不知道江锦上口味刁钻,选了家自认为不错,口味清淡,环境也好的餐厅。

车子抵达,由于唐菀坐在内侧,江锦上先下了车,驻足等她。

这车子是为了江锦上特别定制的,车内有许多扶手,甚至还有些精巧设计,总之是方便他的,正常人乘坐,反而会觉得不方便。

唐菀从里面挪出来,下意识要找个东西扶一下撑下身子,只是车内结构不同,手指摸了半天,也没找到可攀扶的东西。

"唐……"江家人知道正常人第一次坐这车,都会这样,刚想帮她一把。话没说完,江锦上就开口了:"需要帮忙?"

唐菀尚未作声,就看到一只手出现在自己面前。

指甲修整得非常整齐,冷白色,骨节纤细而分明,指节很长,却非常匀称。

"不用,没关系。"

唐菀想到唐茉不过喊了他一声五哥,就被斥不配,这人就是长得再好,也不敢轻易对他放肆。他客气绅士,自己不能得寸进尺啊。

唐菀小心下车,江锦上就站在车边,下意识抬手遮了下车顶位置,防止她头碰到……

"谢谢。"

一个有颜值有身高的男人,绅士又体贴,唐菀瞬间觉得,方才跃动不安的心脏又开始隐隐作祟。

两人距离算是比较近的。

他看着身形单薄,可身影笼罩下来,却能将她整个人都笼住。

身上散着股淡淡的消毒水味儿,夹杂着一点甘苦的药味,不算刺鼻,糅合他身上干净清爽的味道,意外心动。

她感觉自己发顶忽然蹭到了他的手心,就好似春来的一场惊蛰,她心底倏地狠狠跳了下。

"慢点儿。"他声音带着点暖，慵懒随性。

离得太近。

虽然两人之间隔了稍许距离，可那声音却好似带了点回声，在她心上砸过一下又一下。

心脏猛烈跳动，生生在她脸上染了一层红。

"谢谢。"唐菀咬唇，这江五爷未免太绅士了吧，就是……

身体太差。

唐菀下车后，道了谢就领他往餐厅走，她之前在网上订了位置，服务生领着他们往包厢走。

"这家餐厅菜色比较清淡，应该适合你的口味。"唐菀笑着介绍。

江锦上只是点头，并没说任何话，只是忍不住搓了搓手心。

他只摸过自家侄子的头，他的头发，剪得短……硬得扎手。

而她的发质太软，从手心蹭过，感觉有些……钻心的痒。

应该很好摸吧。

服务生领着二人进了包厢，唐菀看到屋内陈设，心头狠狠一跳。

"唐小姐，抱歉，因为您预订得比较迟，只有这种大的包厢了，如果要小包厢，可能需要再等半个小时左右。"

屋内一张大圆桌，足以容纳十余人，这样的桌子两个人怎么坐？

"五爷，您看这个……"唐菀还是征求了下某人意见。

"我都可以，你安排。"

餐厅外面的公共用餐区，人流熙攘，不是谈话的好地方，她咬了咬牙："那就这间吧。"

"好的，你们先坐，马上有人给你们上茶，安排点单。"

唐菀自然让江锦上坐了上首，某人也没客气，只是她自己踟蹰着……

这种大桌子，紧挨着太亲昵，离远了不方便说话。

犹豫着，她还是寻了个离他有段距离的位置坐下，因为不熟，气氛难掩尴尬，直至有服务生进门上茶点单。

"我对这边不熟，你看着点吧，不用点太多，两个人够吃就行。"江锦上将点单平板直接推到了唐菀面前。

唐菀也没客气，点了个碧螺虾仁、松鼠鳜鱼、樱桃肉和炒时蔬，又加了一道银鱼汤，都是她经常吃觉得味道很好的。

"您还想吃什么？"唐菀点完菜，礼貌性地又侧头，再度征求他的意见。

这一转头，四目相接，他正端着茶杯，一边抿着茶水，一边看着她，目光直接，没血色的皮肤，衬得瞳仁更加漆黑如墨。

他点着头："你决定就行。"

唐菀被他看得呼吸一沉，转头将平板交给工作人员，服务生一出去，包厢气氛转瞬又变得诡异起来。

"唐小姐，我身体不大好，说话声音可能没那么大。"江锦上摩挲着杯子，打量着两人之间的距离。

那意思就是：你坐得太远了！

唐菀只得硬着头皮往他那边挪了两个位置，他仍旧没作声，只是那张冷白皮的脸，寒意凛冽，让人难以亲近。

他就盯着自己，直至两人之间再无空位，才低头抿了口茶，继而抬眼，认真看着她。

唐菀心跳宛若擂鼓，两人不熟，这样的距离跨越了安全线，男人身上淡淡的味道，暧昧又刺激，带着危险信号。

她余光一闪，感觉到有东西靠近，稍一抬头，就看到江锦上已经伸手过来。

"五爷？"

"别动。"他声音温缓，语气却极为强硬。

她感觉到那双手越过她的脸，从她发顶轻轻拂过，似乎带过了一缕头发，指腹从她头皮轻轻滑过，温软带细密的热度。

好似盛夏晴空，骤雨猝然而下，打得人呼吸都乱了。

"头发有些乱了。"可能是角度问题，唐菀感觉……他的身影笼罩着自己，就好似被他拥于身影下。

"唐小姐，你怕我？"

说话间，江锦上已经坐回了自己的位置上。

"没有。"唐菀随手拢了下头发，他方才拂过的地方，热意残留，徒徒惹人心颤。

江家人此时正贴墙站着，某人身体不好，家里吩咐，不得离开他超过一米。看到他家五爷做了这种动作，瞠目结舌！

唐菀表现得还算镇定，看不出仓皇紧张，但可以肯定的是，对他们五爷肯定是心存敬畏，刚才在唐家，对那对母女连敲带打，那么凶残，这唐小姐也不傻，看他这么偏执乖张，肯定会敬而远之。

所以他家五爷是在给唐小姐理头发？头发乱了？有吗？

唐菀理了下头发，刚端起杯子喝了口茶，就听到身侧传来一道温和的声音：

"唐小姐，第一次碰面说这种话，可能有些唐突，你……想嫁给我吗？"

"咳——"唐菀大概猜到他会说些什么，只是怎么都想不到他会如此直接。

刚才还沉浸于被摸头的心悸中，被他这话刺激得，差点被一口茶呛了嗓子。

一侧的江家人也是面面相觑，瞠目结舌：我的五爷，虽然说直接点是很好，但是……您这有点太简单粗暴了吧。

"我们家就兄弟两个人，我哥的情况你大概也清楚，脾气很好，还有个儿子，是个认真负责的好男人。另外，我侄子也乖巧可爱。"

脾气很好？唐菀悻悻笑着，这位江五爷可真会睁眼说瞎话！

整个商圈谁人不知道，他哥冷傲又古怪。

据说江家那位小祖宗更不得了，因为母不详，江家人偏疼，是实打实的小魔王，挺霸道的，不用想也知道是个难伺候的主。

不过唐菀还是配合地点头，嘴角扬了扬，挂起商业性微笑。

您说什么，我就笑笑，不说话。

"我今年25岁，没有婚史，无恋爱史没经验，也没任何不良嗜好，不抽烟不酗酒，就是身体不大好。"

他语气平静直接，唐菀却总觉得这话听着有那么点不对味儿，她忽然想起一些关于他的传闻，据说因为身体不好，所以某些方面可能……

唐菀喝了口茶：一个男人过到这份上，也是可怜。其实嫁给江锦上，就是守活寡，熬个两三年，继承他的遗产，有钱，还有江家庇佑，一辈子无忧，其实也不错。

不过后来，她才知道，传闻这东西，别说一个字了，就连一个标点符号都不能信！

江家人面面相觑：咱们不是来退婚的？这番自我介绍，怎么那么像是来相亲的啊！

"唐小姐是不想嫁到我们家？"江锦上轻触着面前的杯子。

"五爷，您和您哥哥都是足够优秀的人物，在京城也是风头无两，

15

我们平江就是个小地方，说真的，配不上。"

江锦上脸上看不出什么神色。

"我们这才是第一次碰面，对彼此也不了解，结婚对彼此也不负责，您觉得呢？"

江锦上没再说话，气氛难免有些尴尬。

只是唐菀没想到江锦上提前让人结了账，说好她请客，却白白欠了人家一顿饭。

第二章
新婚夫妇的既视感

回去的路上，两人话也不多，毕竟不熟，强行找话题聊太尴尬，不过途中唐菀手机来了次电话。

"喂，爷爷……没关系，我自己能回去。"

她和唐老本就不住在市区，而是住在郊区的老宅子里。这次也是为了陪老爷子体检才搬到市区别墅小住几天。原定今天下午回老宅，只是老爷子希望唐菀和江锦上多接触一下，没打扰他们，先收拾东西走了，说是赶着陪老朋友下棋逗鸟儿去。

老爷子撮合他俩的意思太明显，唐菀只能回了句，她可以收拾东西自己回去。

"你要去哪儿？需要送你吗？"江锦上客气说道。

"送我到家门口就行。"

车子停下后，唐菀考虑到自己欠了他一顿饭，两人以后见面机会怕是不多，想还了这份情，便说道："五爷，您稍等一下，我去拿点东西给您，就是平江当地的特色糕点，您别嫌弃。"

江锦上没作声，反而是紧跟着江锦上的人，将情况如实转述给了本家，江家人一听这话，心底觉得唐菀这孩子是真不错。不是什么恋慕权贵的人，知礼也懂分寸。

　　只是唐菀刚推开门，就看到一对年轻男女坐在自家沙发上，楼上也传来阵阵嬉笑声。

　　玄关处散落着一堆鞋子，而她的拖鞋早已不翼而飞，她略微挑眉，一个用人就慌张跑过来："大小姐，您回来了！老爷子收拾东西回老宅，夫人陪着一块儿去了。"

　　张俪云之前被江锦上打了脸，直斥她想攀附江家，她此时肯定要千方百计在老爷子面前表现自己贤良淑德，可以理解。

　　"那这些是……"

　　唐菀瞥了眼玄关处散乱的鞋子，她一直陪老爷子住在老宅，逢年过节才回来待两天。

　　"二小姐的几个同学来了，说是要做什么小组作业，您稍等，我去给您找拖鞋。"

　　"不用了。"

　　唐菀打量着坐在沙发上的两个人，穿着夸张，造型前卫。

　　倒不是她觉得打扮新潮的人一定不是什么好学生，只是这种做派，真不像是来写作业的，反而像是来开派对的。

　　"姐姐好。"两人一听用人称呼她大小姐，急忙起身。

　　唐菀之前在一隅茶馆买了几盒糕点，只是还没来得及拆封江锦上就来了，她是打算将糕点作为谢礼送给他，有来有往，也不算欠他什么，可此时……

　　她却在茶几上看到了自己的糕点，包装已经被拆封，东西也被吃了大半。

　　私自拆了她的东西，并且吃了？一声招呼都没打，还真是有礼貌有教养啊。

　　她深吸了口气，饶是如此，她也没表现出半点怒意，还和两人微笑打了招呼，继而淡定地看了眼一侧的用人："陈妈呢？和爷爷一起回去了？"

　　"她在楼上，说是帮您收拾东西。"

　　唐菀听着楼上嘈杂的声响，隐约好像听到了陈妈的声音，也顾不得江家车子还停在外面，快步往楼上走，就看到自己房门打开，而声音就

17

是从自己屋里传来的。

"二小姐,我来收拾就行。"

"没关系,帮姐姐收拾一下东西是应该的。"

唐菀进了门,就看到自己卧室里挤了一群人,人多手杂,她的卧室已经不能看了。

陈妈一个六十多岁的人挤在一堆年轻人中,显得势单力薄。

唐菀刚出现在门口,就引起这群人的注意。

她卧室放着照片,这群人饶是没见过本尊,也知道她是谁。

几个人低声喊了句"姐姐好",便纷纷退出了卧室。

"姐,你回来啦!"唐茉对她一笑,人美声甜,一副人畜无害的模样。

唐菀扫了眼略显凌乱的卧室,眸子紧了紧,脸上却瞧不见半点异色。

"爷爷说你们今天要回老宅,他先走了,陈妈给你收拾东西,我来帮帮忙。就是我手比较笨,你看,我是一片好心,好像越帮越乱了。"

唐茉抱歉地笑着,看起来单纯无害。

简单几句话,就把唐菀后面的话给堵死了。

"这些都是我同学,人有点多,弄得好像有些乱,真是不好意思。"唐茉继续道歉。

唐菀只是笑了笑:"没关系,你带你同学下去玩吧。"

"嗯。"唐茉笑着招呼同学往下走。

几人下楼,还在低声议论着。

"茉茉,我们这么做,你姐真不会生气?"

"生什么气,我们又不是故意的。"

唐茉带着几个同学下楼,七八个男男女女,是不是故意的,大家也不傻。只是唐菀久居老宅,平素极少露面,加上两人是继姐妹,关系比较特殊,平素说话都不多,更别提闹红脸。况且她也道了歉,还有这么多人在,唐菀若是没有合适的借口,没办法发作。弄不好,自己反而会落得个苛待继妹的恶名。

这群人离开,陈妈才叹了口气,有些抱歉地看向唐菀:"小姐,真是对不起,我这……"

"没事。"

陈妈是唐家的老人了,以前是跟着老太太的,老太太过世后才照顾起唐菀,六十多岁了,怎么可能弄得过一群年轻人。

唐菀弯腰，将地上的一条丝巾捡起来，她到这里是暂住，带的东西不多，收拾起来并不费劲。

"小姐，好像少了点东西。"

"嗯？"唐菀蹙眉。

陈妈将首饰盒递给她，唐菀只是来暂住小几天，就带了几样首饰搭配衣服，少了什么，一清二楚。"周围找过了？"

"找清楚了，都没有，不过我刚才看到有个小姑娘一直在看首饰盒，说是随便瞧瞧，后来二小姐一直嚷着要给你收拾行李，我就分了心，我看那东西八成是……"

被人顺走了。

陈妈点到即止，她没证据，也不能认定对方真的偷拿了东西。

"不过我没亲眼看到，可能是丢在哪里了。"无凭无据，陈妈也一脸为难，"这二小姐分明就是故意的，你看把房间弄成什么样子了，哎——老爷子刚走，就叫了一堆人回来，我看是把在江五爷那里受的气，完全发泄在你身上了。您平时就是对她太客气，你看她……"

"行了，您别气，行李我待会儿自己收拾，下面还有一群客人，我一直待在楼上不好，陪我下去打个招呼。"唐菀笑得和气。

"说回来做什么小组作业，我听他们说的话，已经约了待会儿出去兜风，老爷现在出差在外地，不知道他在家时，二小姐是不是也这般放肆！"

陈妈也是一直住在老宅伺候唐老的，根本不知这边的情况。

唐菀下到一楼时，一群人还在嬉闹，似乎是在谈论某个娱乐圈的八卦，说谁离婚分手，谁又整容了。许是唐菀方才在楼上给他们感觉太和气，一群人虽然客气地和她打了招呼，却并没把她放在眼里。

唐菀是平江名媛圈子的典范，素以温婉和善著称，脾气出名的好。

她直接寻了个单人沙发坐下，双手略微一拢裙子，坐在那里，也是仪态端正，与他们姿态形成鲜明对比，云泥高下，一眼分明。

"你们都是唐茉的同学？"唐菀过来后，气氛还是有些微妙的。

一群人应着，声音高低不齐。

"今天一共来了多少人啊？"唐菀看向唐茉，笑得人畜无害。

"就八个同学，有个小组作业要讨论，在家里比较方便。"唐茉刚升入大一，交了些新朋友，带回家也是种变相的炫耀。

"那人都在这里了？"唐菀目光从众人身上一一扫过。

19

"都在了啊。"唐苿对唐菀毕竟不了解,此时还得意得很:踩了唐菀一脚,唐菀还拿她没办法。

"陈妈,麻烦您出去和江五爷说一声,说我找他借两个人。"

唐苿一听江五爷,脸都白了。这是她迄今为止见过气度、做派都最好的人,却也是最凶的。说话做事,与她见过的许多人都不一样。现在这社会,谁说话都会给自己留些面子,他是半点余地都不留,完全让人下不来台。

"五爷?"陈妈也是有些错愕,显然并不知道江锦上还在外面,她靠近唐菀,低声询问,"小姐,您这是要干吗?"

"您就说,我找他借几个人用用。"

唐菀不解释,陈妈只能硬着头皮出去和江锦上说了。

江锦上原本还想着,拿盒糕点需要这么久?在外面就听到里面的嘈杂嬉闹声,这么看来,里面是出事了。

他并没多问,让手下几个人进了唐家,自己也随之下车跟了进去。

唐菀见到江锦上时,有些诧异:"五爷,我就是借两个人,您不用特意下车。"

只是借两个保镖,他来做什么?

"听说你家里客人很多,不知道你借人做什么,担心你人手不够用。"

唐菀蹙眉,就算我人手不够,你一个病秧子,身体又不好,能顶什么用?

"姐,您这是做什么?"

唐苿虽然在笑,心底却滑过一丝不好的预感,尤其是看到江锦上,更是头皮发麻。她这年纪,最好面子,江锦上若是在她朋友面前下了自己面子,那她以后在朋友面前要如何抬头做人?

唐菀冲他扬了扬嘴角,缓缓吐出两个让人心颤的字:"捉贼!"

唐苿和她这群同学尚且不明白唐菀想干吗,就看到四五个黑衣男人进了屋,统一穿着,高大魁梧。端端往那儿一站,就有种黑云压城的紧迫感。几个学生不明所以,又没见过这阵仗,已吓得够呛。

"捉贼"两个字,仿佛一刀子扎进来,更是吓得一群人面面相觑,脸白窒息。

江锦上环顾四周,寻了个最佳观赏位坐下。

看戏!

"捉贼"两个字，让屋内气氛急转直下。

"姐，你在说什么啊？"

唐茉方才还在为自己小聪明得逞而沾沾自喜，毕竟把她房间弄乱，她对自己没办法，没法明面儿上对她做什么，总能硌硬得她不舒服吧。

可唐茉此时笑容僵在嘴角，一脸的不可思议。

"我屋里丢东西了。"唐菀直言。

"姐，你该不会以为是我们……"唐茉声音都忍不住提高几分，"我就是好心去帮你收拾屋子。"

唐菀神色从容道："的确少了东西，我已经翻找了几遍。"

"唐姐姐，我们就是在门口转了转，没碰里面任何东西。"方才进过唐菀屋子的几人，开始急着解释，"就是啊，我们可什么都没拿，你可别污蔑我们。"

"你东西没了，也不一定是我们拿的啊，可能你放在哪里，自己忘了呢。"

……

几人议论纷纷，那模样已经笃定唐菀是污蔑他们了。

"我们是来做客的，却把我们当贼，也太过分了。"

"你们家有钱了不起啊，当我们没看过好东西是不是。"

八个人里，还有三个男生，看到同行女生被欺负，更是义愤填膺，好像立刻要掀了唐家冲出去。

不过江家的人守在门口，几人不敢妄动。说到底还是年纪小，胆子也小，没见过这阵仗，心里犯怵！如果不是江家人在，他们肯定已经冲过去和唐菀理论了，而唐菀显然预料到了这种情况，才找江锦上借了人。

江锦上坐在一侧，神色懒懒，视线却紧盯着唐菀。

几人说了半天，唐菀任是岿然不动，油盐不进，冷静得可怕，他们只能看向唐茉："唐茉，你姐怎么这样啊，你好歹说句话啊。"

唐茉只会耍点小聪明，况且此时江锦上位置在她正对面，迎上他的那张脸，她心底就发怵。

"姐，你这么做的确是有点过分，把我们堵在这里，非说屋里丢了东西，你得有证据吧。"

唐菀只是淡淡看了他们一眼："你们大可不必这么着急跳脚，如果你们没进我卧室，我丢了什么，也和你们没关系。擅自进了别人房间，碰了别人东西，说得难听点，已经是挺没教养的一种行为了。父母小时候应该都教育过你们，别人的东西不要乱碰，别人的房间不要乱进吧。"

她这话成功让刚才争辩的几个人青了脸。毕竟他们理亏在前。

唐菀冷笑着："若想不让人把你们当贼，就别做出那些让人误会的事。"

唐茉咬牙辩解："姐，我朋友家里条件可能不是那么好，可是没教养这回事，你说得太严重了。"

因为唐菀打的根本不是她朋友的脸，而是在打她的。人是她带来的，肯定要护着。

"你就算瞧不上他们，也不用这么人身攻击吧。如果你丢了东西，知道是谁拿的，你可以直接说，把所有人都堵在这里，怕是不合适吧，如果爷爷知道了，你仗势欺人，他应该也会不高兴的。"

唐茉不傻，也算有点小聪明。

"小姐。"陈妈低声咳嗽着，也是想提醒唐菀适可而止。她们的确丢东西了，可现在无凭无据，甚至不知道是谁拿的，把这么多人困在这里，确实不合适。

唐菀只是给了她一个安心的眼神，转而看向客厅一群人。

"这么着吧，谁拿了我的东西，现在拿出来，我可以既往不咎，你要是喜欢，不过是个小玩意儿，我也可以送你。"

几人面面相觑，脸上神情各异。有仓皇无措，亦有震惊愤怒。

"如果之后被找到，在谁的身上被发现，那性质就不同了。"唐菀继续说道。

她声音温温软软，透着南方小调特有的软糯，可说出的话，却字字戳心。

现在就算有人真的拿了东西，也不敢交出来。

周围都是同学朋友，自认做贼，这辈子都抬不起头。

唐茉却气红了脸，因为唐菀为难她朋友，就是让她难堪啊。

"姐，差不多就行了，我们之间是有点不愉快，可你也不该把这些情绪发泄在我朋友身上吧。如果今天就是没人能拿出你的东西，难不成你还准备把我和我朋友都困在这里？挨个搜身？"

"你这是非法拘禁，非法搜身，都是犯法的！"其中一个男生跳出来，那模样，恨不得要吃了唐菀一样。

唐菀低头看了眼腕表，只是一笑："其实你们不必这么激动。"

"我知道，搜身犯法，强行要求你们做什么，或者翻找你们的私人物品，都是不合法的，你们也肯定会觉得我欺负人，所以这事儿我不干。不过目前的情况是，我真的丢了东西，平白无故东西没了，我也很懊恼，我早上出门前还看到了。这若不是你们拿的，也可能是出了家贼。"

唐家用人不多，就是几个打扫做饭的阿姨，正站在角落偷偷看戏，莫名其妙被点名，吓得脸都白了，急忙跳出来辩解。

"我们都在唐家干了七八年了，不会做这种事的啊。"偷主人家的东西，那是大忌。

"几位阿姨，你们别紧张，我就是分析一下这件事而已。"唐菀勾唇笑着，"所以思来想去，我找到了一个最好的解决办法……"

唐菀话都没说完，众人就听到一阵警笛声由远及近传来。

秋蝉声嘶力竭地扯着嗓子嘶吼，好像要用尽最后一点力气，唐菀余光看到有个小姑娘已经吓得小脸发白，身子发抖，忍不住多看了她两眼。

"姐，你这……"

唐茉这个年纪的孩子，极少接触警察，就算在外面横，对警察还是从心底敬畏。

"家里丢了东西，报案捉贼，这很正常。"

江锦上坐在一侧，下意识搓了搓手指，他低头哂笑，抓贼是小，唐菀这是想立威啊！她就是想让人知道，她的屋子不是谁都能进的，你硌硬我，我也有千百种法子让你更不舒服。

这小姑娘挺厉害的，性子挺软，可做事……够狠！

挺有意思的。

警笛声呼啸而至，好似盛极了一夏，倏忽一场雨，透心的凉。

唐家客厅内几个学生都是刚升入大一的新生，稚气未退。面对唐菀这般强势的手腕，就算没做亏心事，也没人想和警察扯上关系，都是脸色惊白，身子发软。

"唐茉，你姐太过了吧，报警，这是要把我们都当贼抓了？"

"是啊，你看把女生都吓成什么样了。"几个男生佯装镇定。

"我们是来玩的，你这……"

几人知道唐菀油盐不进，只能看向唐茉。

唐茉有小聪明，不傻，唐菀这么做，分明就是针对自己的，此时警笛声越来越近，她也没见过这阵仗，眼神飘忽，心也慌了。

人是她招呼到家里来的，被污蔑成贼，还被警察盘问，那她以后哪儿还有脸回学校。

"姐，丢了什么东西，要不我赔你就行了，你真的犯不着弄得这么难堪。"

警笛声好似魔音，由远及近而来，震得她心神不宁，说话都哆嗦，声线也断断续续。

"茉茉。"唐菀忽然这么亲昵地称呼她，唐茉心脏倏地收紧，"你到我们唐家有十年了吧。"

"嗯？"唐茉看着端坐在单人沙发上的人，优雅从容，仪态万方，从她落座开始，就算客厅再乱，她嘴角都带着淡淡的笑，就连神情都没一丝错乱。

江锦上双手从容交叠，落在膝上：她的一句"我们唐家"，生生把唐茉隔在了门外，太诛心。

"进我们家这么久，我这个做姐姐的，比你大几岁，以前没机会给你辅导功课，可做人的道理还是能教你的，免得再发生上午的事，惹人笑话。"

江家人面面相觑，这唐小姐说话可有点狠啊！

戳人捅刀，还要揭人旧伤疤？生怕唐茉不记得上午被他家五爷打脸的事。

"姐……"唐茉第一次见到唐菀这样，有点慌。

"你说要私下给我赔偿？你这种行为是在姑息养奸，你以为是在顾全自己面子？那个小贼只会笑你人傻钱多，小恶不惩戒，只会纵容成大恶，你以为你是在帮他？你是在害他！就算我说不追究了，可现在警察来了，你让我怎么解释，说我报错案，报假案？耍警察玩？追究责任，你担着？再者说，我这么做，也是在帮你。"

唐菀笑着看向面前的人，饶是她坐着，气势上也没输半分。

"今天我丢了东西，就算我不追究，这么多用人都看到了，传出去，大家只会说你同学中有个贼，只怕你同学之间也会互相怀疑，这并不是什么好事。我知道今天这么做，你们也觉得很委屈，难道大家都不想证明自己的清白？你们身清影正，有什么可怕的。"

其中几个人面面相觑，这话很对啊，他们又不是贼，有什么可担心的。

"刚才大家都很激动，我能理解，待会儿警察来了，如果能证明你们都没嫌疑，赃物也不在你们身上，我会挨个道歉。我找五爷借了几个人，不是想困着你们，我只是不想你们因为一时冲动离开了这里。"唐菀嘴角扬着一抹很淡的弧度，那眼神却没有半点温情，低头轻笑着，"如果警察是从学校找你们问话调查，那场面怕是会更难堪。我做这一切，都是为你们好，你们说呢？"

几个学生都被警察要来给吓蒙了，此时唐菀这番话更是让几人后背发凉。

要是真冲出去，再被警察抓回来，怕是以后都不能见人了。

唐菀看他们没说话，只是一笑。

"如果大家觉得我做得实在不妥，现在离开也行……"

江锦上身后的几个人差点憋不住笑出声。唐小姐这种做法，是典型的得了便宜还卖乖，警察都堵到门口了，谁现在走，就是做贼心虚，谁敢动啊。几分钟前这群学生还叫嚣着，好似被唐菀污蔑，要和她拼命，现在却像是被霜打蔫了。

……

唐茉站在边上，手指攥紧握拳，唐菀这招太狠了。

把你按在地上踩，到头来，你还要对她说声谢谢。

"姐……"唐茉声音抖着。

唐菀抬手，随意拢了下头发："你高考结束不久，刚进大学，意气风发，刚结识了一群朋友，我也替你开心。今天这事我不是故意为难你同学，更是不想让你难堪，不过你也要明白……这里是唐家，尚且轮不到一个外人嚣张放肆，更何况还是个小贼！难不成这人以为拿了我一点首饰，戴在身上，身价就能抬高几分，变成千金小姐？简直可笑！"

她声音极软，甚至带了几分笑意，唯有最后这几个字犀利尖锐，直戳人的脊梁骨。

就是江家人都狠吸一口凉气，我去，这话不可谓不狠。

这哪里是抓贼啊，分明就是想把这二小姐按在地上摩擦啊。

借力打力，敲山震虎！

江锦上手指轻轻叩着膝盖，越发觉得……

这唐小姐真的很有意思。

唐菀说完，整个客厅静得连呼吸声都好似清晰可闻。

而此时警车已经停在了唐家门口,用人立刻前去开门。

江家人原本守在门口,此时已退到了江锦上身后。

"报案人是……"带队的警察进了屋,一行六人,毕竟是唐家报的失窃案,特意多带了几个人。

"是我。"唐菀起身走过去,和他们简单说明了情况。

"东西的确丢了,其实您也不能确定到底是找不到,还是被人偷了吧。"警察要搜身,也得问清缘由。

"现在东西没了,金额也不大,劳烦你们跑一趟,我也挺过意不去的,只是今天只有这群孩子进过我房间,又是我妹妹的朋友。他们干干净净来了,我不能让他们脏了身子出去啊。有些事我不方便做,还是你们比较有说服力,我也希望还他们一个清白。"

江锦上坐在一侧,嘴角忽然浮现一丝笑意。

真没看出来,她还挺会说胡话。

"人都在这里了?"警察环顾四周,视线落在江锦上身上。

"他不是嫌疑人,只是我的一个朋友,他进来时,东西已经丢了。"唐菀急忙解释。

"那行吧,如果赃物在谁身上,现在就拿出来,要不然我们只能先搜了。"警察也不想搞搜包搜身这一套,挺麻烦的,如果有人主动站出来自然很好。

这话说完,客厅没动静。

"唐小姐,麻烦说一下你丢的东西大概是个什么……"

听完唐菀描述,警察就让进入过唐菀房间的学生先站出来,也就在这时候,有个女生双腿发软,坐在沙发上,身子抖得宛若筛糠。

警察眼睛还是犀利的,毕竟抓过那么多犯人,只要一个对视,就能明白对方是否心虚。

这些孩子都太小,对警察有着天生的敬畏,加之不会隐藏自己的情绪,真的是一抓一个准!

"同学,麻烦你站起来!"

他声音犀利,吓得那个女生大脑空白,而她攥在手中的包也被夺了过去,在里面找出一副点翠的并蒂莲耳环。

"就是这个耳环!"陈妈当即说道。

"我不想偷的,我就是觉得好看,我……我就是看看而已。"女生急红了眼。

面对一群警察,还有周围同学异样的眼光,什么样的辩解都显得苍白无力。

"唐小姐,您这耳环值多少钱?"警察询问。

"可能一万多吧。"点翠镶金,端看也不便宜。

"那这算是金额巨大,可以判刑了。"

"警察叔叔——"那女生再也绷不住,眼泪哗哗就往下掉。

"也不小了,学生?学生证和身份证带了吗?"

"叔叔,我不是故意的,我就是觉得好看,我……"

东西是在她包里翻出来的,而且唐菀刚才也给过她机会,此时无论她怎么解释,都显得苍白无力。

那群孩子更是诧异同伴中真的有个贼。

后面的事,就归警察管了。

唐菀并不打算真的让她去坐牢,不过小惩大诫总是需要的,让警察把她带回去拘留几天,吃点教训。

"捉贼"的事情告一段落,唐菀也和其他同学道了歉,还留他们多玩一下。

"……我们学校还有事,先走了。"

"姐姐再见。"

几人已经被吓破了胆,忙不迭往外跑,更顾不上和唐菀打招呼。

学生和警察离开后,整个唐家就安静下来,用人在忙着收拾茶几上的糕点和用过的茶杯,唐菀则站在边上,双目赤红。

她没想到,自己同学真的敢顺手偷东西。

她憋了一口气,身子都气得僵硬了。

"五爷,真的很谢谢您,家里现在有点乱,没法招待,原本想给您带点特产糕点,没想到……"

江锦上看她视线落在茶几上的几盒已经被拆封的糕点上,心底有了数。

"你收拾东西,是要回老宅?"他直接岔开话题。

"嗯,爷爷先回去了,我收拾东西,马上也过去。"

"我也有事和唐老说,待会儿一起过去,你先忙,我去外面等你。"说完他就带人先走了。

27

唐菀刚请他帮了忙，现在人家还要送自己，更不好回绝，抿了抿嘴，看向唐茉："茉茉，你不是想帮我收拾行李？跟我上来吧。"

唐家的几个女佣看着两人前后脚往楼上走，吓得不敢说话，却有人偷偷给张俪云打了电话，说了情况。

唐菀并未带唐茉进自己卧室，而是在门口就停住了。

"其实人聪明是好事，但不要瞎抖机灵，把别人当傻子。从你进了我们家开始，背地里搞些小把戏，成心硌硬我，我没和你计较，是觉得没那个必要。只是我真的很讨厌别人擅自进我房间，随便翻我的东西，今天这件事，我只是想告诉你……我要是真的想计较，很轻松，看心情而已。我平时住在老宅，你住这边，也算井水不犯河水，你想当大小姐，我管不着，不过我过来了，记得夹好尾巴。"

唐茉站在门口，看着唐菀进屋收拾好行李出来，擦肩而过，她还后颈发凉。其实她进唐家十年，挑衅试探过唐菀很多次，对方都没什么反应，心底是真觉得她好欺负，所以才和母亲动了替她嫁入江家的念头。现在看来，自己那点小把戏，在别人眼里，八成是个笑话。

江锦上坐在车内，正副驾驶位的江家人还在讨论着刚才唐菀的一番举动。

"五爷，我觉得她做事风格和您挺像的。"

"嗯？"江锦上搓着手指，似乎心情不错。

"就是那种，你要是对我耍流氓，我可以弄死你；我想要耍流氓，你还只能冲我微笑。"

简单来说，不惹我，什么事都没有。要是惹急了，那就是大型双标加耍流氓现场！

话有点糙，理是对的。

"我是那样的人？"

几人悻悻笑着岔开话题："五爷，咱们去找唐老做什么？去说唐小姐拒绝你，退了两家的婚事？"

江锦上淡淡瞥了他一下，满眼杀机，吓得他缩了下脖子。

自己说错了？人家拒绝嫁给你是事实，不退婚，你还想干吗？

唐菀收拾了东西，坐在江家车上，前往唐家老宅。

方才自己咄咄逼人的姿态尽数落入江锦上眼里，他心底肯定觉得自己很凶悍。

不过他看起来,也不是喜欢背后嚼舌根的人,待他回京,两人就没什么见面机会了,他都25岁了,说是活不过28岁,得早些把今天欠的人情还了……

江锦上偏头看向窗外,唐家老宅在郊区,平江本就是水乡河泽,沿途风光不错。

车子穿过一片黑瓦白墙的小筑之后,隔着很远就看到了唐家的老宅。

老旧的三跨院,漆红大门,白墙上落满藤蔓,只有硕大的烫金"唐家"二字,在秋阳下熠熠灼目。

轿车停稳,唐菀先推门下了车:"五爷,您请吧。"

推门而入,自然又是另外一番景象,大宅院落,经历百年,就是院子里看似随意的山石,放置也恰到好处。

唐菀领他进了前院客厅:"五爷,您别客气,先坐。"

江锦上不动声色打量着客厅。饶是茶几上装水果的盘子都是青釉瓷盘,熏香炉子,青铜挂耳,十分考究。唐菀生活在这样的环境,唐老又是个老派讲究的人,她估计也有样学样了,行事规矩得体,却也不怕事。

"小姐,您回来啦。"有个女佣模样的人走进来。

"爷爷呢?"

"这不夫人送老爷子回来嘛,她正在后院帮忙张罗收拾东西,老爷子去小公园看鸟了,应该快回来了。"

她话音刚落,就听到张俪云的声音从后院传来,人未至,声先到了。

"是老爷子回来了吗?"

她长得妩媚,平素说话做事也利落讨喜,就是近来老爷子身体不好,有点坐不住了。

张俪云从后院出来,一眼就看到了坐在楠木椅子上的江锦上,笑容顿住,堪堪一秒,又笑靥如花:"原来是菀菀回来啦,五爷,您也来啦?"

"唐夫人。"江锦上客气打招呼,语气仍旧不温不火。

"听说你们出去吃了饭,吃的什么?不知道平江的口味,五爷是不是吃得惯啊……"

张俪云的表现,就好似上午的事,没发生一样,淡定从容。

江锦上挑了挑眉:唐菜和她母亲比,真是半点不如!

说话间,唐老已经进了大门,得知江锦上也来了,喜出望外,隔着很远就听到他的笑声。

只是笑得狠了，还咳了两嗓子。

"小五啊，我刚才和菀菀打电话，以为你吃完饭就走了，哈哈，没想到你也来了。"唐老目光在两人身上打转。

那模样，恨不能将两人立刻就绑在一起。

"唐老。"瞧见他，江锦上旋即起身。

"别站着，你身体不好，坐！"

被一个快八十的老爷子说身体差，江锦上略微清了下嗓子，感觉有点怪。

张俪云此时站在边上，心急如焚，她刚才接到家里电话，得知唐菀做的一切，心中简直冒火。

丢个耳环，居然把警察引上门，数落唐茉的同学，分明就是让她女儿难堪啊！

说到底一副耳环能值多少钱，可事情传出去，别人议论起来，那就大为不同了。

她是准备等老爷子回来，在他面前，好好找唐菀问个清楚，都是一家人，这件事是不是一定要用这么极端的处理办法！

不承想这江五爷也在，这让她一时无法开口，心底窝着火。更让她没想到的是，这件事她没提，唐菀没说。最先开口的……居然是江锦上！

"其实吃完饭，我已经送唐小姐回家了，只是出了点小插曲。"江锦上笑道。

"什么小插曲啊。"唐老不知内情，还好奇地追问。

"唐二小姐带了一群同学回家，只是没想到有个女生一时糊涂，偷了唐小姐一对耳环。"

唐菀正帮忙冲茶泡水，听到这话，心底咯噔一下，不知道这江锦上想干吗！

"偷东西？"唐老蹙眉，谁都不喜欢偷鸡摸狗的人。

"二小姐维护同学，可以理解，起了点争执，后来还惊动了警察。其实现在这社会，人心隔肚皮，交朋友还是要谨慎些的，估计出了这件事，二小姐心里肯定不舒服吧。虽说两姐妹感情好，自己好心帮姐姐收拾行李，也不能随便把外人带进去吧。"

江锦上语气温和，嘴角勾着抹弧度，却尽是苍凉的冷。

他这话说得太高明，表面丝毫看不出诋毁唐苿，可她俩姐妹感情如何，唐家人心底都有数。

擅入唐菀房间，还带了一堆人进去，又是偷东西，又是争执……

寥寥数句直接把唐苿给拍死在沙滩上，生怕她死得不够透，还补了两脚。

唐老是聪明人，立刻就明白了，脸当即黑透。

张俪云又不在场，现在说些什么，都是惹人厌，只能生生吞了这口恶气。

"其实唐小姐虽然报警处理了，可还是宽和大度，没惊动太多人，这事儿若是落在我手里，家里进了贼……"

江锦上轻哂一声，"我怕不会这么客气！"

他这话，变相地给唐菀撑了腰。

语气温吞，每个字都好似春风化雨般，却又如同寒风刀刃，字字诛心。

唐菀此时余光瞥见张俪云铁青的脸，脑海中急闪过一个想法：江锦上忽然说要送自己回来，难不成是算准张俪云会找自己麻烦？先占了先机，堵了张俪云的嘴，也顺便把唐苿的事给拍成了铁案。日后谁要想翻旧账，拿这件事做文章，就是公开说江五爷在说谎！都说江家五爷多智近妖，看来他想得比她深远许多，这是在帮她清盘扫尾？唐菀抿了抿嘴，欠了顿饭，背了个人情，现在又多了个债，怎么还啊。

江家人更是了解自家五爷，互看一眼：咱们是来退婚的，说清楚，退了亲，就该回家了，别人家的事，您掺和这么多做什么？

"五爷今天是不是没吃药？"

"我觉得是吃错药了。"

"……"

已值午后，骄阳褪去浓烈，风吹过处，尽是凉意。

江锦上这番话打得张俪云措手不及，她本想趁机找唐菀发作，斥责她小题大做，不顾唐家声誉，不念姐妹感情，没想到他两三句话，将自己女儿拍死，居然还把唐菀择得一干二净。张俪云从没一天之内，在一个人身上栽两次跟头，偏生这人她还不能得罪。

"居然还有这种事！苿苿这都交了什么朋友啊，我早就告诉她，不要随便把刚认识的人往家里带。"张俪云气得牙痒。

"菀菀，真是对不住。"

唐菀还没开口，江锦上就说了句："唐夫人也是刚知道？"

"五爷，您这话是……什么意思？"

"那边好歹是你的地方，就算家里没人说，我以为二小姐也会告诉你的，已经惊动了警察，你才知情，觉得有些意外。"

江锦上搓揉着手指，声线温柔，字句却戳心。

唐老眯了眯眼，神情微妙。

"既然把唐小姐送到家了，那我先走了。"江锦上说着起身准备离开。

"小五，我送你。"唐老显然有话想和他单独聊。

……

老爷子回来，半刻钟后，张俪云也走了，前院大厅内只有唐菀和他两个人。

"爷爷，我东西还没收拾，我先回房……"唐菀还没起身，就听到一声长叹。

"哎呦——老婆子啊，你走得早，那是有福气，现在的孩子太不省心啊……"

唐菀眼皮狠狠一跳。

"你说江家这两个孩子吧，都是你当年瞧上的，可惜啊，咱们孙女瞧不上啊，白瞎了你一片苦心。我答应过你，亲自送菀菀出嫁，老头子这辈子要对你食言了。"

唐菀硬着头皮坐到他身边："爷爷，您胡说什么呢？"

"我胡说什么了？你今天是不是拒绝江小五了。"唐老正色道。

"您觉得我们合适吗？"

"那小子有什么不好的，除了命短了点！"唐老咳嗽着。

"不过……"唐老故意扯着嗓门，好像高声就能占理，"现在医学技术这么发达，保不齐他就能长命百岁！再说了，流言这东西怎么能信？"

"您为什么这么希望我嫁到江家？"唐菀不明白，为什么爷爷对江家这么执着。

"我就觉得合适！你要相信爷爷，我这把年纪了，看人不会错的。"

唐菀悻悻一笑："您之前去小公园下棋，被人忽悠买了两千块的保健品，你说他长相憨厚老实，后来警察找上门，说你买了一堆假药，还让你配合调查抓人，你忘了？"

唐老气得直哼哼：人活一辈子，谁还遇不到几个骗子啊！

唐菀回房后，一直想着该怎么还江锦上的人情。思来想去，无非就是送礼和请客吃饭，思量一番后，这才发现一个很现实的问题：她没有江锦上的联系方式！

在她的圈子里，唯一能接触到江家的，只有她爷爷。

可她不清楚江锦上什么时候回京，这件事不宜拖得太久，只能硬着头皮敲开了老爷子的房门。

唐老戴着老花镜，眯着眼，翻看他老年机的通讯录，嘴角笑得那叫一个诡异：不喜欢还要联系方式，现在的年轻人都这么害羞闷骚？直来直去的多好，非得藏着掖着。

唐菀顶着自家爷爷促狭的目光钻回房，没直接给江锦上打电话，而是礼貌地先发了条信息过去。

【五爷，您好，我是唐菀，您明天有空吗？我想请您吃个饭，如果方便，时间您定，地点我安排。】

江锦上此时正在酒店，穿得居家随意，膝盖上还搭了条毛毯，面前桌上摆放着一杯热茶，一台电脑，屏幕上几个人挤在一处。

他正在和家人视频，讨论的主人公就是唐菀。

"……其实人家不想嫁到我们家也正常，本来就是口头约定，和唐家说清楚就行，总归不是我们家拒婚，也不算对不住唐家，小姑娘不乐意也没法子。"

"你今天说话也太直接了，什么叫人家愿不愿意嫁给你？你以为自己在求婚吗？"

"话说咱家小五是第一次单独和女生出去吃饭吧，还被拒绝了？"

而此时坐在角落，某个做大哥的男人沉声说了句："只要这姑娘不傻，被拒绝不是意料之中？"

江家人挤在一个电脑屏幕前，江锦上从始至终神色平淡。

而此时他的手机忽然振动起来，他拿起看了眼，视线就没离开过！

"小五啊，没事儿，唐家不行，以后总有其他好姑娘的。"视频上的人还在"安慰"他，"小五？你干吗呢？谁的信息看这么久。"

"唐菀的。"江锦上这话说完，视频那头安静下来，他微拧着眉，看向电脑屏幕。

"她约我出去。"

此时的江家鸦雀无声，隔了数秒，才彻底炸了！

"你们希望我去？"江锦上语气温缓，眼风更淡。

"女生都主动提了，干吗不去，一定要去！"

他们毕竟是双方家里撮合的，两人一举一动，双方长辈都会互相通个信儿……

江家人知道了，也第一时间和唐老通报了两人的"交往"情况！

翌日，平江下了细雨，秋意微凉。

唐菀出门赴约时，老爷子正在客厅，斜靠在藤椅上，看着戏曲频道，跟着哼着小调儿，余光瞥见她换了衣服，提着包出来，撩着眼皮说道："出门？"

"嗯，约了个朋友，我中午不回来，您吃完饭，记得把药吃了。"

唐老冷哼着："和小五约会啊！"

唐菀嘴角一抽。她只是去还人情，怎么变成约会了？

唐菀开车到了江锦上入住的酒店，坐在大厅等了半晌，垂眸看了眼腕表，他已经迟到十几分钟了。

她拧着眉，这才给他打了个电话，接电话的却并不是本人。

"唐小姐，抱歉，五爷身体不舒服，恐怕没法赴约了，实在不好意思，让您等这么久。"

"你们还在酒店？"

"嗯。"

"在哪个房间，方便过去吗？"唐菀就在这里，无论出于什么身份，都该去看一下。

那边似乎也是犹豫了数秒，才说了个房间号："5520。"

挂了电话后，那边两个人才互相看着对方。

"你把她招来，五爷醒了，怕是会弄死你，他一直不喜欢别人进入他的地盘，某人领地意识太强。"

"那是对同性，唐小姐是女的。"

"你觉得爷的眼里有男女之分？别等他发脾气，让唐小姐下不来台，多尴尬啊。"

"……"

"五爷药吃了吗？他昨晚没睡好，要不给他稍微喂点安眠药？"

"……"

唐菀到房间时，推门就是一股子不合季节的暖意，房间温度太高，空调、加湿器都在运作。

"唐小姐,您来了。"

"五爷怎么回事?"唐菀手中还提着准备送给江锦上的糕点。

"老毛病,阴雨天就会这样,可能刚到这边,还不太适应,昨天夜里就很不舒服。"江家人解释。

"方便去看一下吗?"唐菀很懂规矩。

"当然可以,不过五爷刚睡着。"

"没关系,我就看看。"人都到了,没理由不看他一眼。

卧室门一打开,唐菀就看到躺在病床上的人,用的并不是酒店的床单被套,应该是他自带的,暖灰色,五官柔和地陷入其中。

好似春日雨打横斜的一枝海棠,清隽得让人移不开眼。

只是他本来天生就白,此时嘴唇血色褪去,更显病态。

屋内充斥着一股淡淡的药物混合味,床头挂着输液瓶,药水顺着输液管缓缓进入他右侧手背,而他却睡得昏沉。

"他这个严重吗?"唐菀下意识压低声音。

"还好,请了医生看过,没大碍。"江家人对此显然是习以为常了。

唐菀也不可能真的看一眼就走,在房间坐了一会儿,盯着江锦上,若有所思。

关于他为何生病的传闻非常多,流传最广的有两个版本。

一是江夫人生他的时候出了事,受到了惊吓,所以他是早产儿,天生病弱。

另一个版本则是,他之所以变成这样,全都是他亲哥害的——晚上给他下了慢性毒药,白天还折磨欺负他,就是怕他和自己争继承权。

说得和小说电视剧一样,难免有些夸张离奇的情节。

而此时守在病床前的江家人手机振动起来,他慌忙接起来,低声说道,语气恭顺:"喂——"

"他吃药了吗?"因为房间过分安静,电话那头的声音唐菀也能听到一二。

"还没。"

"他不吃就给我灌下去!"

声音低沉喑哑,极具震慑力。

"这个……"

35

话都没说完，电话就被挂断了，这人显然是强势惯了。

唐菀略微蹙眉，这声音浑厚，听着年纪却不大，还敢这么指挥江家人的，怕也只有某人大哥了……对病人用灌的？这么魔鬼？这都什么狗屁哥哥！哪有这么对病人的。

"唐小姐，抱歉，五爷有时不太配合治疗，家里会比较着急。"江家人知道唐菀听到方才的对话，尬笑着解释。

"没事，可以理解。"

唐菀嘴上没说什么，可心里认定，这个大哥挺强势霸道的。

她在房间待了会儿，手机来了个电话，她拿着手机走到窗边，落雨的平江城，整个天空都灰蒙一片。

"喂，爷爷——"

"怎么样，和小五见面了吗？下雨天出门不容易，既然出去了，也别急着回来。"

"他病了，我在他房间，出不去了。"

"这身子骨怎么比我还差，严不严重啊？要不要我找个医生去看看！"

"不用……"

挂了电话，唐菀余光瞥见江锦上输液的药瓶水已经快滴完了。

此时江家人恰好都不在房内，唐老身体一直不好，每年定期输液，唐菀陪着，简单的医护知识还是了解的。

刚才她也问过江锦上的身体情况，这是最后一瓶药。

她直接走到床边，取了点医用透气胶带，准备好棉球，手法娴熟却异常小心地帮他拔了针头，药棉按住，胶带固定。

针头拔出的瞬间，江锦上眉头微不可察地轻皱了下。

可能是输入的药水很凉，导致他手心温热，手背却很冰，唐菀略微掀开一点被角，准备将他的手放被子里。

猝不及防，手忽然被人反扣住。

下一秒，她身子一跌，撞到他胸口，瞬时心跳加快。

她呼吸一沉，下意识抬头，跌进对方幽邃的眸子里。

此时被子被小幅度掀开，挨得近，他身体暖意融融，比寻常人体温更高，她此时半趴在他身上，也不知是谁的心跳声，如擂鼓般跳动，撞得她呼吸失了序。

她试图起来，只是这个姿势过于憋屈，而且自己的手还被他反制着，更不能动。

他手心温度极高,却没紧紧扣着她的手腕,用的力道不重,只是她挣脱不了。

江锦上微微挑眉。

一手可握,手腕好细。

"唐小姐。"他声音温缓,好似从胸腔引起的共鸣,好巧不巧撞在她耳中,心颤。

"你的药水滴完了,我给你把针头取了。"

"抱歉。"江锦上松开手,语气客气而淡漠。

唐菀这才慌忙直起身子。

因为方才太突然,输液地方又没及时按压止血,导致胶带绷落,有血珠渗出,唐菀只能又帮他处理了下。

江家人是估摸着药水要滴完了才推门进来,就看到唐菀在帮他处理手背,而他家五爷难得安静地任人摆弄。

江锦上久病乖张,性子确实有点古怪,很难亲近,唐菀又不是专业医护人员,手法再娴熟,经过刚才的事也难免笨拙。

江家人却互看一眼,因为他家五爷这行为,在他们看来,已经有些纵容了。

"好了。"唐菀长舒口气。

"谢谢。"

他眯着眼,看着她,淡定温和,唐菀却觉得他眼神有些烫。

唐菀此时呼吸还有些乱,因为从未和异性如此亲近过。

养尊处优的手,没有一点茧子,从她手腕滑过……由于手心温度偏高,沿路滚烫。

细雨形成连天雨幕,唐菀站在酒店窗口,手中端着一杯热茶,神思有些飘忽。

想起方才跌撞在他身上,她抿了口热茶,喉咙热得冒烟。

手腕处热度消减,那种酥麻感觉却细细密密,往心底钻。

她正对着窗户,丝毫不知身后发生了什么。

江家那几个人,围在一起,正左推右搡,小声嘀咕。

"要不你就去给爷送药。"

"凭什么我去?"

"唐小姐是你放进来的,你不去谁去!"

……

刚才唐菀给江锦上拔了吊针,客气聊了两句自然就离开了卧房,某人虽没多说什么,可眼风从江家几人身上扫过,那模样,明显不悦。

似乎是在责备他们擅自把陌生人放进他房间。

他有部分药是餐前吞服,到了吃药时间,却没人敢去敲门,几人推搡着,有人提议:"要不麻烦一下唐小姐?我看爷对她挺纵容的。"

"我觉得可行,长辈那么熟,爷就算憋屈,也不会对她随意发火吧。"

几人一合计,目光锁死了唐菀。

唐菀只是回头搁一下喝完水的杯子,就发现江家人看她的眼神……不怀好意。

当唐菀拿着药丸和水杯站在江锦上房间门口时,还有些蒙。

送药本就不是什么大事,可她都没回过神,就被推了出去。

她忽然想起方才来自江家的电话,说江锦上不吃药,就给他灌进去,难不成伺候他吃药这么艰难?

她清了下嗓子,抬手叩门。

"进来!"声音如常温和平静。

唐菀拧门进去时,瞳孔就微颤了下……嗓子眼好似有火星燎过,热得发干。

江锦上刚洗了澡,正背对着她穿衣服,他正在套一件轻薄套头毛衣,自上而下,遮住了劲瘦的腰。即便是从后侧,也能看到他流畅紧绷的肌肉线条。

唐菀方才撞在他身上,已经能明显感觉到,他虽然生得白瘦,却绝不是孱弱无力那种。

许是感觉到了身后的异样,江锦上回头看了眼。他穿着灰色长裤,同色系的薄毛衣,衬得他整个人都温柔了起来。

"我来给你送药。"唐菀进屋,尽量不去看他。

她本想把药放在某处就走,却不承想江锦上直接迎了上来,她只能将药丸和水杯亲自送到他面前。

他刚洗了澡,身上热气还没消散。靠得近了,热意笼罩,气息清冽却危险。

"今天是不是等我很久?"两人从未这么相对站立,唐菀听他开口,礼貌性地抬头看他。

四目相对，他的眼神，深邃得让人觉得发烫。

"还好，也没等很久。"唐菀端着水杯，只是温水，却觉得有些烫手。

"下次不会让你等了。"

可能是生病的缘故，他今天嗓子有点哑，整个人又居高临下，声音好似立体环绕，一点点侵蚀她的心跳。

下次？唐菀挑眉：我们都说清楚了，你还不回家？哪里来的下次！

"药和杯子给我吧。"江锦上从她手中接了东西。

两人手心、手指，无意碰着，神色都没变，心底却都有些酥酥痒痒的异样。

江锦上爽快利落地吞药喝水，卧室的门没关，他视线越过唐菀，落在门口偷瞄的几人身上，眸色犀利。

唐菀抿了抿嘴，角度问题，江锦上吃药的时候，她余光还能看到他吞咽时，喉结微微滑动着……

可能水有些热，他发白的唇被烫出一点血色。

她深吸一口气，这个男人真的长得让人想入非非。

"饿不饿？"江锦上垂眸看她，他声线温缓，听着就让人觉得亲昵。

"还行。"

"那应该是饿了，你想吃什么？"江锦上说话温吞，态度却很强硬，"中午让你等这么久，吃饭地点你来定，我请客。"

理由正当，无法拒绝。

半个小时后，两人已经坐到了餐厅里。

"唐小姐。"江锦上客气而绅士，用餐前给她盛了碗汤，"先喝点汤垫垫胃。"

"谢谢。"唐菀低头喝汤，心底还郁闷着，说好来还人情，怎么又变成他请客，人情越还越多了，有种永远都还不完的感觉。

许是昨天有过"并肩作战"的情谊，吃饭时的气氛不像第一次那么局促，两人也会聊些东西，虽然都是些无关紧要的内容，气氛也算融洽。

因为外面细雨不断，江锦上身体貌似还不是很舒服，所以吃完饭，唐菀搁了筷子直接开口："五爷，今天您身体不舒服，我先送您回酒店休息。"

"嗯。"

只是江锦上刚点头应了,一侧的一个江家人站出来,硬着头皮开了口:"五爷,有件事一直没和您说……"

"嗯?"他擦拭着嘴角,动作从容优雅。

"那个家里来电话,让我们把您的行李都打包收拾好,送去了唐家。"

"你说什么?"江锦上挑眉看他。

唐菀更是惊得瞠目结舌。送去她家?什么情况!

"而且……"江家人咳嗽着,"酒店房间也退了。"

后路堵得严严实实。

江家人话音落下,包厢陷入死寂,江锦上搓揉着手指,神情平静无波。唐菀则是被突如其来的消息砸得晕头转向。

江家人站着,一副死猪不怕开水烫的模样,那表情分明在说:

我们只是听吩咐办事,与我们无关!

"五爷,我先去个洗手间。"唐菀拿着包和手机,走出包厢,找了个僻静角落,立刻给自己爷爷打了个电话。

她知道自己爷爷很喜欢江锦上,却也没想到,他会主动把人引到家里来。

唐老此时刚吃完中饭,正靠在藤椅上喝茶,电视还在播放戏曲,他半眯着眼,手指迎合节拍,轻轻叩着膝盖,摇头晃脑,好不乐哉。

手机响起,他戴起老花镜,眯眼看着来电显示:"喂——菀菀。"

"爷爷,五爷什么时候要搬去我们家了!"

唐菀可不认为江家人口中的搬去唐家,指的是市区的房子,肯定是老宅。

"怎么?我没和你说?"老爷子装傻充愣。

"您什么时候和我说了。"

"年纪大喽,脑子不好使,买个保健品都被人骗,现在连记性也不好了,我还以为和你说了。"

唐菀嘴角一抽,一把年纪怎么和小孩一样,这么记仇。

"你说小五来平江,本就是为了你,现在生病,无依无靠,一个人住酒店,出点事,谁担待啊,在我们家,好歹人多,有个照应。"

"他行李已经送来了,房间我也让人收拾好了,就和你住一个院子。"

唐菀瞠目:"您说什么?住在我的院子里?"

唐家老宅是三跨院，唐菀拥有独立的院落，从没外人入住过。

老爷子打的什么主意，傻子都看得出来。

"你的院子最大，也安静。"

"我年纪大了，小五要是晚上有个小病小痛，嚷嚷半天，我耳背，可能听不到，就算听到，我这老胳膊老腿的，给他倒杯水都困难。"

唐菀脑仁有点疼。

其实老爷子是冬末春初换季时候生了场大病，以前身体倍儿好，腿脚比她还利索，就差扛煤气罐上楼了。

之前为了提前出院，每次医生检查，都说腿不疼眼不花，就差从病床上跳起来，给医生比画一套太极拳，现在居然连耳背这种谎都扯得出来。

老爷子见她半天不说话，喝了口热茶说了句："你有什么意见尽管说，要是不想他住在我们家，那我厚着脸皮把他撵出去也行。

"要是出了什么事，江家人也只会怪我照顾不周，骂不到你。

"反正我一把年纪了，也不在乎别人说我什么，你不喜欢，坏人我来做。"

唐菀轻哂——什么话都让你说了，现在行李都搬进去了，你还想让我说什么？

老爷子摆明是和江家说好的，现在说不同意江锦上入住，傻子也知道是她的主意，什么叫坏人他来做？

典型得了便宜还卖乖。

以前怎么没发现她爷爷这么爱演戏，世界欠他一座奥斯卡小金人。

"菀菀，怎么不说话？"老爷子语气轻松愉悦。

"我还能说什么？"

"你要是没意见，事情就这么定了，那你回家时，记得把小五带着，顺便给我买点松子糕回来，嘴馋了。"

"……"

唐菀打电话的同时，江锦上也在给家里打电话询问情况。

接电话的是他哥，江宴廷。虽然江宴廷一口承认，所有事情都是他做的，可江锦上心底清楚，能干出这种事的，只有他的母亲。

"五爷，那个……"唐菀挂了电话后，一时不知该怎么开口，"您……是要和我回家？"

江锦上方才的举动，显然也是不知情的，她还是客气地问了句，直接开口让他跟自己走，要是被拒绝，太尴尬。

江家人垂头贴墙，齐排排站着，听他家爷方才打电话的语气，该不会让唐小姐难堪吧。

只听他含着嗓子，温缓说了句："那就麻烦唐小姐了。"

"您客气了。"

唐菀深吸一口气，她此时哪里知道，一句麻烦……纠缠了一辈子。

唐菀虽然无法苟同自己爷爷的做法，但作为主人家，还是要主动热情些的。

唐家毕竟不是酒店，鲜少有外人入住，虽然有些一次性的洗漱用品，住一晚没问题，如果长住，总要添置些私人用品。

老爷子直接打电话告诉唐菀，让她去趟超市。

"那小子脾气古怪，我随便买的东西，他要是不用，那就浪费了，你和他一块儿，他亲自过目挑选的，总不会错，既然他来我们家，就要让人家住得舒舒服服。"

唐菀没法子，只能征求江锦上的意见，和他去了趟超市。

江家人很想说一句：他们爷不爱逛超市！他的生活用品，他们负责采购就行。

只是江锦上先开了口："去哪里的超市？"

江家人："……"

以前身体不舒服，压根儿懒得动弹，今天是怎么了？

江家人多，都随着进超市过分惹眼，只留了两人跟着。

唐菀陪着江锦上，从日用品区开始采购。

"这个牌子的可以吗？"

唐菀又不懂他的习惯喜好，只能按照自己喜好选购，再征求他的意见。

江锦上不紧不慢跟着她，两人偶有交流，虽然偏头在说话，可始终还保持着一点距离，莫名亲昵，却又不会让人觉得僭越不自在。

也不知是不是外面下雨的缘故，唐菀觉得今天超市的人格外多。余光看到有人推着手推车靠近，她礼貌性地往一侧挪了两步。只是没想到推着车的是个熊孩子，车轮不受控地往前滑，奔着唐菀的小腿撞去。

她手中拿着东西，本能往后一退……

下一秒，腰肢被人揽住，身子略一往后，后背就往那人胸口一撞。

江锦上抬手撑了下手推车，几乎将她整个人拥入怀里。

"对不起，实在抱歉，你赶紧和哥哥姐姐道歉。"带孩子的家长一脸歉意，那熊孩子还不如手推车高，也乖乖道了歉。

"没关系。"唐菀好脾气地摇头，腰被人揽着。

一瞬间，她心跳艰涩，呼吸艰难。

只是转瞬间，他已然松开了手，唐菀试图侧着身子，避开与他的触碰。

这个超市货架之间很宽，只是这熊孩子车子几乎贴着唐菀，将她和江锦上挤在了一处较窄的地方。

无法避免的触碰。

她的肩头抵着他的胸口，他穿着薄毛衣，比寻常人穿得厚实些，体温也偏高。

"走吧。"

两人身体稍微拉开些距离，他虚虚护着她，两人离开了逼仄狭窄的区域，唐菀才转头和他道了谢："你还需要买别的吗？"

"差不多了，我们回家。"

他声音本就温和，透着暖意。

回家一词，在这种场合，多了些暧昧缱绻。

唐菀心底被这两个字撩得狠狠一颤。

江锦上顺手从她手中接了洗手液，扔到了后面的手推车里。

江家人已经被他这一系列的动作给惊呆了。

他们视线一直盯着江锦上，对于他家爷是如何移动的，他们是蒙的。

付款结账，唐菀和江锦上几乎是同时拿出了手机扫码。

"扫我的就行。"

收银员打量着两人，笑了声，对准江锦上的手机扫了下："小两口？还分这么仔细？"

唐菀嘴角一抽，有种旧债未还，又添新债的错觉。看状态就不是什么兄妹，倒像是刚确立关系的情侣，有些娇羞别扭，还不敢在公开场合做亲昵举动那种状态……

"不是，就一个朋友。"唐菀解释。

收银员笑着，也没反驳，帮忙收拾了一下东西："都是日用品，那也是比较亲近的朋友吧。"什么纸巾、牙膏、牙刷都有，普通朋友，谁会陪着来选这些。

江家人刚被自家五爷一系列动作给惊呆了,此时听了收银员的话,打量着两人,越发觉得这两个人……莫名有种新婚夫妻的既视感。

回老宅的途中,绕路给老爷子买糕点时,唐菀接了个电话,张俪云打来的。

"俪姨,有事?"

"还是为了昨天茉茉同学那件事。"

"怎么了?不是警察在处理了?"唐菀语气温吞着。

"你看,人也在局子里待了一天,小姑娘也吃了教训,又是学生,年纪小,吓唬一下就行了。"

声音断续传来,车厢悄寂无声,江锦上虽听不全面,也猜到了一二。

"菀菀,你现在有空吗?她父母来家里了,想和你见一面。"

这女孩家里托人找关系,当时又是人赃并获,求助无门,没渠道联系唐菀,只能来这边碰运气。

"你看他们家挺有诚意的,你……"张俪云想当个和事佬。

"如果是和我道歉,那我收了。俪姨,不好意思,我还有事,就不过去了。"唐菀说着就把电话给挂了。

张俪云看着坐在客厅里的夫妻俩,也是一脸无奈。

"对不起,我帮不上忙,你们也知道我们的关系,我和她不亲,她脾气有点倔,有时她爸的话都不听,更何况是我的。"

"本来是小事,非得弄这么大,我这……她这家里惯着,我也实在不好说什么。真是过意不去,帮不了你们。"

那夫妻俩急忙摆手:"没关系,您别放在心上。"

本来就是他们女儿小偷小摸,已经够丢人了,张俪云好歹是名门夫人,能这么热情接待他们,没半点架子,他们很感恩。

"我回头托人打点一下,你们女儿在里面肯定遭不了什么罪。"张俪云继续道。

"那就太谢谢您了。"

他们不是本地人,其实没那么大的能量托人找关系,张俪云开口,夫妻俩自然感激。

"怎么说都是菀菀做得太过,其实得饶人处且饶人,她就是太任性,没办法。"张俪云笑得人畜无害。

这话落在这夫妻俩的耳朵里,越发觉得唐菀是个强势,并且得理不饶人的刁蛮大小姐。

张俪云喝着茶,观察着夫妻俩的神色,嘴角勾着抹笑意。

流言这东西,三人能成虎。欺负她女儿,还能让那臭丫头落得好名声?她倒想看看,这种流言传出去,别说江家了,我看谁家想要她这么个儿媳妇!

就在张俪云暗自得意的时候,对面夫妻俩手机忽然响起来,看到是派出所的来电,做父亲的中年男人整个人都紧绷起来,清了清嗓子接起电话。

"喂,杨警官啊……"语气讨好。

"您说什么,我女儿被放了?"男人激动地站起来,"……哎呦,我这,杨警官……"

"您说是唐小姐特意打电话过去的?好的,好的,我马上就过去,要交保释金办手续是吧,我知道。"

"方不方便让我和唐小姐道个谢……"

张俪云笑容僵在唇边,瞬时怔住。

男人挂了电话之后,也来不及和张俪云说什么,只是客气道了谢,就拉着妻子打车去了派出所。

张俪云找人一打听,昨天偷窃被抓的女孩果真被放了出来。

唐菀这臭丫头!

自己打电话给她,给我甩脸子,没想到又来这出……

这不是故意打自己脸嘛!

此时的唐菀坐在车里,已经接到了那对夫妻的感谢电话,应该是从派出所那边拿到了她的手机号码。

"唐小姐,真是对不起,一直想当面和你道歉,我女儿这事儿做得的确……您晚上有空吗?我们请您吃顿饭。"

"叔叔,您太客气了,我当时的确有些冲动,您把人带回去和她说明利害关系就行,再说,做错事的也不是您。"

"子不教父之过,我有责任。"

"让你们给我道歉,我真的受不起……"

客气几句后,唐菀就挂了电话。

派出所这边,这女孩的父母,已经对她感激涕零,此时回味张俪云的话,就觉得很不对劲了。

"这唐小姐人不是挺好嘛,什么都给我们想到了,还觉得见面怕我们难堪,给我们留了面子,这唐夫人简直是胡说八道。"

"后妈能有多好啊,尽瞎说。"

"现在听她说的那些话,分明是故意败坏唐小姐声誉,我们是没接触过人家,要不然真以为多蛮横呢。"

"哎呦,听说在抢财产,这后妈装得多好呀。"

……

张俪云一直让人盯着派出所这边的动静,风声一转,抓人的是她唐菀,现在大家夸的也是她。

最主要的是,她这次枉做小人,生生被坑了一次。

第三章
为他失去了分寸

唐家老宅。

平江城雨停了一会儿,太阳露光,地上已经少见雨色,唐菀和江锦上到家时,张俪云和唐茉已经到了,正坐在前厅和老爷子说话。

"小五来了,身体怎么样?"唐老忙起身。

"没什么事。"

"你的东西都搬来了,就在东院,你别在这里待着了,赶紧去好好休息,菀菀,你带他回房,让他好好休息下,待会儿你再过来。"

"那我先去休息。"

江锦上不傻,唐老显然是故意支开他。

他们有家事要处理,自己怎么说还是个外人,不便参与太多。

唐菀领他进了自己院子,圆形雕花石拱门,里面遍布绿植,院子中间还有个大缸，养了些小荷，只是入秋已经凋敝。三间屋子，南北向对，卧室两间，均是坐北朝南，采光极好。也就是说，两人的卧室是紧挨着的。

"我就住您隔壁，如果有事可以随时找我，南屋是书房和我工作的地方，您如果觉得无聊可以去那边坐坐。"

江锦上打量着小院子，不算大，却处处精细。

他东西刚搬过来，需要时间收拾，唐菀领他回屋，简单和他介绍了下房间，就直接去了前厅。

张俪云母女过来，无非还是为了昨天唐茉同学偷东西的事。

"……都怪这丫头，年纪小，识人不清，交了些乱七八糟的朋友。"张俪云数落着女儿，半点不含糊，"我已经停了她最近的零花钱，让她好好吃点教训。现在这社会，人心不古，你要是再敢把不三不四的人领进门，我让你好看。"

唐茉低头咬唇，她刚升入大学，正是交朋友要花钱的时候，经济制裁对她来说太狠了。

"俪姨，没事，茉茉也不是故意的，事情都过去了。"唐菀轻笑，漂亮话谁都会说。

"你不计较就好。"张俪云笑得和善。

唐老坐在边上，并没作声。其实张俪云很聪明，这件事他迟早会发难责备唐茉，等他出面，那只会让唐茉更难堪，与其这样，不如自己主动些。

"你这丫头，愣着干吗，快给你姐道歉。"张俪云推搡着自己女儿。

"姐，对不起。"

对于道歉，唐茉是不甘心的，只是母亲给她分析过利害关系，她只能暂时低头。

说话间，唐菀手机来了电话，她眯着看了眼，笑着起身出门："爸——"

张俪云一听这称呼，心里咯噔一下，神色复杂。

"夫人，喝点茶。"陈妈笑着端茶上来，看着这对母女，也是有些无奈。

其实先生再娶，总有自己的考量。他一个人带孩子辛苦，当时小姐年纪小，他工作又忙，等小姐一天天长大，有些事做父亲的就不好过度照顾。

那时候老太太还在，身体也不好，二老自顾不暇，就算把小姐接到老宅住，也难免有疏忽的时候。偌大的家，总需要人操持张罗。

47

他认为再娶是为了更好地照顾小姐，体贴家庭，就好像有些夫妻感情不和，却因为孩子强行捆绑在一起生活，或者为了孩子，离婚又复婚的例子也很多。

有些事只是做父母的一厢情愿，自认为好，又能说他做得多错？

况且这对母女以前真不像现在这样。刚进唐家时，她们什么都没有，尚且知道感恩，说话做事也是很得体，相处得还算融洽，所以这么长时间也都还相安无事，可是时间一久，好东西见多了，自然就开始不知足。

人心啊，最是难测。

张俪云率先惩戒了唐茉，此时江家人还在，老爷子也不想在外人面前把自己的事摊在明面儿上，让旁人瞧了难免笑话。

所以有些事老爷子嘴上只是说两句，可是心底却记得门儿清。

他是老了，却不糊涂，孰是孰非，谁真谁假，还是分得清的。

张俪云原本还想亲自下厨表现一下，也被老爷子婉言拒绝了，只能带着女儿，愤愤不平地离开。

张俪云母女离开后，唐菀亲自下厨做了几道菜。

唐老坐在上首，江锦上坐在他左手边，唐菀从厨房端了一道碧螺虾仁出来。

"怎么做这道菜？"唐老最近吃的药，忌食鱼虾海鲜。

"您别吃就行。"唐菀将虾仁直接端到了江锦上面前，她记得上次吃饭，点过这道菜，他吃了不少。

"谢谢。"江锦上心底略微一动。

他清楚记得两人第一次吃饭点了哪几样菜，而她……

记住了自己的喜好。

唐老眼神在两个人身上来回睃巡，笑得合不拢嘴。

"陈妈，今天高兴，把去年酿的梅子酒拿来，我和小五喝一点。"唐老声量极高。

张俪云饭做了一半离开，唐菀接手，还有最后一道菜装盘，余光瞥见自家爷爷已经拿了小酒盅，在自己与江锦上面前各摆一个。

"老爷子，这酒可不能多喝。"陈妈已经拿了酒出来。

靛青瓶身，上面还画了枝白梅，拧开瓶盖，满屋都是酸甜的梅子香。

"没事，今天高兴。"老爷子笑道，他刚准备拿酒瓶，江锦上已经起身："唐爷爷，我来吧。"

江家人站在边上，腹诽：昨天还是唐老，今天已经是唐爷爷了……亲切程度不止近了两三分啊。

"哎呀，没事儿，在我们家随意点，没那么多客套的东西。"老爷子随性，不过礼多人不怪，江锦上客气懂礼，印象分肯定不会差。

只是他刚接了酒瓶，就被从斜侧伸出的手给截了和。

"两个病秧子，喝什么酒？现在身体舒服些，就可劲儿糟践？"唐菀蹙眉，一脸不悦。

江锦上只是垂眸看着她，觉得她目光灼灼，装得很凶，意外地有些可爱。

"就一两杯，小五第一天来，小酌怡情，医生也没说让我彻底忌酒啊。"唐老轻哼着，"小五，你也不能喝酒？"

"一点的话，没问题。"

"你看看，他也能喝，我们就喝一小杯，你说你管我就算了，你管小五干吗？"唐老轻哂，"你又不是人媳妇儿，管得多了。"

"爷爷！"唐菀知道他那点心思，私下说就算了，怎么能在江锦上面前胡说八道，气得她直咬牙。

"一杯是吧，那我给你们倒酒，倒完这酒我就收起来了。"

"你这丫头……"唐老气急，却也没办法。

唐菀先给老爷子倒了一小杯，才给江锦上斟酒。

小酒盅，两个拇指大小，需要倒得非常小心，稍不留神，酒就会洒出来。

"刚才谢谢关心。"江锦上坐在位置上，略一偏头，就能清晰看到她的侧脸。

因为下厨，她长发束起，露出的一截脖颈，白皙细长，许是在厨房染了烟火，耳廓粉粉嫩嫩。

都说南方出美人，那唐菀绝对是数得上的漂亮。

就算不是一眼惊艳，但第二眼……也能入人心。

此时两人的距离近得有点不可思议。

他一开口，唐菀就感觉一阵气息吹来，鬓角绒发好似微微拂动，蹭着她的脸，刺挠得她心底都有些痒。

"不客气。"唐菀低声道。

"其实……"他似乎靠得又近了点。

"我身体没你想的那么差。"

49

声音压到最低，仍旧是温和的，莫名地有点暧昧。

你身体没那么差，关我什么事，那就赶紧养好身体，回你自己家啊。

唐菀手略微一抖，酒水溢出半分，她已经撤回手，直起身子，合上酒盖，从容离开。

唐老端起酒杯，放在鼻尖嗅了嗅，好似在闻酒香，余光却一直落在隔壁两人身上，越看越配。

唐菀直至回到自己位置，还心悸难安。

她抬手整理一下耳侧的碎发，总觉得他方才说话的声音还在耳边回荡着，两人又正对而坐，视线难免相撞，可能是喝了点酒的缘故，她莫名觉得，这人……

不仅说话声酥，就连眼神都是热的。

江锦上话并不多，唐老比较能说。

他只是安静听着，到最后饭菜都凉了，唐菀只能起身帮两人热了点汤。

一顿饭吃完，江锦上还陪着老爷子聊了一会儿天，唐菀则帮着陈妈收拾桌子。

"小姐，您做的菜还挺合江五爷胃口。"陈妈笑道。

唐菀扫了眼桌子，唯一一个被清盘的菜，就是那道碧螺虾仁。

有人这么捧场，谁都会舒服，她笑了笑，低头收拾东西，没说话。

唐菀和江锦上回东院的时候，唐老已经吃了药回屋休息了。

入夜秋风凉，两人并肩而行，刚进院子，江锦上看到一侧墙边堆放的空置花盆，忍不住低笑出声："看样子，你以前真的养了不少花。"

唐菀脑袋倏地有点大，想起方才爷爷笑着和江锦上说：

"……就东院那些花盆啊，都是菀菀以前种的花，花死了，盆没舍得扔，都丢在那儿了。"

"这么多年下来，死在她手里的花花草草还真不少。"

"连仙人球都能被她养死了。"

……

唐菀当时就恨不能捂住自己爷爷的嘴，什么都往外说。

倒不是她真不会养花，而是有时工作忙起来，需要绝对清静，院子里也没人进出，她连自己都照顾不过来，更别说摆弄花花草草。

有些花娇贵，等她忙完，这花已经半死不活，怎么都救不回来。

她无奈又懊恼，为什么这些花在自己手里，就是养不活呢？

江锦上调侃完，唐菀悻悻一笑，各自回屋。

因为下厨做饭，难免有点油烟味儿，唐菀简单冲了个澡，打开电脑，准备回复一下工作邮件，却忽然听到敲门声："唐小姐，打扰一下。"

江锦上？

她急忙起身开门："有事吗？"

"家中可还有别的地方洗澡？我浴间里的浴霸好像坏了。"

"坏了？"唐菀蹙眉。

她的院子鲜少有人借宿，有朋友过来，留宿的都是些关系特别亲近的，要是闺蜜，可能就和她挤在一屋了，隔壁房间压根没人住，浴室也有段时间没检查了。

主要是虽已入秋，平江气候不算太冷，洗澡还用不着开制暖，她也没特别在意。

想着之前去江锦上入住的酒店，房间内温度就出奇地高，看样子他是挺怕冷的。

唐家是老宅，家中能洗澡的地方并不多，就她院子里这些，都是这两年才弄上的，总不能让他大晚上到处跑吧。

"要不……来我屋里吧。"

"方便进去？"

"没事，您去拿换洗衣服吧，毛巾什么的，我这里有，明天我就找人去修一下。"

"住在这里已经很麻烦你了，我让人去修就行。"

唐菀也没说什么，他回屋拿换洗衣物，她就赶紧把屋子收拾了下，一个人住怎么放肆都好，来一个陌生异性，肯定各种别扭。

江家人此时正站在房间门口，瞧着他家爷收拾了东西，准备去隔壁，刚准备跟上，他就转头瞥了几人一眼。

"我洗澡，你们是准备跟进去看？"

"不是。"他们哪儿敢做这种事啊。

"女生的卧室，你们觉得进去合适？"

江家人：那您进去就合适？

"待会儿把浴室看看，哪里出了毛病，明天修一下。"

您都这么说了，我们还能说什么？

几分钟后，江锦上已经进了唐菀房间，小姑娘的屋子，干净整洁，随处可见精巧的小心思。

她屋里鲜少能见到什么奢侈品，不过就是床头一盏落地灯，也是横斜的花枝模样，异常精巧，估计每样都是依照自己喜好精挑细选的。

"浴室在这边。"唐菀已经提前给他开了制暖，推门进入浴室，里面已经是融融暖意，"这是洗澡的东西，还有毛巾，你随便用……"

"谢谢。"

唐菀出去，坐在电脑前，刚打开工作邮件，忽然听到水声，莫名其妙想起今日见到江锦上穿衣服的画面。

衣服自上而下地落下，露出一段劲瘦的腰身。

她心跳倏地加快，整个人的脸都变得有些红扑扑的。

她抬手拍了拍脸，能不能专心点工作？

可是浴室隔音效果并不好，水声断断续续传来，一个陌生男人登堂入室，还长得那么合她的心意，若说一点感觉都没有，都是假的。

她干脆戴了耳机，打开音乐播放器，让自己专心工作。

为了盖过水流声，她特意调高了音量，还选了首颇为劲爆的音乐，所以江锦上从浴室出来，她也浑然未觉。

他就斜倚在浴室门口，偏头打量着她，看她长发垂在腰后，吹得半干，贴着衣服。薄薄的睡衣料子被濡湿后透了点，紧贴着后腰，勾勒出了半抹弧度，刚洗了澡，她没有涂抹任何化妆品，小脸素净，低眉温润，干净而漂亮。

"唐小姐。"此时已经是晚上十点多，江锦上也没打算多留，打个招呼就要走，只是喊了两声，她都没回应。

这么专心？

他抬脚走过去，直至到了她身后，她好似无知无觉。

直至电脑屏幕转换，深色的屏幕不仅衬出了唐菀的脸，也隐约可以看到她身后的人。

她慌忙摘了耳机，也是动作太急，耳机线不知怎么裹到了头发里。

唐菀下意识要生拉硬扯，一只手已经伸了过来，轻巧地帮她把耳机从头发中解救出来。

"慢一点。"他声音温和，声线低沉，又酥又暖，听得她心跳怦然。

而另一侧耳里，劲爆的鼓点不断敲打震动，震荡着耳膜，让她心跳莫名更快了点。

因为帮她拿耳机，江锦上靠得很近。

他的下巴好似抵着她的颈窝，唐菀下意识屏住了呼吸，可能是刚洗完澡，虽然没有任何肢体碰触，也能感觉到他过高的体温。

"我就想和你说一声，我洗好了。"

有些话寻常听着没半点毛病，可是这时候，却显得分外暧昧。

此时的唐菀屏着呼吸，身体紧绷。他的靠近已经越过人与人之间的安全距离。只是她尚未开口，江锦上已经直起了身子，只是方才身子倾着，发梢没擦干的水珠滚落，溅在她肩上。

钻心烫。

"你忙得太专注，喊了你两声，都没反应。"

江锦上解释自己靠近的原因。

两人距离拉开，他端站在那里，从容淡定，清隽如竹。

"戴着耳机没注意，您洗好了？"唐菀问的是废话，她无非是想缓解尴尬。

"嗯，那我先走了，不打扰你休息。"江锦上自始至终都是绅士而克制。

他能让人心跳加速，却不会让人觉得过分僭越。

不得不说，这是种本事。

"我送你。"唐菀起身送他出门，等关了门，她才靠在门上，长舒一口气，这男人长得太好看也未必是好事，太"红颜祸水"。

翌日一早，她洗漱好，刚开门出去，整个人就僵在原地。

她院子里那些空置的花盆已经全部栽了花，各式各样，挤挤挨挨占了小半个院子，江锦上手中端着一盆花，细细打量着，余光瞥见她，笑着说了句："早。"

"早。"唐菀抿了抿嘴，"这个……"

"花盆都挺漂亮的，闲置太可惜，我在这里反正没什么事，养花总是会的。"他说着已经走到她面前，"这盆放你屋里吧。"

"这是什么？"

"薄荷。"

"谢谢。"唐菀也没多想，接了花就放到了卧室书桌前。

后来她才知道，男生送薄荷，表示对你纯洁的……

53

喜欢。

江家人也是莫名，您是来养病的，怎么突然开始养花了？

后来他用实际行动证明，花养好了，以后是可以连盆端走的。

家中多了个人，连早餐都比平时丰富些。

唐菀低头吃着小馄饨，余光瞥见江锦上拿着勺子，舀着馄饨吃，却避开了清汤上的香菜，半点没碰。

她暗暗记下：他不喜欢吃香菜。

"五爷，我待会儿打电话让人来给您修一下浴室吧。"

"什么浴室？"唐老今日心情好，早餐都吃得比寻常多。

"我浴室的制暖坏了。"江锦上说得淡定，"我自己找人修吧。"

"没事，我这里还存了之前安装时维修师傅的号码，正好快入冬了，让他帮家里其他制暖设备也检查一下。"

唐菀理由说得正当，哪儿有让客人修东西的道理。

吃了早饭，联系好维修师傅，唐菀就回屋换了衣服鞋子，准备去书房工作。

她进入南屋书房时，没想到江锦上也在，于是开口叫道："五爷。"

虽然之前说，让他把这儿当自己家，随意一点，可自己的书房闯入一个陌生人，始终有些不自在。

他坐在靠窗的椅子上，膝盖上搭着一条薄毛毯，阳光笼罩下来，璀璨如金，他偏白的皮肤上，此时也被染上一层暖意。

三月桃花，再漂亮也不过如此吧。

"工作？"他声线如常温和。

"嗯。"

"我在这里不会打扰你？"

"没关系，我就是回复些工作邮件，暂时也不忙什么。"

唐菀和人合伙开了个工作室，做些掐丝点翠的首饰，她只负责画图设计做工，对外营销都是工作伙伴来。

他们走的是比较高端的私人订制路线。

目前接的活都是宫廷影视剧的首饰制作，或者是给一些京剧大师做些点翠头面，忙起来一口饭都吃不上，闲下来可能一两个月都没事。

"五爷，要不要喝点茶？我这里有点比较新的红茶。"秋冬红茶滋补。

江锦上眯了眯眼：五爷这称呼，真的听着客气生分。

是该换个称呼了。

五哥？锦上？

她的声音温温软软，能浸进人骨头里，如果说自己的名字，应该会更好听。

唐菀正取茶叶泡水，压根不知道某人盯着她的视线，灼热无比。

书房内半壁书架，半壁画稿。

工作台上整齐摆放着掐丝点翠需要用的打孔钳、手工钻、刻刀等工具，台面上还有个点翠镶宝牡丹的半成品。

唐菀正在泡茶，沸水冲入后，整个书房都弥漫着一股淡淡的红茶味。

她正准备将茶端给江锦上，却发现他不知何时已绕到了自己身后。

猝不及防的靠近，让她端着杯子的手一抖，茶水差点洒了，不过下一秒，他已经伸手过来，就着她的手，稳住了杯子。

"怕我？"

杯子太小，唐菀双手捧着，此时被他双手包裹着，他指尖温热，体温偏高，好似有火星燎着她的手背……

有点烫。

"没有。"唐菀表面从容，试图将手指抽出，可被禁锢着，半点法子没有，"五爷？我们现在也算熟悉些了，现在我还暂住在你的院子里，抬头不见低头见。你一直喊我爷，总让我觉得，我们好像差了几个辈分，其实我们年纪只差了三岁。今早唐爷爷说的话其实挺对的……"

他语气从容，垂着眉眼看她，眼神没有半点欲念，就好像在谈论天气那么随意。

唐菀猜到他接下来要说什么，只是当他真的开了口，简单一句：

"我们之间要不要换个称呼？"

他声音极暖，压着最后一个字音，将整句话滑到一个低沉暧昧处。

唐菀心脏"怦怦"狂跳，挤压着胸腔，将她耳朵俏生生染了层红。

"换称呼？"

"嗯。"

这种事唐老开口，是半开玩笑的，打趣一下就过去了，可江锦上开口，味道就完全变了，而且他说话的语气，温和谦逊，却让人无法拒绝。

其实称呼不过几个字，却在时刻提醒唐菀，面前这位是四九城的爷，要端着、敬着,这种界限一旦被打破……

后面被打破的东西只会更多。

本就不是一路人,就算心动,唐菀也不太想和他纠葛太深。

唐菀强忍着心颤,将手指从他手心缓缓撤出来,稍微拉开两人之间的距离。

"五爷,我觉得不用换称呼,您确实是四九城的爷,喊您一声五爷不过分,就好像您之前说的,说话做事,总要配得上自己身份。"

这是江锦上之前敲打唐茉的话。

他端着茶杯,水很烫,他放在唇边吹了吹冒出的热气,看着唐菀,眉眼温润:"可在我心里……你们是不一样的。"

唐菀觉着自己快死了。这个男人长得本就太好看,他说话永远都是自留几分,她与唐茉的确不同,可这话听来……

却偏又多出了几分别样暧昧。

足以让人心动。

"有些事她不能做,不过你对我可以放肆些。"

江锦上声音轻柔,却像是一根细箭,"嗖"的一声,正中红心。

他这话是变相的偏心纵容。

唐菀也不是冷血的人,一个好看的男人告诉你,你是特别的,说不心动,那都是假的。

"我在家里和朋友中排行最小,他们都喊我小五,你可以喊我名字,或者……叫声五哥也行。"

唐菀紧抿着唇,喊名字?锦上?她怎么喊得出口?

可五哥就更暧昧了。

他就站在她面前,温吞地喝着水,耐心等她,可唐菀却如坐针毡,换个称呼不是大事,可现在她是怎么都叫不出口的。

……

就在气氛焦灼时,有人轻缓叩门:"五爷,医生来了。"

称呼问题因为医生的到访被打断,江锦上也随之离开书房,关于称呼的问题,也就暂且被搁置了。

唐菀坐在电脑前回复工作邮件,心底被某人搅和得一团乱。

这人长得太好看,光是存在,就让人很难忽视了。

快吃中饭的时候,唐菀才说中午约了人,不在家吃了。

江锦上拿着小棍儿,逗弄着鸟,唐家廊檐下悬挂了两个鸟笼,里面有老爷子养的两只画眉。

他余光瞥见墙角还有些渔具一类的,都是老人家平时消遣打发时间用的。

现在许多年轻人也喜欢钓鱼养鸟,他对此却没兴趣,自然不懂这其中的乐趣。

忽见唐菀换了衣服出门,简洁黑色小西装,紧身包臀裙,内搭白色衬衣,简约而端庄,姣好身材一览无遗。

江锦上目光从她纤细的腰肢上晃过,棍子下手没个准儿,一下子戳到画眉身上,这鸟叫声本就大,被他戳得狠了——

"啾啾啾——"扑棱着翅膀。

这种声音是在告诉主人:我害怕啊!

江锦上只是客人,两人关系也没到那个地步,自然也不方便问她去做什么,好在唐老开口了:"出去见陈经理?"

"嗯,谈点事,要不要糕点,我回头正好给您带点。"

唐老笑着点头。

唐菀离开后,唐老才佯装漫不经心地走到江锦上身边:"这陈经理叫陈挚,四十多了,她工作室的合作伙伴,早就结婚了,孩子马上读高中,他们夫妻感情挺好的,还带孩子来家里吃过几顿饭。"

变相告诉江锦上:你不要担心,我们家菀菀和他没关系,我还是看好你俩的。

不过唐菀不在,老爷子就放开了,拍着江锦上的肩膀:"小五啊,昨晚喝得不尽兴,下午也没事,咱们今天一醉方休。"说着就把梅子酒给拿了出来。

唐菀出去谈工作,是有两个方面的事,一个是有公司想收购他们工作室,并入大公司,平台资源自然不同,但也意味着她会失去对工作室的所有权,有利有弊。

"这件事我再想想吧。"

陈挚早就料到了,只是一笑:"最近唐老的身体怎么样?听说前段时间为了出院,在病房里差点给医生表演太极。"

唐菀眼皮突突一跳："你怎么知道？"

"我和你说了，我的外甥女在医院做护士的，你忘了？"

唐菀这才恍然点头。

"唐老如果没什么事，我这里有个项目，你看看要不要接？一部古装剧，据说要投资两个亿，清宫剧，我回头把资料发给你，你好好看看。"

"清宫剧，只怕任务也很重，爷爷那边离不开人，我怕没那么多精力。"

"对方目前只接洽了我们工作室，很有诚意，还在筹备阶段，时间还有很多，开出的价格也特别优厚。"

"我想想吧。"

唐菀吃完饭回家还不到两点，刚进了家门就听到自家爷爷在说话，声音含混，显然是喝多了。

"小姐，你回来啦！"陈妈一脸局促。

"他又喝酒了？您怎么不拦着点啊。"

"我这拦不住啊。"陈妈一脸抱歉。

唐菀快步进入客厅，这才发现，某人自己喝就罢了，还拉着江锦上一起，瞧着她回来，还笑着冲她招手："菀菀回来啦，吃饭没，快点过来陪我喝一杯。"

"您别喝了！"唐菀蹙眉，真是不把自己身体当回事，夺了他的酒杯，让人扶他回房。

"身体什么样自个儿不清楚啊，喝两杯就算了，你居然把一瓶都喝完了！您还拉着五爷和您一起喝，他的身体不宜过多碰酒！"

唐菀回来的时候，江锦上显然是有些醉了，握着酒杯，正打算将酒水往嘴边送，此时她一记冷眼扫过来，他瞳仁漆黑，透着股与世无争的干净。

江家人之前一直在劝他少喝点，某人没听。此时却瞧见，江锦上乖乖将杯子放下，颇为乖巧地坐好。脸上就差写两个字：我乖。

他喝完酒怎么是这样的啊，唐菀被他弄得哭笑不得。

其实两人都醉了，唐菀扶着老爷子回屋，到了前厅，才发现江锦上还在。

"怎么不扶他回房休息。"唐菀看向江家人。

"不肯走。"江家人也没办法啊。

要是家中那位在，肯定直接说："不走？绑起来架回去！"

可现在没人在啊，几人肯定不敢妄动。

"五爷，回去休息吗？"唐菀语气温软，此时刻意放缓，像是哄着他。

"嗯。"江锦上点头，只是起身有些趔趄，唐菀刚伸手扶他，手被他抓住，紧紧握在手里。

他呼吸带着酒气，热浪徐徐，几乎是贴着她的耳朵说道："我们回去休息。"

回去休息？

唐菀手被他攥住，许是喝了酒的缘故，他掌心温度偏高。

扣着她的力道不重，只是刚好让人无力挣脱。

"五爷，您慢点。"唐菀此时没办法甩开他，况且对于一个醉酒的人来说，只怕他不知道自己在干吗。

"我们回去。"

他声音素来温和，只是染了层梅子酒的酸甜，呼吸都热。

唐菀毕竟是个女人，力气再大，一人支撑个醉酒的成年男人也觉得吃力，只能不断给一侧的江家人使眼色：过来帮忙啊！

素来会察言观色的那群糙汉子，集体装死。

唐菀想开口的时候，几人忽然忙活起来。

"要回屋对吧，我先回房准备一下，把床准备好。"

"我觉得爷需要一碗解酒茶。"

"那我先给他倒杯水吧，他待会儿肯定会口渴。"

……

两秒钟，人都跑了。

唐菀哭笑不得，这群人还真放心把江锦上交给她，也不怕她图谋不轨？这要是遇到个女流氓，把人吃干抹净怎么办？这群人也太不尽责了。

不过江锦上虽然喝多了酒，却不会耍酒疯，也不会胡来，只是拉着她的手，不肯松开。

第一次见到他的手，唐菀就知道生得非常漂亮，骨节纤细修长，此时轻扣着，才觉得掌心温热干燥。

他身上全是梅子酒的味道，此时白皙的皮肤也被染上了一点红色。

仿佛三月海棠，经雨后，有着灼人的艳色。

美好的事物谁都喜欢，况且面前这人无论是皮囊还是骨相，皆属上乘，无可挑剔。

被他握着手，若是没反应，都是假的。

好不容易进了东院，唐菀牵着他回了自己房间。

江锦上搬来后，唐菀还是第一次踏足这个房间，这是她的院子，其实屋子里的家具摆设都是她挑选的，可此时他的东西已经占据了屋子大小角落。

居然与她的东西，完美融合，相得益彰，若是不知道的人可能会觉得，这里……

本就是属于他的。

唐菀牵着他走到床边："五爷，到了，您先休息吧。"

江锦上身体不好，从小到大，喝酒的次数屈指可数，对于从不沾染酒精的人来说，想喝醉太容易。

他此时只觉得头重脚轻，眼前的一切都在转，就连唐菀的脸也是模糊不清的，只有握在手心的这双手……是实实在在的。

"五爷，我要走了。"唐菀手腕略微用力，试图挣脱。

可此时江锦上忽然想到她今日出门时，穿着修身职业装的模样，胸口也闷闷的。

况且她此时还试图抽出自己的手，他心底一紧，手腕略微用力……

唐菀身子踉跄，整个人撞在他怀里，身子更没法动弹了。

一侧的江家人看蒙了。

他们是不是要出去避嫌？

"五爷——"唐菀蹙眉。

这种过度亲近的举动，让她心底警铃大作。

只是她刚挣扎着，就听耳侧传来一道声音。

他真的喝醉了，提不起劲，就连声音都是虚虚的，就因为如此，更多了一层沙哑，靠在她耳边，呢喃着叫她……

"菀菀。"

好似深秋的蝉，要拼尽最后一丝力气，声嘶力竭地喊了声。

她饶是再淡定克制，此时也难免有些失了分寸。

不过江锦上毕竟喝多了，很快就挨着床边躺下了，只是握着她的手，从始至终没有松开。

唐菀没法子，只能靠着他的床边坐着，甚至觉得无聊时，还让江家人去书房拿了几本书来消磨时间。

直至手臂发麻，而他也睡得深沉，才有机会抽出手。

手被他一直握着，很热，此时走出房间，秋凉的风吹来，唐菀心头却热乎乎的。

唐菀深吸一口气：一声菀菀，简直能酥到人的心底。

江锦上很少醉酒，他平时睡眠并不好，这次却难得睡了个好觉，等他再度醒来，已是日暮四合。

他头疼得要命，双臂撑着身子，觉得口干，余光瞥见床头的水杯，刚想端起来的时候，就瞧见了床头柜上的几本书。

"爷，您醒了，我给您去换杯水。"江家人立刻忙活起来。

"这个……"江锦上是真的记不太清了。

"这是唐小姐的。"

"她的？"

江家人就把事情简单说了一遍。

对于某人如何不要脸，一直拉着她的手不放，他们说得也直截了当，简而言之：人不是我们带进来的，是您自己喝多了酒，非拉着人家小姑娘的手不放。你虽没乱性，便宜却没少占。

三个字概括：不要脸！

江锦上喝水润着嗓子，听他们说完，就淡淡说了句："喝多了，记不清了。"

江家人的表情好似见怪不怪了，毕竟某人的这种动作也不是一天两天了！

……

而此时外面传来敲门声，江家人立刻去开门，唐菀这个角度看不到坐在床上的江锦上，压着声音说："五爷醒了吗？快吃晚饭了。"

"嗯。"

"我就是来通知一声，六点吃晚饭。"唐菀并没进去，直接离开了。

唐菀心底乱糟糟的，准备晚饭也是心不在焉，还差点伤了手，陈妈就让她去院子里待着。

江锦上到前厅时，就看到她捏着小棍儿，正在……"捅"画眉。

鸟儿被她戳得"啾啾——"直叫，她却心不在焉，好似完全没听到。

吃晚饭的时候，老爷子难得话少，他自己偷喝酒，还怂恿江锦上和他一起，现在看到唐菀就怂，吃完饭，借口头疼赶紧回了屋。

61

唐菀和江锦上住在一个院子,免不了要一起回去。

并肩而行时,唐菀还觉得有些局促。

"唐小姐,抱歉,之前给你添麻烦了。"江锦上先开口。

"没关系。"

"他们说……我好像叫了你的名字,所以你才留下了是吗?"

好像?

唐菀轻笑,叫得可清晰了。

此时想起她还觉得耳热。

而且她不是自愿留下的!

"这两天都在想我们两家的婚事,心有所思,不自觉叫了你的名字,可能是因为最近……满脑子想的都是你。"

他声音温和,伴着秋凉的风,徐徐吹来,唐菀觉得……

心跳又失了分寸。

秋风本是入夜渐凉,唐菀却觉得吹在身上燥得很。

和江锦上并肩而行,饶是在刻意保持距离,胳膊手臂也难免会摩擦蹭到。

"今天听唐爷爷说,你出去见工作室合伙人,是有新工作?"他声音如常,冷静而克制。

"嗯,不过爷爷身体情况容易反复,这马上天凉了,我更放心不下他,只怕没办法安心工作。"俗话说老人难过冬,做子女的肯定要特别注意。

"你很孝顺……"他声线停滞两秒,又补充道,"真的特别好。"

江家人无语望天:您是不是就差补充一句,我很喜欢了。

唐菀心底微微颤,不过声音倒听不出任何异样:"这些都是应该的,做子女的本分,说不上好。"

前厅距离东院本就不远,三两句话的工夫就到了。

"五爷,您房间的浴室今天都检查过了,应该没什么问题,今晚您可以好好休息,那……晚安。"唐菀笑道。

"晚安。"江锦上也没多说别的。

唐菀回屋,看了会儿工作伙伴发来的邮件。

关于白天提到的那部清宫剧,演员配置堪称近些年所有宫廷剧的巅峰，主演都是超一线，就是配角单拎出来，也能独当一面。

阵容豪华，对服装道具自然更加精益求精。

越是这样的工作，唐菀越不敢随意接，压力太大，不过这么顶流的配置，她肯定也心动，合同里对头饰点翠提出了不少要求，她粗略看了下，准备洗完澡再认真研究。

刚冲了澡，她跑去书房，准备拿点参考书，清宫剧都是基于历史的，了解每个妃嫔的生平走向，才好根据年龄段设计头面首饰。

此时她才惊觉，自己的书忘在江锦上屋里了。

她工作兴致被调动起来，也不想这时候被打断，犹豫着给江锦上发了个信息：

【五爷，您睡了吗？】

其实他屋子里还亮着灯。

可信息好似石沉大海，都这么晚了，她也不好直接去敲门，只能耐着性子等。

约莫过了十多分钟，他回了个电话："我还没睡。刚才在洗澡，有事？"

"我的书忘在您屋里了。"

江锦上此时发梢上还滴着水，余光扫了眼床头柜上的几本清史："嗯，在我这里，需要我给你送过去？"

"外面挺凉的，您刚洗了澡，还是我去吧。"找人拿东西，哪儿好意思让人亲自送来。

"嗯，等你。"

唐菀敲门进屋时，江锦上刚洗完澡，穿着一套浅灰色的家居服，简单，却很称他，而自己的书正放在他手边。

"五爷，我来拿书。"

"喜欢清史？"

"也不是，就是最近工作和这个有关，随便看看。"

"乾隆年间的事？其实有些事，你光看正史没什么用，毕竟能写入正史的，肯定都是上位者觉得能让后人看的……"

"我知道，所以最近准备找点其他资料。"

"你想知道哪方面的？我应该可以推荐一点。"

"……"

唐菀不知江锦上居然对清史也有研究，比起枯燥地翻阅书籍，有人可以给自己讲解,那自然再好不过。

这一聊便忘了时间,接近零点,唐菀才抱着书回到自己房间。

翌日,秋日虽凉,太阳照在身上,也有暖意。

唐菀照旧有工作,早早出了门。

江锦上靠在椅子上,膝盖上盖着一条浅灰色的薄毯,手中则拿着本《清史稿》,江家人有几个蹲着晒太阳,还有两人则提着粉色小喷壶在给花洒水。

约莫上午十点多,江锦上原本靠在廊下椅子上阖眼养神,忽然被喧闹的人声吵醒,他撩了下眼皮。

江家人弯腰低声说道:"唐老出去遛弯,带了一些朋友回来。"

虽然都是些老爷子,可都中气十足,嗓门洪亮。

江锦上点头没作声。

过了些时候,听说张俪云也来了,他也躺着没动,直至说唐菀回家了,他眼皮才动了动,几分钟后起身:"既然唐夫人来了,我也该去和她打个招呼。"

江家人都不傻,大概也清楚他心底在想什么。

他刚到前厅,唐老就看到他了:"小五来啦,快过来坐。"

老爷子说着就拉他坐下。

又给他介绍了一下自己的朋友,都是些爷爷辈,常去附近小公园遛弯逗鸟的,——打了招呼后,江锦上和他们聊开了。

唐菀正在一侧泡茶,本来还以为江锦上应该不喜欢热闹,或者不善和人交际,没想到居然和这群老人家还处得不错。

江锦上骄矜洒然,长相上就赏心悦目,人也聪明。

若是他想,要讨人欢心并不是难事。

几个老爷子和江锦上正围在一起下象棋,楚河汉界,泾渭分明,压根不知另一侧的剑拔弩张。

唐菀端着茶水过去时,就瞧着双方厮杀得非常厉害,最后居然是江锦上输了。

"王爷爷,您赢了。"江锦上也不恼怒。

"我这是险胜,我知道你让着我了。"

"我的确让了您几步,毕竟您年长,而且我也觉得自己稳操胜券,没想到您棋艺这么好,是我自大了。"

就算是恭维的话,也听得人心里舒服。

果然,几个老爷子一听这话,笑得那叫一个开心。

唐菀挑眉,都说江五爷多智近妖,可没人说他嘴皮子这么溜啊,也太会讨人喜欢了吧。

"五爷,您的茶。"几个老爷子喜欢喝毛尖,她却给江锦上单独冲了杯红茶。

"菀菀呀,你昨晚是没睡好?黑眼圈这么重?熬夜可不好啊。"几个老爷子和唐菀很熟,说话也直接。

"没有。"唐菀悻悻笑着。

长辈聊天话题就那么几个,左右都绕不开子女。

所以很快就有人说:"菀菀啊,你还记得我那个孙子吗?出国那个,过几天要回来了……"

其实这儿的人几乎都不知道唐家和江家那点事,老人家没那么八卦,而且这件事没摆上明面,唐老虽然想撮合,却也不会什么事都往外说。

情投意合才最重要,要不然外面说起来,搞得像他们唐家逼婚。

所以说孙子回国,话没说透,大家也清楚,大概是介绍对象来的。

唐菀只是讪讪一笑:"是吗?难怪我觉得您今天气色都比以前好,原来是孙子要回来了。"

愣是没接茬。

反而是江锦上喝了口茶,看了眼唐菀:"你的确有些黑眼圈,昨晚没睡好?"

"不是,挺好。"

"是不是昨晚在我房间待太久了?"

正喝茶的几个老爷子傻了眼。

唐老只说是个世交孙子,在他家养病,可孤男寡女大半夜待在一起,这个……

江家人站在一边晒太阳:你俩干脆原地结婚好不好?

唐老和张俪云听到这话,一个是堆着一脸笑,另一个则是咬碎一口银牙!

江锦上的话说完,小院子里的气氛都瞬间变得诡异,只有廊下画眉"啾啾——"叫着。

65

"呦，别人聊天，你这小东西叫什么！"唐老笑着走到廊下。

"老唐啊，你家这画眉尾巴一摆一摆的，怕不是在求偶啊。"有人笑道。

"这小家伙啊，有灵性，八成是别人谈恋爱，自己也想处对象了。"

唐菀皱眉：谁谈恋爱了！

几个老爷子都不傻，一听这话，眼睛在江锦上和唐菀身上睃巡，笑得意味深长。

待他们离开后，张俪云本想找机会和江锦上单独聊两句，毕竟她此时还存了把女儿嫁到江家的念头，总要讨好他一番，只是他抬着眼皮，却半点眼色都不分给她。

大抵是上次偷窃的事，老爷子对她也不假辞色。

这里，没有一个人是欢迎她的，张俪云就算脸皮再厚，也实在待不下去，咬咬牙，只能先走。

唐菀却把自己爷爷拉到一侧："爷爷，您说话能不能注意点，我和五爷没关系！"

"那你昨晚去他房间干吗？"老爷子手中端着小瓷盘，指尖搓揉着鸟食儿，正准备给画眉投喂。

"我就是取个东西。"

"什么东西那么打紧，非要大半夜拿。"

唐菀吸了口气："也没大半夜，而且我们也就聊了会儿天。"

"孤男寡女，深更半夜，共处一室，你告诉我，就是纯聊天？"唐老瞟了她一眼，眼神古怪，分明在说：你觉得这种鬼话我能信？

"反正我们没谈恋爱。"唐菀气结，也不解释了。

"我也没说你俩谈恋爱了啊，我说了吗？"唐老哂笑，"这有些人啊，非得自己送上门，此地无银三百两啊——"

"……"

"行啦，你也别总盯着我，我知道你们关系纯洁行了吧！"老爷子将鸟食儿递给唐菀，"站得有点累，你来喂鸟。"

"您别总说这些话，让人误会啊！"唐菀端着小瓷盘，对他是半点法子没有。

"那你也别总盯着人家小五看啊。"

"我……"

"我是老花眼，可不瞎，自打他从东院过来，你这眼睛啊，就没从他身上挪开过。"

唐菀被噎得面红耳赤，她是担心江锦上不适应，才格外关注。

"哎呦，现在的孩子啊，嘴太硬，白天要人家电话，晚上进人家房间，紧盯着别人看，还要说一句，我们就是普通朋友！"

唐菀无言以对，只能任由他挪揄自己。

说完，老爷子还哼着评弹《楼台会》。偏唱了句："你们有媒也有聘，为何不能夫妻配——"篡改了唱词，分明就是暗指她和江锦上。

唐菀心底憋气，偏又没法子，撂了瓷盘，转身进了厨房。

画眉站在笼中的栖棒上，拍了下翅膀：都走了，谁给我喂食儿啊！

吃完饭唐老就午休去了，唐菀昨晚和江锦上的确只是纯聊天，说的也都是正经内容，江锦上给她介绍了几本书，她上午出门，就是去书店购置书籍，因为老爷子带了客人回家，书还放在车上，没来得及搬回东院。

"唐小姐，这书我们搬吧。"

江家人也有眼力见儿，这可能是他们今后的大腿，一定要抱紧讨好。

"谢谢。"书很多，唐菀一个人估计得来回两三趟，她也就没客气。

搬书回房，唐菀客气地和几人道谢，自然也要和江锦上说一声："谢谢你推荐的书单。"

"今天唐爷爷和你聊天，是不是因为我说的话，让他误会了？"江锦上直言。

"他就那样，您别往心里去。"

"我没所谓，你别在意就行。"

"我有什么可在意的，我们又没做什么见不得人的事……"

"今晚有安排？"

"没事啊，就看看书。"唐菀是真没事，还以为江锦上有什么事，"您有事？"

"昨晚我还有很多事没告诉你，今晚……"两人此时相对而立，距离不算远，他紧盯着她，白皙的皮肤，衬得瞳仁漆黑如墨。

"你还来吗？"

江家人正按照唐菀吩咐把书放好，听到这话，已经面无表情了。

唐菀以为他有什么安排，找自己帮忙之类的，没想到说的是去他房间。她刚说完，自己不在意别人的眼光和胡诌的话，又说自己晚上没安排，

67

现在压根没法回绝:"那到时候再看看吧。"

她心底百转千回,想着怎么才能拒绝。

江锦上却只笑着说:"那……今晚,我等你过来。"

他长得好看,笑起来更赏心悦目。

唐菀看得有些失了神,心脏突突跳着,耳尖微微泛红。

她回房后,呆坐在窗边,一直想着晚上要如何回绝江锦上。

自己晚上的确没什么事,而且临时放他鸽子显得太刻意,最后没法子,她只能给闺蜜阮梦西打电话说明情况。

"……你的意思是,让我晚些时候给你打电话,给你制造机会,让你趁机溜回房是吧?"

"对。"

"我没见过江五爷,不过他哥经常上杂志,长得那么帅,弟弟肯定不差,就着他的颜值都能多吃两碗饭,你怕什么啊?"阮梦西笑着调侃。

"再说你身强体壮的,他一个病秧子还能上天?你不对人家动手动脚就不错了。"

唐菀嘴角一抽:身强体壮?这是形容自己的?

"唐小菀,那可是在你家,你怎么尽成这样?"

"反正晚些时候你一定要给我打电话!"唐菀语气坚决。

"知道了,快年底了,各部门都在冲业绩,我老板疯了一样,不和你说了,要是被抓到我工作时摸鱼,年终奖就没了。"

唐菀还没开口,电话就被挂了,关系不错,自然不会计较这些。

有了借口脱身,唐菀心情也愉悦许多。

吃了晚饭,收拾好碗筷,江锦上陪着老爷子看完新闻联播,唐菀则坐在边上玩手机,刷了会儿微博。

"唐爷爷,我先回房。"江锦上随即起身。

唐老点头,余光瞥见自己孙女一动不动:"菀菀,你还不走?"

唐菀蹙眉,为什么他走,自己一定要跟着啊。

"没事,我自己先回去。"江锦上淡淡一笑,反正待会儿还要碰面。

唐老的眼神已经有些古怪了,坐在沙发玩手机,又没正事,干吗不回房?唐菀讪笑着:"我看完手机上这个视频就回去。"

她只是不想被自己爷爷紧盯着,随意找了个借口敷衍。

没想到江锦上却说了一句。

"那我先回屋等你。"

"……"

电视还在播广告,整个前厅空气却凝结得充斥着窒息感。

唐老眼睛在两个人身上来回打量,笑得高深莫测。

"我们就是约着聊一会儿清史,五爷懂得多,我工作需要,请教他一下。"唐菀解释。

"我也没说什么啊,解释这么多干吗?"老爷子笑道。

唐菀:"……"

唐菀敲开江锦上房门的时候,今天屋里还有别人。

"唐小姐。"有两个江家人在,正在整理药瓶和血压仪,估计是江锦上刚吃完药。

唐菀抱着书,和他们打了招呼。

"随便坐。"江锦上刚测完血压,此时套了件黑色外套,衬着里面柔白色的家居服,整个人更显慵懒。

衣服合体精良,哪怕是最简单的衣服,偏被他穿出了养尊处优的感觉。

唐菀找了把椅子坐下,刚把书放在桌上,江锦上就挨着她坐下了,他许是刚吃完药,身上还有点苦涩的药味儿。

"昨天和你说的书都买了?"

"有一本没买到,在网上订了,估计明后天能收到。"唐菀将手机放在桌上,生怕错过闺蜜的电话。

"那我们今天说什么?聊一下那部清宫剧的女主角生平?"

"嗯。"

唐菀不得不承认,江锦上懂的是真多,许多内容都是一些书上看不到的,她只能找他借了笔,在书上勾画着做些笔记。

两人坐得本就比较近,唐菀低头认真记录着江锦上说的话,原本别在耳后的头发忽地垂落,直接扫在了江锦上的手臂上。

他穿着两件衣服,自然感觉不到什么。

只是眯了眯眼,想起之前给她整理头发的画面,伸手钩起她几缕发丝,指尖搓揉着。

对比自己小侄子那一撮硬得像刺猬的小短发,她的头发……

不仅柔软,似乎还带着股香味儿,偶尔从他手心拂过。

让他痒得钻心。

另外两个江家人收拾好东西，本想离开的，可是这两人气氛正好，他们不敢此时开口打扰，只能靠前站着，安静当个背景板。

唐菀做完记录，随手将头发拨到耳后："五爷，我记录的这些没问题……"

她不知道两人距离何时这么近了，灯光落在他漆黑的瞳仁里，好似化成了簇簇火苗。

"我看一下。"江锦上顺手拿过她面前的书，手臂相触，指尖相碰，唐菀手不自觉地颤了下。

她强压下略显紊乱的心跳，这才瞥了眼手机，怎么还不给我打电话啊？

江锦上看着书上的笔记，下意识搓了搓手指，头发刺挠手心的酥痒感觉消失，可他心底却有些无法平静。

就在此时，唐菀手机忽然振动起来。

她心底大喜，可看到来电显示，略微蹙眉。

怎么是唐茉。

犹豫着，她还是按下了接听键。

"喂——"

"姐，你在忙吗？能不能来接我？我在蜉蝣这边。"

"你不在家，怎么跑去酒吧了？"蜉蝣酒吧在平江圈子里很出名，消费高，有格调。

"我是瞒着我妈偷跑出来的，不敢让她来，你能不能来接我一下。"

"我还有事……"

"那我等你过来，你一定要来啊。"

说完就挂了电话。

唐菀盯着手机，一脸莫名，怎么好端端让自己去接她？她们关系一般，压根没到那个份上。

第四章
油然而生的安全感

蜉蝣酒吧包厢内,霓虹闪烁,奢华至极,装潢布局透着一股纸醉金迷的奢靡,见唐苿挂了电话,坐在正中的男人才笑了笑。

"唐苿,你别紧张,我们就是想认识一下你姐。"其中一人笑道,"今天何少生日,大家开心,热闹下罢了。"

唐苿悻悻点头。

这个圈子里,都是些纨绔,家里条件好,私下玩得很乱,有几个对唐菀垂涎太久……

她生活太规律,半点劣习没有,他们没办法接近她。

说是认识下,大家也不傻,今晚只要她来,怕是很难出这个门。

唐菀接完电话,将手机放在一侧,并没打算去,两人关系本就一般,突然让她去接人,分明有古怪。

"出什么事了?"江锦上询问。

"没什么,我们继续吧。"

可是不多久,唐苿电话又打了进来,唐菀眯着眼,更加验证了心底的猜想,她找自己,准没好事。

那边声音依旧嘈杂:"姐,你到了吗?"

"我现在很忙,帮你叫个车。"

"我是想让你帮我打个掩护,而且现在他们不肯让我走,你就来一下吧,求求你了。"

"又不是土匪,凭什么不让你走。"

"我还喝了点酒,真的很害怕,我怕我今晚会……"唐苿声音抖着,"你一定要来啊。"

电话挂断，江锦上下意识搓着手指："唐茉打来的？"

"您听到了？"唐菀笑得无奈。

江锦上点头："她在哪里？为什么非要让你去接？"

"酒吧。"

江锦上都听到了，她也没必要为唐茉遮掩什么。

之前唐菀因为丢东西的事，和唐茉闹得很不好看，从这件事也足以看出她们关系并不好，让她去接人，还是酒吧那种地方，显然是醉翁之意不在酒。

"我听到她说，有人不让她出来？"

"嗯。"唐菀摩挲着手机。

"你要过去？"

"好歹也是一条人命……"

唐菀心里已经有了打算，如果唐茉存心想算计她，她也有法子让她不舒服。

江锦上只是一笑："除却唐茉，还有别人需要警告一番，要不然你以后会有不少麻烦，如果不介意，这件事我出面。"

"您出面？"

"我现在吃喝住都在你家，之前她还被我误伤，现在有人为难她，我帮点忙也是应该的。"江锦上想做的事，怕是能找到千百种正当理由，"而且……"

"这么晚，你要是真出去，一个人，我不放心。"

唐菀心脏"怦——"狠跳一下。

"你现在困吗？"

"还行。"

"出去看个热闹？"

她点头同意，回屋穿了个外套，两人就出发去了蜉蝣酒吧。

此时的酒吧包厢内，已经有人在催唐茉了。

"唐茉，你不是说和你姐关系很好？她怎么还不来啊？"

"就是，让你叫她来喝两杯而已，不会这么不给面子吧。"

"我可听说你们关系并不好，今天可是何少生日，这么忽悠他好吗？"

……

这群人都是平江城出了名的纨绔子弟,家里有点小钱,说话做事都挺横。

唐茉只是和唐家没血缘关系的继女,一直竭力想融入他们,可这群人瞧不上她。

今天生日聚会,也没邀请她,她是硬跟来凑热闹的,有人问她和唐菀关系如何,就算两人形同水火,在外面唐茉也要粉饰太平。

这才发生了接下来让她邀请唐菀来喝两杯的事。

她想融入这个圈子,得到认可,加上刚才吹嘘自己和唐菀关系很好,只能打肿脸充胖子,给唐菀打电话。

她也清楚这群人想做什么,唐菀面对她,总是那么骄傲,她也想看看她被拉下神坛是什么模样。

打了两通电话,唐菀态度明显,怕是不会来了,可唐茉此时骑虎难下,要是请不来人,她会成为圈内的笑柄,这辈子都融不进去。

就在她如坐针毡的时候,手机振动,唐菀的信息:

【我十分钟后到。】

她喜出望外:"我姐发信息来了,十分钟后就到。"

屋里一群人面面相觑,有诧异的,也有大喜的。

"何少,今晚你女神要来,今天这场生日,绝对会终生难忘啊。"有人打趣道。

坐在中间的男人喝酒没作声。

包厢气氛瞬间又嗨了起来,不过这场生日,不仅是让他,而是整个包厢的人,都终生难忘。

唐菀此时和江锦上已经在前往酒吧的路上。

而唐菀的手机就在这时,不合时宜地振动起来,闺蜜阮梦西打来的。

让她给自己打电话,这都快十点了,她才打来。

不过此时江锦上在,两人坐得还挺近,不方便接听,只能挂断了。

对方一看电话被挂了,略微蹙眉。

知道唐菀此时可能与江锦上在一起,孤男寡女,就算这江五爷身体不好,好歹也是男人,担心唐菀吃亏,心里难免着急,电话接踵而至。

"怎么不接电话?"江锦上挑眉。

"啊?我正打算接。"唐菀暗恨,只能硬着头皮接电话,尽量往一侧车边靠，离江锦上远一些。

"喂——"她压低声音。

"唐小菀，你干吗呢，挂我电话？你没事吧！"阮梦西着急，说话声音也大了几分。

"我没事啊。"她压着声音，总有种做贼的味道。

"怎么啦，不方便说话？不是你让我打电话给你，救你脱困？你俩在干吗？这么见不得人？那江五爷没对你干吗吧？他一病秧子，不行你就叫啊，大声喊，这是在你家，我不信还有人胆子这么大，敢欺负你……"

"没有，我待会儿给你回电话，挂了！"她急急挂断手机。

"唐小菀——"

手机被挂了之后，唐菀略显心虚地看了眼身侧的人。

江锦上恰好也在看她。

车子疾驰着，路灯从车窗闪过，落在他眼里像是走马灯一般，忽明忽暗，唐菀的心情也随之起起落落，忐忑又心虚。

"我一朋友，找我有点事。"

江锦上搓着手指，点头应着："嗯，女生吧，你闺蜜？她很关心你啊。"

唐菀脑袋嗡的一下炸了。

他听……听到了？

闺蜜太急，声音大得前排开车的人都听到了，司机咳嗽一声，场面尴尬至极。

车子抵达酒吧门口，外部深色装潢，只有"蜉蝣"二字，草书狂泻，尽是张扬，门口停了不少豪车，单看也知道这地方消费不低。

"五爷，到了。"唐菀自打接了闺蜜电话，没敢和江锦上说半个字，一直偏头看窗外的风景。

"怎么办？我直接出面？还是……"江锦上看着她。

"要不我先进去吧，如果能顺利把人带出来，也省得您出面。"

"让两个人跟着你，我放心些。"

"谢谢。"

唐菀也没客气，只觉得这江五爷未免太体贴周到了。

她知道，今晚江锦上出手，闹出的动静肯定不小，她不是什么圣母，只想给唐茱一次机会。

如果她乖乖跟自己出来，今晚自然天下太平，如果真的与外人合伙算计她，下场如何，也是咎由自取。

唐菀在想什么，江锦上看得通透，视线盯着她，直至那抹身影消失在酒吧门口。

"五爷，如果唐小姐顺利把人带出去，那我们还动手吗？"

"为什么不动手？"江锦上轻哂，"有些事等发生再制止就迟了，倒不如露出点苗头就……"

"直接捂了。"

他抬手整理膝上的薄毯，语气温和得像是在谈论宵夜该吃什么。

此时的唐菀已经进了酒吧。

这里是会员制，她虽没来过，不过言明来接人，服务生就立刻领她往里走，显然有人提前打了招呼。

"这边请。"服务生曲意笑着，余光打量着她身后的两个人。

在这种地方工作，要会观色识人，这两人虽然是保镖模样，可穿的衣服却不便宜，不像普通保镖。

其中一个戴着墨镜，看不清模样，另一人则生了双狐狸眼，察觉他的打量，眯眼一笑，看着倒也人畜无害。

包厢在最里面，还需要走一段路，唐菀余光刚看了眼那个狐狸眼的人，他就笑着凑了上来："唐小姐，认识这么久，您还不知道我的名字吧，我叫江措。"

"江措？"唐菀对跟着江锦上的几个人都熟悉，只是平时没机会接触，名字不熟。

"对。"他笑得狗腿，"我边上这个叫江就。"

唐菀悻悻一笑，这名字……可真够将就的。

不过那人显然高冷些，愣是一句话都没说，唐菀此时跟着服务生往前走，也没多在意。

唐菀一行人已经到了包厢门口，外面站了几个保镖模样的人，皆是高大威猛类型。

江措倒是一乐：这里面是什么太子爷啊，还整得挺有排面。

门被打开，唐菀进去，江措和江就自然被拦在门外。

"唐小姐，有事叫我们。"两人并不急着跟进去，反正外面几个破鱼烂虾，收拾起来也不费事。

唐菀点头走进去，包厢内音乐骤然停下，惹得部分人还哼哼唧唧颇为不满。

"姐！"唐茉笑得讨好，脸上伤痕还没痊愈，"你可算来了。"

包厢里的人，唐菀只认识几个，可一眼就看得出来，他们是以中间的人马首是瞻，而他也是平江城出名的纨绔。

"唐小姐，好久不见。"何少起身，喝了酒的缘故，目光懒散，却透着十足的轻佻和侵略。

"原来是何少的局子，那我现在能带人走了吗？"

"今天我生日。"

"生日快乐。"

唐菀是从家里出来的，未施粉黛，衣服也极致简单，美人从不是媚在脸上，而是渗透在骨子里，她本就不是一眼惊艳型，却非常耐看。

何少只是一笑："唐小姐，人都来了，喝一杯再走？"

唐菀没作声，只是偏头看向唐茉，对方想干吗，她心底有数："茉茉，你觉得呢？我要不要留下喝一杯？"

她在给唐茉机会，只要她说回家，最起码表明她还没烂到骨子里。

唐茉也很紧张，呼吸都有些急促，可后面已经有人起哄。

而且她心底想着，唐菀是一个人来的，何少这么多朋友，外面还有保镖，也不用怕什么。

"姐，毕竟何少生日，要不……喝一杯再走吧。"她声音极小，唐菀却听得一清二楚。

唐菀低笑一声："那我今天要是不喝这杯酒，是走不成了？"

"姐——"唐茉听得出她语气中的讥嘲，小脸白得没有血色。

何少倒是懒散地一笑，眼中尽是志在必得。

周围都是他的人，就连蜉蝣酒吧经理都是熟人，可以说整个场子都是他罩的，只要他不出声，唐菀想走？怕没那么容易。

"唐小姐，不如坐下说。"何少说着，人也靠了过去，伸手就想请她坐下，手指从她后侧穿过，摆明不是想搂腰就是想搭肩。

包厢里一群人，男男女女，皆是看戏模样。

就算是上流圈子也分三六九等，他们最多是下九流。

平时唐菀就算见面客气，他们也清楚，她心底是瞧不上自己的，想看她栽跟头的人不少。

就在何少手指刚要碰到唐菀肩膀时,她忽然伸手攥住他一根手指,猝然用力……

伴随着男人略显惨烈的叫声,他整个手臂被扭曲反扣到背后。

门外的两人对视一眼,戴墨镜的人就迅雷不及掩耳踹开了包厢的门,一侧几个保镖立即冲过去。

唐茉站在边上,吓得瞠目结舌,因为……

唐菀差点拧断何少的手。

这,也太凶了!

她哪里见过唐菀这般模样,已经吓蒙了。

"唐菀,你……"何少一只手指被反拧着,已经疼得面部扭曲。

脏话还没说出口。

唐菀略一用力,他疼得声音都变了。

"姐——"唐茉站在边上,小脸惊白,没有半分血色。

整个包厢的人被这突如其来的变故吓得呆愣在原地,一时竟无人动作。

而何少已经怒火中烧。他在平江城也算横着走的主儿,在场的人谁对他不是恭恭敬敬的,今天唐菀这么一闹,都不是丢面子问题,而是把他脸按在地上踩。

唐菀也知道这么拧下去,他手指怕要折了,就松了手。

何少脱离桎梏,转身对着唐菀歇斯底里:"我请你来喝酒,那是给你脸,你别给脸不要。今晚你要是能走出这个酒吧,我跟你姓——"

他刚说完最后一个字,唐菀身侧的墨镜男忽然抬脚,踹在他的胸口,力道极大。

他整个身子几乎是半拖着地飞出去的,撞到后侧茶几,打翻了半桌酒水。

何少方才还厉声叫嚣,此时已经被踹得只剩哀嚎。

"你知道我是谁吗?"

那人没作声,只是大步走过去,抬脚就踹,自带狠劲儿,一身冷厉。

包厢里有不少男人,有些还长得颇为壮实,却无人敢上去劝架,说到底都是些绣花枕头,放狠话都会,遇事就尿。

"唐小姐,您没事吧?"生了双狐狸眼的男人已经小跑进来。

"没事,那个……"唐菀觉着这么打下去,怕是要出人命,想让他劝着点。

狐狸眼也冲了过去:"你别打了!"

这个何少很无赖,要是被打太狠,只怕他不追究,何家那边也不好交代。

唐菀以为狐狸眼是去劝架的,刚松了口气。

墨镜男刚停手,何少也趁机喘息,在同伴搀扶下起来,指着他们:"你们都愣着干吗,外面的人呢,都死了吗?给我上啊!"

这次话都没说完,狐狸眼就上前补了两脚,踹得他嗷嗷直叫。

包厢里的人毕竟很多,几人互看一眼,还是决定群起而攻之,人多势众,还怕他们三个人吗?

"还没人敢在我们地盘撒野——"其中一人直接举起酒瓶就准备扑过去。

就在这时候,包厢半开的门又被人一脚给踹开了。

伴随着"嘭——"的闷响,一群警察冲了进来。

"警察,都给我住手!"

十几个警察冲进来,手握酒瓶的人吓蒙了。

"警察同志,你们可算来了,就是他们!"狐狸眼立刻停手,变得那叫一个乖巧温顺,人畜无害的模样。"光天化日,居然扣着人不放,都 21 世纪了,还有这种强盗!强行扣留人家小姑娘,简直是土匪。"

为首的警察眯着眼,打量着地上被揍得鼻青脸肿的人:"何少?"

平江城的顽劣子弟,经常进局子,警察自然认识。

这些纨绔出来玩,除却带妹子,自然少不得助兴的东西,检查了酒水,警察就要搜身。

这群人先是不肯,这时墨镜男说了句:"阻挠警方办案,可以追究刑事责任。"

这些人都是些尿货,顿时被吓得不敢动,警察搜完身,还真有些不干净的东西,看了眼包厢,头疼得要命。

"都给我双手抱头,贴墙蹲着。"

说着就打电话通知同事,说这边人手不够,需要支援。

此时酒吧外,警车停在路边,警灯闪烁。

"爷,场子里真不干净。"

江锦上眯眼没作声，这群人爱玩，若是深挖，脏东西总是有的。

很快，里面的人都被陆续带了出来，平时都是横着走的，此时却都耷拉着脑袋，也知道丢人。

唐菀这边，只配合警方做了些简单调查，倒是唐茉被警察直接带走了。

"姐——"唐茉此时才慌了。

可唐菀正在和警方道谢，连一个眼神都没分给她。

警察来得这么及时，她不用想也知道是谁干的。

他所谓的亲自出面，当真是兵不血刃。

这群人被抓的消息，很快就传到了各自家里。

就在各家想方设法时，不知是谁走漏了风声，很快整个消息就像是一阵风，刮遍了整个平江城。

平素被这群人欺负的人不在少数，本就是地方恶势力，加上听说还搜出了不干净的东西，消息顿时就炸了，根本收拢不住。

警察刚走，唐菀还没回过神，就听到身后传来一道熟悉的声音："结束了吗？"

她略一转头："五爷，您怎么进来了。"此时酒吧还挺乱的。

他略微走近了些："看你一直没出来，不太放心，进来看看。"

"我挺好的，没什么事。"

"那我们先回家。"

酒吧里乱哄哄的，客人和工作人员来回穿梭，唐菀原本跟在他后面，只是江锦上忽然慢下脚步，和她并行的时候，看似很随意地牵住了她的手。

他的手，温温热热的，暖得往人心底钻。

"慢点走，注意些。"

其实周围有江家人护着，压根没人能碰到她。

唐菀垂眸看着两人交握的手，手指略一挣扎，却被他更紧地握住。

回去的路上，唐菀还问了句："今晚的动静有点太大了。"

他只轻描淡写说着："小惩大诫。"

"这些人被抓了，这后面只怕……"唐菀也担心这些人会报复。

"人是警察抓的，和我有什么干系，如果不怕丢人，就尽管闹腾。"

这些人家里在地方都有些脸面，消息已经传遍平江，犯了法，哪家都不敢去捞人，只能偷摸让人将消息按下去。脸被打肿了，就算疼死，也只能自己捂着。

江锦上也不清楚今晚觊觎唐菀的是谁，最好的办法，自然是都抓进去。

只是平江城地方不大，各方关系盘根错节，虽然就是抓了十几个人，可深层里，牵扯的人却不少。

他所谓的小惩大诫……却扫了半个平江城。

几辆警车亮着红蓝灯，警笛呼啸穿行过半个平江城，大家只知道今晚出了事，以为是突击检查一些娱乐场所，还不知内情。

不过唐菀和江锦上回到老宅时，发现前厅亮着灯。

老爷子穿着睡衣，披着外套，正站在廊下拿着棍儿逗画眉。

这鸟儿显然是困极了，被戳了几下，叫得有气无力。

"回来了？"唐老偏头看着两个人。

"这么晚，您怎么还没睡？"唐菀笑得轻松。

"平江出了这么大的事，我已经接到很多电话，怎么睡得着？"老爷子撂了逗鸟棍，抬手拢了下外套。

平江地方不大，这么大的事，老爷子肯定早就收到风声了。

"爷爷，是不是有人找你说了什么……"

唐菀话都没说完，就被老爷子截断了："我说这么晚了，你俩怎么还在一起？"

"嗯？"唐菀愣了下，"哦，那个什么……"

"接到电话的时候，我们刚好在一起。"江锦上解释。

"你俩今晚又待在一起啊？"老爷子笑得促狭，"还是纯聊天？"

"咳咳——"唐菀咳嗽着，示意自己爷爷说话注意点。

"行啦，时间不早了，都回去休息吧，有什么事明天再说。"

"那我送你。"唐菀现在是不太敢和江锦上待在一起的。

送老爷子回房的路上，唐菀试探着开口："爷爷，其实今天晚上……"

"咱们做事对得起自己良心就行，其他的事不用想太多，咱们唐家也不是什么好欺负的，要是有人敢上门滋事，也别怪我给他难堪。"

"我知道。"

"今晚睡觉前把手机关了，我估计晚些或者明早会有不少人骚扰你。"

"嗯。"

……

另外这边，江锦上也并未回屋，而是站在院子里，随手拨弄着面前的一盆花草。

准确地说,是在揪叶子。

今晚扫了半个平江城,可他似乎并不高兴。

唐菀陪老爷子回屋,再度回来时已过一刻钟,她以为江锦上已经睡了,踏入院子后,看到廊下的人影,还惊得心头一跳。

江锦上抬头看她:"回来了?"

"五爷,都这么晚了,您还不回房睡觉?"

"等你。"

因为闺蜜的那通电话,唐菀心虚忐忑。

此时更是骑虎难下,她刚往院子里走两步,江锦上就迎了上来。

夜很深,月光倾泻,在他身上笼了层薄薄的光晕。

两人离得近了些,夜风轻拂,周围静得针落可闻,唐菀几乎可以听到自己擂鼓般的心跳声。

她感觉心脏挤压着胸口肋骨,突突跳着,好似有鹿角在不停顶撞着。

"五爷……"唐菀声音又细又小,几乎是压在嗓子眼。

江锦上好似听不真切,俯低身子,两人视线几乎齐平了。

目光相抵,他眸子深沉,只是周围灯光掩映,好似有火苗跳动……

热得人心口烫。

"你说什么?"他声音如旧温和。

"您等我做什么?挺晚了,您身体不好,还是应该早睡早起。"

"关心我?"

唐菀只是想找借口让他赶紧走,不过他既然问了,她只得点头。

他嘴角略微扬起:"来我房间,很为难你?"

唐菀大窘,果然是为了那件事……

阮梦西与自己的对话,他果然全都听到了。

"下次别让你朋友这么做了,你不想来,可以直接告诉我,我只是想给你提供些帮助,让你工作轻松些,不是给你增加负担的。"

唐菀更难堪了,人家好心好意帮自己,自己却处处提防他。

"那我先回房,你早点休息,外面挺冷的,别感冒。"

"嗯,晚安。"唐菀讪笑着,等她回房关了门,才长舒一口气。

也就几分钟后,忽然有人敲门,吓得她心头又是一跳。

"唐小姐,在吗?我是江揩。"

"在。"唐菀急忙披了衣服去开门,他手中抱着自己之前拿去江锦上屋内的清史书。

"爷让我送来的,您早些休息。"江措笑起来,狐狸眼眯着,还有些可爱。

唐菀接了书,关上门后,咬着唇。

他是不是生气了?不过这种事若是发生在自己身上,肯定也不舒服吧。

唐菀躺在床上,无奈叹息,自己还有一堆事要请教他,现在可怎么办啊,也不知道他喜欢什么,连讨好都无从下手。

而此时她手机振动着,一看到来电显示,气得她来火:"……你怎么回事?我让你给我打电话,你十点才找我?"

阮梦西倒是一笑:"姐,十点很早了,我这种夜猫子,不到夜里一两点,那时间都是早的,你又没告诉我具体几点给你打电话。怎么了?我打扰你俩的好事了?"

"……"

唐菀此时只想拍死她,什么塑料花闺蜜。

这一夜,平江不知多少人辗转难眠,唐菀以为自己"伤害"了江锦上,不知怎么讨好赔罪,在床上翻来覆去,夜深才入睡,反倒是始作俑者,一夜好眠。

隔天一早,唐菀起来时,江锦上正站在院子里随意拨弄着花草,瞥见她出门,只是淡淡点头。

相比较前几天,真的有些淡漠。

唐菀深吸一口气,完犊子,不会真生气了吧。

"五爷,早。"她笑着走到他身边,某人嗯了声,弄得她一阵头疼,"这花……叶子呢?"

"入秋天冷,掉光了。"

江家人:"……"

这分明是被你昨晚亲手薅秃的。

唐菀见他兴致缺缺,似乎不大愿意理会自己,就先去前厅准备早餐。

老爷子一早提着鸟笼出门遛弯,回来时看到餐桌上的饭菜,展眉一笑:"今天是什么好日子啊,吃得这么丰盛?"

"就一时心血来潮,想多做几样。"唐菀悻悻笑着,总不能说是为了讨江锦上欢心吧。

吃完饭,两人一起回院子,唐菀还状似无意地说道:"五爷,您待会儿要不要去书房看书?那边阳光比较好。"

"不会打扰你?"他声线低柔,就是嘴角始终不带笑意。

"没关系,您来吧。"

江锦上到书房的时候,唐菀把茶水和糕点都准备好了,讨好得很明显。

只是他坐到椅子上,就开始看书,并没有说话的打算,唐菀只能去忙自己的事。

除却偶尔还能听到前厅的画眉叫,书房里静得针落可闻。

"你这是在做什么?"身侧忽然传来声音,唐菀心底一惊,手倏地一颤,转头的时候,不知何时,江锦上已经站到了自己身侧。

他俯低身子,下巴几乎要抵在她肩颈处,近得都能感受到他温缓的呼吸。

"调颜料。"

"做什么用?"

"给鹅毛染色。"唐菀解释。

"点翠先是用金银片做底托,再用金银线勾勒图样,然后贴上翠羽,只是这种需要从活体翠鸟脖子周围取羽毛,本身就很残忍。我做这行的时候,一般都是用染色的鹅毛、蓝色的绸缎,或者人工养殖的蓝孔雀毛做替代。"

"效果一样?"

"肯定有差别,翠鸟羽毛能在不同角度呈现不同颜色,别的肯定不行。"唐菀笑道。

"点翠传承的是'点',而不是'翠'。"

"真正需要传承的是手艺。"

说起自己的本职工作,唐菀整个人都好似在放光,就连两人之间距离越来越近,都好似未曾察觉,直至感觉他温热的呼吸溅落在自己脸上,才停止了话题。

"我好像话太多了。"唐菀咳嗽着。

"没关系,我对这些不了解,正好长了知识。"

"您要不要试试这个?"唐菀这才想起自己需要"讨好"江锦上,看他对点翠有兴趣,自然要投其所好。

"我没做过。"

"我也是没事,做着玩的,您来试试吧。"唐菀说着让出了自己工作的位置。

做点翠,是个非常精细的活儿,并不能轻易上手,唐菀在边上指导他,江锦上饶是有颗玲珑心,做事再细致,也难免会出错,唐菀在边上看了会儿。

"手千万别晃,稳着点,后面还是可以调整的。"她终是没忍住,亲自上手指导。

唐菀手很小,压根没办法包裹住他的手,只是帮他稳着。

手指触碰,她指尖有些凉……却好像一滴冰水落入滚烫的油锅中,瞬间溅起油星,嗞嗞啦啦——溅落在心头,烫得人发颤。

"其实您第一次上手,做得挺好了,慢慢来就行。"唐菀好似并没察觉到他的异样,还在认真指导他。

直至她手机响起,去接电话,江锦上才舒了口气。

他做事特别会把握分寸,他看得出来,从早上开始,唐菀就一直在向他示好,自己一直绷着,可是他不能一直这样。

有些事,需要适度,要是一直拿乔,唐菀一甩手不干了,自己就前功尽弃了。

所以这个尺度,必须张弛有度。

就算是拿乔,也要给她些甜头,告诉她……

自己是完全可以被攻略的。

所以才有了他主动靠近的举动,只是没想到,却被她无意识地撩了一次。

唐菀背对着他接电话,江锦上才搁了手中的工具,抬手揩了下手背。

被她触碰的地方,凉意消退,只有一抹余温,灼灼烧人。

她接的是工作电话,还是问她要不要接那部清宫剧的事,电话刚被挂断,书房的门就被敲响了。

"小姐?"是陈妈的声音。

"进来吧。"

陈妈推门进来时,看到江锦上也在,还有些诧异:这边不仅是书房,也是唐菀的工作室,有很多图样都是不能示人的,从来不许人随便进入。

"有事吗?"唐菀询问。

"那个……"陈妈咳嗽着,"夫人和二小姐来了,在前厅。"

她出来了？这么快？

唐菀心底诧异，还是点头应着："我马上过去。"

"一起过去吧，昨晚的事和我有关，我应该去的。"

两人到前厅时，老爷子正站在廊下给画眉喂食儿。

张俪云母女坐在沙发上，两人都是一夜没睡，非常憔悴。

尤其是唐茉，浑身都散发着颓唐衰败之色，双眼红肿，看到两人过来时，还吓得一个激灵。

打了招呼后，唐菀刚坐下，双人沙发，江锦上几乎是紧挨着她的。

张俪云抵了抵唐茉："愣着干吗，说话！"

这没用的东西，怎么帮她都没用。

唐茉在派出所待了一夜，警察是执法的，又不是服务员，可不会给她什么好脸色，把她吓得够呛，此时都没回过神。

"姐——"她声音嘶哑。

"怎么样？还好吧？昨天警察要把你带走，我也是没法子，你不会怪我吧？"

"没有。"唐茉饶是心里怨念，也不敢说什么。

当时唐菀可半点眼神都没分给她。

"那就好。"

"姐，对不起。"唐茉忽然站起来，身体僵硬，字句艰涩，显然这声道歉，并不是出自她本意。

"你有什么对不起我的。"唐菀故作不知。

"我……"唐茉余光瞥了眼张俪云。

她们刚出派出所，张俪云就带她直奔老宅，让她给唐菀赔罪，她心底清楚昨晚虽然是那群人起哄，可她也想看唐菀出丑，的确对不住她。

自己被关了一夜，也算抵消了，凭什么让她来道歉。

"说话！"张俪云气结，敢情路上和她说的话，都当耳边风了。

"我昨晚也不知道那群人会对你这样……"唐茉心里也憋着一口气，说话越发口不应心，"早知道那样，我就不会打电话让你来接我了，对不起。"

"你不知道？"唐菀轻哂，笑容轻蔑，"你如果不想道歉，真不用逼着自己来。"

85

唐茉本就不愿意来道歉，此时看到她一脸的骄傲不屑，心底火气翻涌，一时大脑充血，直接说了句："你不也报警把我们都抓了？"

那意思就是，大家也算两不相欠，别太欺负人了。

唐老一直在给画眉喂食，就连眉眼都没抬一下，倒是张俪云急眼了，大声呵斥："唐茉！"

"警察都说了，是有人报警说他们扣着我不放，现在他们都以为是我报的警。"进了派出所警察肯定会挨个盘问。

"唐茉，你给我闭嘴！"张俪云气急。

"现在我弄得里外不是人，我……"唐茉也着急啊，怎么莫名其妙，她就一身脏水了。

就在此时，江锦上出声打断了她的话："你对整件事好像有些误会。"

唐茉怕极了江锦上，他一开口，她身子猛地惊颤，立马闭上了嘴。

"那通报警电话是我打的。"

这话说完，就连唐老都忍不住挑了下眉。

"昨晚接到你的电话，唐小姐已经准备出门接你了，只因为你说自己被扣留，没办法离开。我实在不懂，你既然有办法打电话向你姐求助，为什么不报警？说被人扣着的是你，需要帮助的也是你，现在帮你，反倒是我们不对了？你到底是不是真的被胁迫？"

江锦上太狠，一句话就点出了问题关键。

"自己的小命都被人拿捏着，明知道是火坑，还想拉着你姐一起往里跳？"他轻哂，"让你道个歉，很过分吗？"

唐茉脸涨得通红，站在那里，双手使劲绞着揪扯衣角。

"之前我误伤了你，一直觉得过意不去，知道你有危险，就帮忙报了警，如果有些事警察都解决不了，我不明白，你让她一个女孩子过去又能干吗？还需要我说得再直白点？不过即便如此，她还是过去亲自接你了，你不仅欠她一句道歉，还该说声谢谢。"

江锦上说完，整个客厅都静得可怕，只有画眉啁啁啾啾要吃食儿的声音。

唐茉本就不想道歉，现在倒好，江锦上把她那点肮脏的心思撕开给众人看，当众让她难堪，还要她给唐菀道谢？

这都什么逻辑！

张俪云也以为报警的会是唐菀，当时惊动警察时，都很晚了，他们两个人怎么还待在一起？

不过此时她没心情想太多，抵了抵唐茉的后腰："你还愣着干吗，没听到五爷的话吗？"

唐茉心里是真的觉得憋屈，谁都有一点脾气，她此时就是硬挺着不肯低头。

就在气氛僵持的时候，只听"哐当——"一声，唐老将盛着鸟食的瓷盘扔到一边，鸟食儿洒了一地。

画眉扑棱着翅膀发出"啾啾——"的声音，显然被吓得够呛。

江锦上略一挑眉，终于要开始了。

画眉许是感觉到主人的怒意，合拢了翅膀，不敢作声。

整个前厅瞬时静若死寂。

老爷子今日穿了一身黑，已到迟暮之年，眼底浑浊，略微佝着背，拿起一侧拐杖准备回椅子上。

"老爷子——"张俪云起身去扶他。

老爷子不动声色拨开她的手："忙了一晚你也挺累的，坐吧。"

张俪云站在原地，僵硬地收回手，呼吸略微急促。

只能暗恨某个不长进的东西，真是怎么都扶不上墙！蠢货！

唐老脾气极好，加上年纪大，心更软，寻常不愿与人为难，唐茉方才涨红的脸，如今血色尽褪，视线陡然与老爷子相撞。

那双浑浊的眸子，陡然迸射出的凌厉视线，吓得她肝胆俱颤。

"爷……爷爷。"唐茉声音颤抖。

唐菀则快步去拿了护心丸和温水："爷爷，其实也没什么大事，动怒对身体不好。"

"知道她们要来，提前吃过药了，我就知道，不吃药，怕是会被气死！"老爷子手指摩挲着拐杖。

提前……吃药？

张俪云母女脸更白了。因为这就表明，就算没有赔礼道歉这回事，老爷子今天也是不打算让她们安稳离开。

"自打我上回住院后，就发生了不少事，远的一些不提，我们就说说最近那几件事。"

老爷子年纪大了，加上身体不好，说话非常慢，温吞地咬着每个字，这感觉还不如给她们一刀来得干脆。

87

"唐茉，我知道你被抓了，心里不舒服，你憋着一口气，不想道歉是吧，那我就问你两件事，若是其中一个问题，你能给我一个满意的解释，所有事我就既往不咎。"

"爷爷，我……"唐茉此时想说道歉，显然已经迟了。

"上回偷东西的事，你自己进菀菀房间，说帮她收拾东西，你俩的关系我还是清楚的，在我面前尚且不和睦，你告诉我，怎么突然就对她那么好？擅入别人房间，这等行为本就等于贼，没让警察把你一起抓了，已经是给你面子了。"

"第二个问题，昨天那么晚，你叫菀菀出去干吗？你到底想对你姐做什么？"

老爷子突然猛掷拐杖，"砰——"一记闷响。

唐茉身子一抖，脸更是煞白一片。

她双手绞着衣服，几双眼睛直盯着她，看得她心头发慌。

唐老视线直直死盯着唐茉。

"你不想道歉，总得给我一个合理的解释，如果你的理由能说服我，你可以不用道歉！"

唐茉那点肮脏的想法，怎么可能摆上明面。她心虚忐忑，下意识看了眼自己母亲，向她求救。

毕竟是自己亲女儿，张俪云就是再怒其不争，看她这么可怜，也是心疼。

她硬着头皮，刚准备开口，就听老爷子语气温吞地说了句："做错了事，还觉得是别人欠了你的，没这个道理。要么道歉，要么……滚！"

他最后这个字咬得极重，砸得唐茉脑袋发昏。

这话怒气太重，就连唐菀都忍不住抬头蹙眉，就连她都没见过爷爷发这么大火。

就是以前买保健品被人骗了，也最多说两句现在骗子坑老人钱，丧尽天良。

老爷子脾气好，乐观，与人为善，极少和人闹红脸，所以他一旦发火，整个唐家都无人敢作声。

唐茉被惯着，有点小性子，你越是想让她道歉，她越是不肯低头，尤其是现在老爷子说出这番话，她更是死要面子，咬牙不肯松口，倒是恨不能扭头就跑！

张俪云了解自己女儿,急忙起身:"茉茉,你看你把爷爷气的,还愣着干吗啊,赶紧给你姐姐赔个不是。"

若是旁人,张俪云怕是早和她撇得一干二净,偏偏是自己亲生女儿,饶是知道此时气氛尴尬,也只能硬着头皮帮她。

她勉强从嘴角挤出一点微笑:"菀菀,茉茉年纪小,你别和她一般见识,她就是被那群人给带坏了。其实她本意不坏的,真的……"

唐菀没作声,因为唐老爷子已经缓缓开口道:"其实重新组合的家庭,多少都有些矛盾隔阂。我记得你带唐茉刚进我们唐家时,她性子温顺,挺内向的,不爱说话,你说让我把她当亲孙女一样疼,说真的,不太实际,就好像……"

血缘亲疏这东西,有时候很妙。

"你一直给菀菀买很多东西,好像对她也不错,可毕竟不是亲生的,要是今天的事两人身份调换,我和你说,别和她一般见识,你怎么想?"

张俪云垂头,心底暗恨,却只能咬牙忍着。

"唐茉到唐家这么多年,我自认为没亏待过她。她这个年纪,如果是菀菀,做错事,我拿棍子打她,她就是记仇,隔天也还是得喊我一声爷爷。倒是她,我若是拿棍子抽她,怕是心底骂死我这个老不死的东西了。"

这话道理没错,却听得张俪云母女头皮发麻,骨头都透着凉意。

"无论什么事,你都帮她解决,等她酿成大祸,我怕你没本事收拾,自己不会教育,就像小五之前说的,等她进了社会,自然有别人帮忙收拾!"

张俪云不傻,老爷子今天摆明是借着这件事一次性敲打她们两个人!

"你这丫头,还傻站着干吗,赶紧道歉啊。"

若是唐茉今天不道歉,她们两个人都没台阶下。

唐茉心里也清楚这个道理,骑虎难下,只能硬着头皮,先给唐菀和江锦上道了歉,又转头面向唐老爷子,垂头弯腰:"爷爷,对不起,我错了。"

老爷子只是摩挲着拐杖,也知道有些事不是他一两句话说完就有用的。

"我年纪大了,管不了那么多,昨晚我和菀菀他爸通了电话,他过两天就回来,有些事,由他处理更好。"

一听说这唐菀父亲要回来,客厅内众人神色各异,自然是几家欢喜几家愁。

唐茉更是差点要急哭了,她还挺怕这个继父的。

老爷子刚才说话太急,咳嗽两声:"这时间也不早了……"

他话说一半，明显就是赶她们走。

张俪云也待不住了，道别后，急忙扯着唐苿离开。

这两人离开后，客厅气氛一时还是有些僵硬，老爷子拄着拐杖起身："小五啊，不好意思，让你见笑了。"

"没事。"江锦上起身，伸手扶了下老爷子。

"现在有些孩子，就是被惯坏了，没吃过大亏，若是再这么下去，以后有她苦头吃。"

老爷子走到廊下悬挂的鸟笼前，重新拾起鸟食儿，给画眉喂了点。

"瞧瞧那两个人，把我们家小宝贝儿都吓坏了。"

画眉："……"

江锦上手机振动，好友来电，刚接起电话，不待他出声，对方就唉声叹气。

"我最近是不是水逆，做什么都不顺！"

"怎么了？"江锦上声音恹恹。

"最近我想和一家工作室合作，公司经理和对方谈了很久，给的条件很优厚，那边就是不同意！我跟你说，这种人我见多了，肯定就是贪心不足，还想要更多，早晚给撑死。"

"是不是非得我亲自出马？"

……

江锦上听了半天，略微挑眉："那就换一家。"

"不行，我就中意这个，我想要的东西，必须得到。"他说得咬牙切齿，"你都不知道，老子加了对方好几次微信，都给我拒绝了。"

"那对方还挺有个性。"

江锦上和好友有一搭没一搭地聊着天。

唐菀昨夜一直在想如何讨好江锦上的事，没睡好，吃了午饭，回屋头沾了枕头就昏昏沉沉睡到了日暮四合。

当她到前厅时，陈妈已经煮好了粥，配了点清爽小菜，倒也可口。

"陈妈，爷爷和五爷都不在？"唐菀倒了杯水，润着嗓子。

她离开院子时，隔壁就没人，只有江家几个人，正低声聊天，她也没多问。

"老爷子说带五爷出去转转，走了好久，应该快回来了。"

唐菀点头，忍不住腹诽：一个老病秧子拖着个小病秧子，这两人在家养着不好吗？出去瞎溜达什么。

通常唐老在外面溜达，天不黑肯定回来，这眼看着夜幕已经遮了天，还是不见两人身影，唐菀站在廊下等了一会儿，捏着棍子逗了会儿画眉。画眉被逗得欢畅，叫声嘹亮，听到外面传来脚步声，她才将逗鸟棍放在一边，出门去迎人。

画眉：我还没玩够！

江锦上在唐家住的这几日，吃了晚饭，通常会陪着老爷子看完新闻联播再去睡，而老爷子则是泡脚喝茶。

唐菀本想趁着这机会，讨好江锦上，泡杯他爱喝的茶，殊不知他吃了饭，直接说道："刚才出去走了很久，有点累，唐爷爷，我先回房休息，就不陪您看新闻了。"

"没关系，不用陪我，赶紧回去。"老爷子本就不在乎这个，一听他说累了，急忙招呼他回屋。

这让唐菀连和他说话的机会都没有。

江锦上回屋后，洗了澡，坐在椅子上手中拿着书，慢条斯理翻动着。

手机振动两下，一条信息蹦出来：

【五爷，您睡了吗？方便过去吗？】

江锦上放下书，嘴角微微扬起，可算是等到她的信息了。

【还没睡？有事吗？】

【有点事情需要请教您。】

【那我们去书房？】

唐菀收到这则信息，羞愤得无地自容，他果然是听到那通电话了，故意避嫌。

他突然这么说，要是唐菀真的回答去书房，那显然就是间接承认了那通电话的真实性，对他有防备心。

她只能硬着头皮回复：【没关系，如果方便，还是我去您房间吧，省得您出门。】

江锦上嘴角弧度逐渐加大：【好，那我等你。】

唐菀这次过去，除却抱了两本书，还泡了一壶茶，江措和江就则贴心地离开房间，并且帮他们关上了门。

"泡的是碎银子？"唐菀进屋，江锦上就闻到了茶味。

"嗯。"唐菀说着取了杯子,给他倒了点。

"你怎么知道我喜欢喝这个?"

唐菀已经感觉到他的靠近,有了准备,自然没有以前的慌乱,反而偏头冲他一笑。

"您喜欢吗?"

回眸一笑,百媚千娇。

况且此时天黑,昏黄的灯下,更是平添一丝旖旎。

江锦上喉咙滑动一下,视线从她脸上移开,淡淡点头,算是应了声。

"这茶养胃,我觉得适合您就给您泡了壶,您要是喜欢,以后就泡这个给您喝。"想讨好人,自然有讨好的姿态,她声音越发温软,见他不说话,还低声问了句,"好不好?"

低软的声音,又娇又软,绵绵的尾音,惹人心慌。

"嗯。"他手指略微收紧。

"那您喝口尝尝,味道是浓了还是淡了,我下次注意点。"唐菀笑着把茶递过去。

江锦上接了茶,茶水很热,糯米香,入喉过处,身上又燥又热。

唐菀接下来,就是真的问了几个问题,待了十多分钟就走了。

江锦上躺在床上,两人房间紧挨着,床头正对着,周围静极了,他却忽然睡不着了……满脑子都是她方才娇软的声音,燥得很。

而唐菀回房后,想着江锦上今晚表现还算正常,又说喜欢喝这个茶,知道讨好有效果,心底还是高兴的,一夜好眠。

都说喝茶看个人喜好,但她也没想到江锦上会喜欢碎银子。

因为这茶也叫老头茶,适合中老年人群……

哄好了江锦上,唐菀就全身心地投入工作,回屋继续捧着几本清史稿。

手机忽然亮了下,仍旧是工作伙伴发来的信息,问她是否接那个清宫剧。

她最近一直在看清史,心底有了把握才给对方回了个电话。

"考虑清楚了?"合作这么久,陈挚很了解她。

"嗯,我接了。"

"那行,我联系对方,应该马上就能签约,你有什么特别的要求可以告诉我,我和他们去谈。"

"谢谢。"

"你和我客气什么啊。"

唐菀开始工作后,自然不可能像之前那么清闲。

江锦上还等着她接下来"主动上门",却没想到,就是住在一个院子里,一连两天都没看到人。

那日午后,天气有些阴沉,根据天气预报,近期冷空气南下,有骤雨,江家人正忙活着将院子里的花草移到有遮蔽的地方。

天气不大好,老爷子也没出去遛弯,江锦上午睡起身,就去前厅陪他下棋。

老爷子起得迟,待他起床出来时,就看到江锦上正捏着棍儿在戳鸟。

江锦上余光瞥见老爷子过来,就撂了棍子,脸上一派云淡风轻。

画眉"啾啾——"叫着,觉着自己日子过得实在太难。

没事就被捅,或者被迫绝食。

"唐爷爷。"江锦上看他拄着拐杖,行动不便,伸手去搀扶。

"风湿,老毛病了,吃了点药,好多了。"老爷子走到门口,抬眼望天,深蓝的天,无风无云,却好似在蕴蓄着什么不知名的风暴。

"要不您回床上去休息会儿?"

"不用,这天看着也要下暴雨,菀菀这丫头怎么还不回来?"

江锦上只看了看天,没作声。

两人刚下了半盘棋,雨就倾泻般地往下灌,就像是急落的银针,要钻进地里,溅落一地水花。

唐菀今天在外面采购了一些做点翠的材料,还没回家就开始下雨,原本还想等雨势小些再回去,手机却收到了平江地区大雨警告。

估摸着这雨一时半会儿也停不了,她干脆开车回去。

江锦上此时还在陪老爷子下棋,陈妈给两人泡了茶,看了眼外面:"这雨可真大,今天二小姐肯定不会来了吧?"

唐茉上次在拘留所被关了一夜,加上被老爷子怒斥,最近几天乖觉不少,也不知是不是知道唐先生要回来。

现在唐茉每天除却去学校,都会来老宅报到,也是一种变相的讨好。

老爷子倒没说什么,她愿意来就来。

"打个电话给菀菀,问她什么时候到家。"可能是下雨的缘故,下午四点多的天,已经黑沉一片。

陈妈点头,打电话问了下,此时唐菀已经快到家了,也就五六分钟的车程。

江锦上余光不着痕迹地瞥了眼腕表，五分钟左右后，外面传来车声，只是过了许久，也没听到进门的声音。

"不是菀菀回来了？怎么还不进来？"唐老蹙眉，起身挂着拐杖就走到了门口。

"要不我去看看吧。"江锦上说得自然。

"也好。"老爷子一直想撮合两人，看他们处得不错，心底也高兴。

从前厅到门口，并不算远，江锦上撑伞出去时，就看到唐菀的车子就停在门口，她胳膊夹着伞，似乎是在整理后备箱的东西，从江锦上的角度，恰能看到她的背影。

虽然早已入秋，平江温度却不低，她穿着连衣裙，此时半截裙摆都被雨水打湿，贴着小腿，将腿部曲线勾勒得一览无遗。

江锦上眯了眯眼，深吸了口气，抬脚走过去。

雨太大，就是开门声唐菀都没听到，只感觉到有只手伸过来，试图抽出她夹在胳膊下的伞，她惊得下意识回头，自己的伞已经落在了江锦上手里，而她头顶瞬时出现了一顶更大的黑胶伞。

"五爷？"唐菀直起身。

"怎么不进去？"

"想把东西搬进去，发现还要撑着伞，有些难。"唐菀指着后备箱的两个箱子。

"你撑着伞，我来吧。"

唐菀还没拒绝，伞已经被塞到她手里，伞柄处好似还残留着他手心的热度，温热的。

江锦上将两个箱子抱起来，唐菀急忙将后备箱关上，锁了车，就撑着伞，紧紧跟着他。

江锦上比她高出许多，唐菀只能将手臂尽量举高，才能避免伞骨碰到他的头，伞很重，这让她显得很吃力。

"你最近很忙？"江锦上放慢脚步。

"有工作了。"唐菀解释，她要给江锦上撑伞，不让他淋雨，还得小心翼翼尽量不碰着他，说真的……

伞就这么大，真的有些难。

江锦上偏头看她，余光瞥见她一侧肩头已经被打湿。

"其实……"

"嗯?"唐菀手臂都有些酸软了。

"就算碰到我也没关系。"他声音伴随着雨声,在伞下似乎还带着一点混响。

"可以离我近些。"

唐菀应了声,屏着呼吸,往他那边挪了一步,两人手臂蹭到,皆是冰凉一片。

伞下空间本就不大,这会儿更显拥挤。

待两人到前厅时,江就已经眼疾手快,伸手从江锦上手中接了箱子。

唐菀站在廊下,刚收拢了雨伞靠在一侧,忽然感觉身上一暖,江锦上把自己的外套披在了她身上。

"五爷,不用……"都到家了,她回屋换衣服就行了。

唐菀刚准备把衣服还给他,就听到他靠过来,低低说了句:"里面的衣服都透出来了……"

唐菀自然明白他的意思,下意识裹紧了衣服。

凉风携着雨水吹过来,唐菀却臊得一脸通红。

暴雨侵袭,黑云压城。

唐菀回屋洗了个澡,出来时,手机亮着,气象部门又连续发了几个暴雨警告,她把江锦上的外套放在一侧烘干,便撑着伞去了前厅——该到准备晚饭的时候了。

"爷爷呢?"唐菀看向陈妈。

"老毛病犯了,回去睡了,说吃晚饭的时候不用叫他。"

唐菀蹙眉,倒了杯热茶敲开了老爷子的房门。

"进来吧。"隔着门,唐老声音沉闷。

推门进去后,老爷子靠在床头,风湿发作,双腿膝盖酸胀无力,浑身力气都好似被抽干了,嘴角还泛着白,床对面的电视,还放着经典的抗战片。

"吃药了吗?"唐菀坐到床边。

"吃了,没什么用。"

"我给您揉两下吧,可能会舒服点。"

"不用,老毛病了,犯不着……"

不等他回绝,唐菀双手就按在了他的膝盖上,这种按摩,并不能纾解疼痛，更多的是心理宽慰。

"腿这么疼，不知道早点回来休息，我都这么大的人了，您不用等我回来，不舒服就回屋躺着。"

"谁说我是等你，我是和小五下棋忘记时间了。"老爷子嘴硬，"菀菀，你对小五到底是个什么想法啊……"

唐菀轻笑："没什么想法啊。"

"你对人家没想法，大半夜往他房间跑什么？"

"我那是有正事。"

"有什么正事不能白天做，非得深更半夜，我跟你说，这要是倒退个几十年，你俩这么搞，就是纯粹耍流氓啊。"

唐菀手指一顿："您想多了……"

"其实我也不是想逼你和谁结婚，我就想有生之年看你成家，要不然啊，我这后半辈子怕是没有半点欢愉喽。"说着还拿起床头柜的一张照片，"老婆子啊，我终究要对你食言啦，我怕是没办法见证菀菀出嫁了。那么好的孩子都看不上，我是搞不懂现在这些小姑娘是想嫁什么样的人？"

……

唐菀头疼，陪着他说了好一会儿话。

骤雨绵延，老爷子腿疼了整整一夜，隔天凌晨，整个人才沉沉睡去。

第五章 前来助攻的情敌

唐菀坐在书房，看着前一日采购来的点翠材料，思忖了一个多小时，还是硬着头皮给陈经理打了个电话。

"陈叔。"陈经理孩子都读高中了，喊声叔叔也不过分。

"怎么了？"

"关于那个合作，您能和对方说一下，往后推一下吗？"

"老爷子身体不好了？"

"时好时坏，我工作心里也不踏实，没办法专心，最好能推迟到明年开春，如果对方不同意，这个项目我可能没办法接。"

"我知道，现在还没签约，我再去和他们谈。"

"麻烦了。"

京城，高耸入云的大厦里，穿着干练西装的助理，抱着一摞文件敲开了办公室的门。

"进来。"男人声音刻意放得有些低。

助理推门进去，将需要处理的文件放好，才开口说正事："刚才制作点翠头饰的陈经理打来电话，说是想把合作时间往后推。"

"具体时间？"他声音还很正常。

"明年开春。"

他的脸已瞬时黑成一片："理由？"

"说是那个负责制作的师傅家里有人身体不好，需要时间照顾。"

他轻哂。

员工请假，理由最多的就是自己感冒发烧，要去看病，或者是家里七大姑八大姨不舒服，更有甚者，现在已经发展到阿猫阿狗不舒服也想请假一天。

最夸张的是，上回有个特助去外地出差，说要晚回来一天，理由居然是：飞机堵车，我赶不回来了。

飞机……堵车？这是在逗他？

有些女员工请假理由经常是肚子疼，可以理解，每个月总有几天不方便，只是……

一个月来三四次，那就有些过分了吧。

还有什么，头发太油，怕影响公司形象，回家洗头的。

你有几根头发，自己心里没数吗？

他放下手头的工作，抬眼看了看自己助理："我是不是长了一张很好忽悠的脸？吊着我们这么久，好不容易有意向签约了，又说要推迟时间？"

"他们到底哪里来的勇气敢这么和我们讨价还价？"

97

"我们给的条件还不够好？"

助理抿嘴："他们好像并不在意，而且……是我们竭力想促成这次合作，从一开始，我们就是被动的，丧失了主动权。"

他深吸一口气："他们工作室是在哪里来着？"

"平江。"

"给我准备机票。"

"您这是……"

"作为合作伙伴，家里有人生病了，我去探望一下有问题？"他说得理所当然。

助理点头应着，怕不是去探病的，而是故意去找茬的。

"最近平江大雨，航班都取消了。"

"那就开车过去！"

当车子驶出京城收费站的时候，他就后悔了，本想夜间赶路，隔天一早到平江，这样的话，来回也不耽误正事。

可入夜暴雨侵袭，高速有些地方封路了，导致他深更半夜和助理两个人，在收费站睡了一夜。

隔天一早，他眼底满是红血丝，下巴胡茬都冒出来了。

他找了酒店洗漱休息一番后，才让助理给陈经理打了电话，吓得陈经理心肝直颤，这位爷怎么来了。

这可是不好惹的主儿。

陈经理立刻给唐菀打了电话，唐菀也是一愣，她昨天刚拒绝，今天人就赶到平江，还说来探病，这分明是别有意图，怕是来找事的。

酒店内，男人正换着衣服，抬手正了正领带，穿得格外正式得体，这哪里是去探病的，分明是来找茬的，首先气势上就不能输，出现就要震慑住他们。

"五爷也在平江，咱们不通知他？"

"待会儿再说，回头给他一个惊喜。"

惊喜？助理咋舌：我怕五爷的性子，您连门都进不去！

唐菀站在窗边，急雨落在玻璃上，已经刷出了一道雨帘："陈叔，您确定他本人到了？"

"嗯，要不我先去接待。"

"他是奔着我来的,他们公司的确有诚意,之前一直没答应,可能也是觉得我故意摆高姿态,现在答应了,又拖延时间,估计是很不爽,以为我故意吊着他们。"

陈经理也想到了这层:"那我先联系,把人招待上,下大雨也没法出去,我就近找个餐厅。"

"找好之后把时间地点给我吧,我亲自过去会比较好,毕竟……"唐菀轻笑,"他们是奔着我来的。"

挂了电话之后,唐菀才上网搜索了一下这个人的资料,照片极少,可是关于他的新闻却很多。

他家是近些年才涉足娱乐圈,想搭上他的人太多,据圈内人说,就他的长相和身材,就是光谈恋爱,那也是赚的。

可这么多年,却没人敢捆绑他炒作,从侧面也能看出他并不好惹。

找了半天,也没查到什么有用的信息。

唐菀稍微化了点淡妆,拿起江锦上的外套,敲开了隔壁的房门。

"唐小姐。"开门的是江措,眯着狐狸眼,笑得无邪。

"方便进去吗?"

"您请。"江措急忙退开身子。

屋内已经打了暖气,温度偏高,饶是如此,江锦上还穿着半薄的毛衣,靠在椅子上,膝上搭一条毛毯,慵懒而禁欲。

"这么大的雨,要出门?"江锦上放下手中的书。

"嗯,过来把衣服还给您。"唐菀余光瞥见他书的封面,居然是一本植物园艺,"我晚上约了工作客户吃饭,可能会晚点回来,麻烦您帮我照顾一下爷爷。"

唐菀进屋后,江锦上已经起身走了过去。

可能是下雨天凉,唐菀就算是穿着黑白职业装,也是长袖长裤。只是里面搭配的白色衬衣,松了两粒扣子,露出半截锁骨链,知性中透着股风情。

"唐爷爷那边我会注意的。"江锦上从她手中接了衣服,放在臂弯处,盯着她白皙修长的脖颈,略微蹙眉,"外面挺冷的。"

"是很冷。"

"把扣子系好吧,不然灌了风容易感冒。"

唐菀刚才出门一小会儿,已经被冷风灌了一脖子,也正打算把纽扣都系上，听他说完，就顺手系了。

衬衣扣子很小巧，唐菀需要专心点，她刚系上扣子，余光瞥见对面的人伸手过来。

离得太近，毫无防备。

他指腹从她颈部略微蹭过，将两根头发丝从她领口轻轻拨出……

她方才灌了一身冷风，浑身都凉，他手指裹着一点温热，滑过她的皮肤，仅有一秒，烫得她浑身战栗。

"有头发被压在里面了。"江锦上已经收回手，只是……却并未往后退，以至于两人之间距离还非常近。

唐菀生得白，皮肤很细腻，说不出的柔软。

"谢谢。"唐菀随意拢着头发。

只是她自己没发现，脖颈处好似被烫伤的地方，迅速充血泛了红……让她整个人都变得摇曳生姿。

"不客气，一个人出去，女孩子别喝酒。"江锦上略微敛着呼吸。

"我知道，如果没有特别熟的人在，我不会碰酒的。"

"如果觉得不对劲，随时给我打电话。"

一个男人的关心，本就很让人心动，况且这个男人还长得特好看。

"其实……"唐菀不是不谙世事的小姑娘，很多事都懂，真的犯不着麻烦江锦上，可是拒绝的话还没说出口，他就开口截断她的话。

"晚上确定回来？外面雨很大，要是不方便开车，就近找个酒店住一晚，白天回来也行。"

任何事都要张弛有度。

两人关系没到那个份上，江锦上不会强行介入她的工作与私人社交。

"肯定会回来的。"唐菀笑道，"雨天就开车慢点，道路我都熟，没什么问题。"

"那……"江锦上语气如常，只是呼出的气息温度灼灼，有些烧人。

"不管多晚，我等你回来。"

唐菀心跳又失了序，乱得离谱。

"唐爷爷身体不舒服，肯定顾不上你，如果你出什么意外，我也不好和他交代。"江锦上理由找得很正当。

唐菀支吾着："其实您不用太担心我，天气不好，您没什么事，早点休息也好……"

"嗯。"江锦上只是应着,却没给她一个准确的话。

唐菀离开他的房间,撑着伞走出院子,和老爷子说了声就驱车准备去餐厅。

冷风灌入脖子,却并不觉得凉。

待她上了车,可能是车内太闷,居然觉得有些燥热。

她伸手摸了摸脖颈,被他碰过的地方,血管好像在不安地跃动,突突地撞击着她的手心……

热烘烘的。

这江五爷到底是什么妖精啊!

另一边,平江大酒店 168 包厢内。

硕大的圆桌,只坐了两个人,陈经理余光瞥了眼与他隔了几个位置的人。

那人正低头看着手机,简洁精致的西装,深蓝领带,侧脸下颌线优越流畅,包厢内光线比较暗,他眸子被笼了层暗光。

简单的打扮,偏被他穿出了一丝慵懒。

许是察觉到陈经理的打量,那人侧头看他:"有事?"

这人能在商场打滚,家世多半优越,浑身都自带一股侵略性,优雅却危险,只是眯眼勾唇,那抹邪戾就隐没无存。

"没什么。"陈经理尴尬地拿起茶杯,咽了口茶,正好此时手机振动两下。

唐菀到了。

"您稍等,我去接人。"陈经理也不想和他独处了,立即走出去接人。

站在那人斜后侧的助理,看着自己老板,放下手机,摆好姿势,显然……

今晚是肯定要搞这个人了。

助理抿了抿嘴,看了眼窗外:天要下雨,爷要作妖,拦不住啊。

助理担心自己老板作妖过头,真的把人惹急,把合作搞砸,贴心提醒:

"如果真的要和他们合作,还是应该注意些……"

"你觉得我像是那么没分寸的人?"他伸手揉着眉骨。

昨天连夜来平江纯属一时冲动,当他夜宿在休息区时,就后悔了。

以后如果真的要合作,肯定还要接触,如果主动权一直在对方手里,他们会非常被动。反正人都到了,不如趁此机会给对方一个下马威。

101

"听说负责做点翠的老师是个女的……"助理压着声音提醒。

意思就是：女的啊，您悠着点。

他只是哂笑，"放心，就算是个男的，我也不会对他动手的。"

助理："……"

说话间，传来了叩门声，陈经理的声音："祁总，我们进来了。"

陈经理担心直接推门进去，有些不妥当，还是事先叩了下门。

门打开的时候，陈经理非常客气地让唐菀先走了进去，里面坐着的人也随即起身，看到唐菀时，眸子略微眯了下。

"祁总，我给您介绍一下，这就是负责做点翠的老师，姓唐。"陈经理笑着介绍。

"您好，我是唐菀。"她伸手过去。

"祁则衍。"

京城祁家的，四九城老派家族，曾经盛极一时，饶是如今名气也很大，在京城出门只要说认识祁家人，那都是倍有面儿的事。

唐菀不动声色地打量着他：最特别的估计是那双眼睛，内勾外翘，非但不会让人觉得轻佻，反而透着股倨傲。挺括西装，偏分小油头，典型的阔少装扮。精英，优雅。

唐菀挑眉，日常生活，很少有人梳油头，因为稍不留神，整个人就会显得特别油腻。吃个饭而已，需要这么煞有介事地梳个小油头？

两人握了下手，礼貌性的，稍纵即逝。

下雨堵车，唐菀饶是给自己预留了很多时间，还是迟到了，几乎是一路小跑匆忙过来。

"抱歉，下雨路太堵了。"

唐菀冲他笑着，谈生意，自然是要表现得温柔无害。

她长得本就好看，职业装，修身合宜，收着一截细腰，外面雨太大，下车时头发难免溅了雨水，有些潮湿地贴着，说不出的旖旎风情。

"没关系。"

他们公司一直对接的都是陈经理，手艺人不擅长对外交际，找个代理人帮忙打点很正常。

祁则衍原本想着，陈经理年纪不小了，那他的合作伙伴，八成也是个四五十岁的中年妇女，毕竟近些年他们工作室做出的点翠，品相极好，真不像出自一个小姑娘之手。

"那您坐。"

唐菀从关于他的一些报道中,可以推断出,这人脾气不大好。她做东请客,还迟到了,心底原本还有些忐忑焦虑,看他居然难得好说话,心底松了口气,冲他一笑。

堵车赶路,心底焦躁,此时她舒了口气,那笑容说不出的温柔缱绻。

祁则衍没想到对方是个年纪不大的姑娘,还没回过神,就被这笑容晃瞎了眼。

他坐下后,端着水杯喝了口茶,舌尖滚烫,只觉得这颗心……像是被什么东西狠狠刮了下,忽地就狠狠颤了下。

这是什么要命的感觉。

一番寒暄客套后,等饭菜都上了桌,唐菀才端了杯茶:"祁总,没想到您千里迢迢过来,很抱歉没及时招待您,我待会儿要开车,以茶代酒,敬您一杯。"

"唐小姐,客气。"祁则衍难得这么好说话。

助理站在边上,已经准备好,就等着他老板作妖了……

谁知老板莫名好说话,绅士又体贴。

说好要为难她一下,你不能看人家漂亮就没原则啊!太肤浅了!

唐菀解释道:"祁总,其实之前我迟迟不接这个合作,因为家里有点事,我很怕耽误你们进度,而且自己准备也不够充分……"

祁则衍眯眼:"唐小姐是个很负责的人。"

助理挑眉:您私底下不是说,稳赚不赔的生意不做,这人八成是个傻子?

唐菀笑了笑:"这次突然说要推迟到开春,也是真的家里有事,如果您觉得耽误进度,就算不合作也没事。"

拍戏统筹很繁杂,需要敲定各个演员行程时间,剧组还要花费大量时间租场地,制作道具,耽误一天,光是成本消耗都不好估算。

祁则衍只是一笑:"没关系,我拍戏就是什么都要用最好的,等得起。唐小姐家中是谁身体不好,需要我帮忙吗?"

"多谢您的好意,我爷爷身体不好,不过是老毛病,天气转凉,老人家抵抗力差,我心里不放心……"

"你很孝顺。"祁则衍不动声色打量着她,"那你平时工作在哪里?"

"在家。"

祁则衍认真点头:"如果方便……我可以去参观一下吗?"

唐菀一笑,涉及几亿的生意,他想看看自己工作环境很正常:"可以,提前给我打个电话,我好招待您。"

助理看了看窗外:这天莫不是下的是红雨?他家老板……该不会对人家有意思吧?

刚才还说不动手?现在怕是想对人动手又动脚了。

几人都没喝酒,寒暄几句,唐菀和陈经理送祁则衍回了酒店,方才各自回家。

某人一回到酒店,就立刻给江锦上打了电话。

唐家老宅,江锦上正靠在床边看书,手机振动了几次,他才有些无奈地接起:"喂——"

"江小五!你知道心跳是什么感觉吗?我好像恋爱了……"

江锦上挑眉:心跳?

如果心都不跳……那八成是个死人了。

他说了半天,对面却没反应,喂了两声后,却不知对方何时把电话挂了,再拨过去,已是无人接听状态。

此时助理叩门进来,手中拿了一个蓝色文件夹。

祁则衍正郁闷着:"资料找全了?"

"嗯。"

"怎么样?"之前虽然合作,却没接触唐菀,而且祁则衍也没专项负责这个项目,自然没查她的身份背景。

现在对人有了兴趣,肯定想了解更多。

助理捏着文件:"老板,这个人……"

"怎么了?"

"姓唐。"

"那又怎么了……"姓氏不生僻,他也没想太多。

某人心情不错,春心荡漾着,还开了瓶红酒,倒了些在高脚杯内,略微尝了口。

助理说:"就是您说过,那个上辈子可能挖过江家的矿,刨过他家玉米地,被他家看上的那个倒霉鬼。"

他嘴角一抽,偏分小油头,在灯光下,亮得拍照都不用打光。

"当时您说她名字是草的意思,提到五爷身体还不好,如果嫁给他,那都不是锦上添花,怕是要……"

"坟头长草了。"

……

"咳——"一口红酒堵在嗓子眼,可能醒酒不充分,又酸又涩。

这哪里是心动,分明是要心肌梗死了。

骤雨连成雨幕,将平江城的万家灯火都晕成一片,恍若油画。

祁则衍捏紧高脚杯。

他隐约记得,自己的确调侃过唐菀的名字。

助理表情没什么变化,将资料搁在一侧:"老板,那我先出去?"

"出去做什么,我还有话没说完。"

助理抿了抿嘴:"您不需要自己独处,消化一下这件事?"

毕竟心动的小火苗被掐了。难道不需要独处喝点小酒,自我排遣下?

"消化什么?你给我简单说一下她的事,我懒得翻资料。"

"这可是江家看上的……"助理声音透着些迟疑。

祁则衍倒没所谓:"他们家原本就是来退婚的,再说了,口头婚约,本就没依据,她未嫁,我又喜欢,为什么不能追?"

助理点头,这话说得也有道理,五爷过来,本就是为了退婚,也不算是挖兄弟墙脚。

他拿过资料,挑着重点给祁则衍说了下唐菀的情况。

祁则衍喝着酒,认真听着。

自己的小春心刚荡漾两下,只觉得迎面一股巨浪打来,将他拍在沙滩上,只能直挺挺地扑棱着。

可既然江家要退婚,那不就是老天送给他的机会吗?

翌日,天空虽未放晴,却没下雨,这种天气太适合睡觉,所以唐家所有人都起得有些迟,约莫九点才吃早饭。

老爷子风湿腿疼,虽没躺在床上,靠在椅子上,也懒得动弹,喂鸟的事就交给了江锦上。

唐菀原本在自己书房看书,匆匆到了前厅:"爷爷,五爷,我待会儿有个合作伙伴要过来。"

"合作伙伴?"唐老抬了抬眼皮。

"想来看看我的工作环境,待会儿就来,提前和你们说一声。"

"那我去换件衣服。"

唐老平素在家,自然穿得随意,可他是个非常体面讲究的人,家里来客人,就算不穿得正式隆重,也要得体。

"那部清宫剧的赞助方?"江锦上询问,他知道唐菀目前接触的就这一个项目,只是具体合作方之类,唐菀没提,他也没问。

"嗯,就两个人,应该不会吵到你。"唐菀知道江锦上喜欢清静。

约莫十多分钟,外面一阵车声,唐菀亲自出去接人。

江锦上捏着逗鸟棍儿,站在廊下,并没作声,安静听着外面的动静。

只是画眉见他捏着棍儿,却不和自己玩,叫了两声,声音嘹亮,直接盖了外面的说话声。

江锦上蹙眉,小棍儿戳到画眉身上……

江就站在边上,抬手扶了扶墨镜,五爷下手有点狠啊。

唐菀此时已经打开了门,祁则衍和助理都已经下了车,还带了很多礼物,鲜花,水果,各式补品,堆满了后备箱。

唐家老宅在老城区,基础设施都是以前修缮的,路面都不太平整。

"祁总,您过来就好,还带这么多东西,太客气了……"唐菀今天穿得比较随意,和昨天干练的模样,相差甚远。

祁则衍下车,冲她一笑:"应该的。"

唐菀扫了他一眼,仍旧是挺括西装,偏分小油头,今天没下雨,可是风不小,他的发型却丝毫不乱,真不知得用多少头油才能弄出这样的效果。

随着脚步声走近,江锦上本是余光随意瞄了眼,却看到某人标志性的偏分油头,眼神一变。

"祁总,您里面请。"唐菀毫不知情,还领着他们往里走。

祁则衍想了一夜,心态已经放平了,反正江家要退婚,自己又喜欢,为什么不放手一搏,男人嘛,心态要好,大不了就是被拒绝,最多心痛两天。

听着声音熟悉,江锦上站在廊下,仔细确认来人。

居然真的是他!

"祁总,我给你介绍一下,这位是……"唐菀话都没说完,祁则衍已经往前一步,先走到了江锦上面前。

其实两人个子差不多高,只是江锦上站在廊下的一截台阶上,比他高出些许。

两人四目相对,说不出的诡异!

唐菀眨了眨眼,什么个情况?

江锦上不是什么好脾气的人,而祁则衍这么冲过去,紧盯着他,肯定会让人觉得受到侵犯,唐菀生怕他生气,刚想开口……

祁则衍忽然一笑:"气色好像还行。"

"远离你,日子清净。"

"就这么不想见我?"

"我表现得不够明显?"

江锦上本就是个心思特别通透的人,祁则衍的出现,表示昨晚和唐菀一起吃饭的人就是他,而某人昨天急吼吼给他打了一通电话。

遇到能让他心跳的人,恋爱了?

该不会是……他眯着眼,眼神越发不喜。

"过来没有提前告诉你,是不是很惊喜?"祁则衍家里没有养鸟的人,看到江锦上在逗画眉,下意识伸手在鸟笼子前晃了下。

"啾啾啾——"画眉叫声嘹亮。

"它是不是挺喜欢我的。"祁则衍轻笑。

江锦上直接说:"它在告诉同伴,有危险,藏起来。"

"……"

唐菀轻轻咳了声:"你们认识?"

"嗯,朋友。"祁则衍笑道。

唐菀点头,想着都是京城人,认识也正常,至于是何种交情,她也没多问。

"祁总,里面请吧。"

唐老早已换了衣服出来,只是腿脚酸疼,没去前面迎客人,唐菀给他介绍了一下。

"抱歉,有客来,有失远迎。"

"唐老,您坐,不用和我客气。"祁则衍对唐菀动了念头,对唐家人自然格外热络。

"怎么还拿这么多东西……"唐老看了眼唐菀,她耸肩,表示她也不懂为什么对方会这么客气。

"我到了平江才知道是和唐小姐做生意,也不知道原来锦上是住在这里,这些礼物都是临时准备的,很匆忙,有点失礼。"

姓祁的不多,又和江锦上认识,那八成就是京城祁家没跑了,他这么客气,唐老脸上笑意自然更深。

礼数太周到了。

"我听说您很喜欢吃一隅茶馆的糕点,特意买了一点过来,也不知道合不合您口味。"祁则衍讨好明显。

"这得去排队才能买到,这……"唐老越发不好意思。

"没关系,最主要的是您喜欢。"

助理站在边上:您肯定是没关系啊,您就忙着在酒店擦鞋、做头发,是我天没亮,排队等了两个小时买到的好吗?

江锦上坐在一侧,搓着手指,嘴角挂着一个不高不低的弧度。

祁则衍怕不是来看什么工作环境,也不是看他的,而是来挖墙脚的。

江措站在一边,眯着狐狸眼,压着声音问:"江就,你觉得咱们爷在想什么?"

江就抬手推了推墨镜:"看不透,不过我知道该给祁少料理后事了。"

而唐老和祁则衍说了一会儿话,直接说道:"祁总,要不中午留下吃饭?"

祁则衍倒是一笑:"会不会太麻烦?"

"怎么会麻烦,只是我们家吃的都是家常菜,你别嫌弃。"老爷子笑道。

"那我就却之不恭了。"祁则衍压根不准备客气,"您也别叫我祁总,我真受不起,叫我小祁,或者则衍都行。"

祁则衍在前厅陪唐老说了一会儿话,就跟着唐菀去书房工作室看了一圈。

因为又谈到了日后合作的问题,两人在书房独处了快一个小时。

院子里,祁则衍的助理小朱站在江锦上面前,莫名忐忑心惊。

刚才祁则衍参观工作室,他想和唐菀独处,小朱作为助理,这点自觉还是有的,就贴心关门走了出来,只是一转头,就迎上了江锦上似笑非笑的脸。

而此时江措眯着狐狸眼走过来,搂着他的肩:"小朱,好久不见啊。"

"嗯。"小朱莫名害怕。

"祁少在忙,你过来和我们聊会儿。"

小朱虽然不明白江家人想干什么,可直觉告诉他,离他们远点比较安全。

"不了，我怕老板叫我，我还是在这里等吧。"

话音未落，江就大步走过来，他戴着墨镜，看不清脸，半揽着他的肩膀，几乎是提溜着他，强行把他带到了江锦上面前。

"爷，人请来了。"

小朱眨了眨眼：您确定这是请？不是绑架？

"五爷。"小朱看到江锦上，客气得要命。

"则衍是不是看上她了？"江锦上也是无聊，正拿着一把小剪子整理花草，昨天疾风骤雨，有几盆花都被吹翻了，这些花枝更是被吹得横斜突兀。

"这个……"小朱咳嗽着，他怎么说都是祁则衍助理，泄露老板的事，是行业大忌。

"我明白了。"江锦上看他表情就懂了。

"你怕什么，随意点。"江揩拍着他的肩膀。

小朱轻笑着，盯着江锦上面前已经被剪秃的花，心底有丝不好的预感。

祁则衍和唐菀从书房出来后，唐菀要去前厅帮忙做饭，正好江锦上和他认识，就留了时间给两人叙旧。

"这小院子是真不错。"祁则衍打量着院子。

唐菀离开，他随手解开西装纽扣，整个人都松弛下来。

江锦上还在修剪花枝，没作声。

"难怪都说平江水土养人，这里环境的确很适合休养。"

"江小五，你过来，不就是退婚的吗？既然你们江家不要这门亲事，干脆留给我好了，我还挺喜欢她的。"

"啪嗒——"江锦上剪断了一根花枝，精准无误掉在了祁则衍鞋子上。花枝上，还有残留的雨水，裹着点灰尘，瞬间把他鞋子弄脏了……

祁则衍皱眉，他也太不小心了！

唐菀到前厅时，陈妈正收拾祁则衍送来的东西。

瞧她进来，忍不住说道："小姐，这祁先生也太客气了，送的东西都不便宜，刚才我看盒子里，还有几根人参。"

"人参？"唐菀以为就是一些普通的营养品。

他们就是普通合作关系，祁则衍送了什么礼物，她肯定想着下次要买些同等价位的东西回赠些。

唐菀特意去看了人参，包装奢华，红色礼盒，描金小字，只是里面

109

人参的品质却不算特别好。

"估计卖的就是包装。"陈妈笑道,"大概祁先生也不会选人参,被人忽悠了。"

唐菀轻笑,这就是典型的:人傻钱多。

"刚才老爷子还说,他是个挺傲气的人,没想到说话客气,还送这么多东西。"

单看那身阔少打扮也知道平素在京城是个什么样子。

"估计是五爷朋友,看他面子吧。"

"那就对了,本来又没交情,要不是五爷,怎么会这么破费。"想讨好江家的人太多了,这个理由,合情合理。

祁则衍此时正坐在沙发上,打量着江锦上的卧室。

丝毫不知道,他献出的一片丹心,都被算在了江锦上头上。

"这房间不错啊,暖和,采光也好,是挺适合你养病的。"

"怎么突然过来了?"江锦上给他倒了杯水,从始至终,表情没有外泄半分。

"考察啊,几个亿的项目,我肯定要来看看,就是没想到那么巧。"

祁则衍最近烦心事挺多,马上十二月,到了各部门考察业绩的时候,应酬多也烦,他这次来,是真的准备找茬的。

"锦上,你说,这是一种什么特别的缘分,才能让我和她相遇!"

"她的作品我真的一眼就相中了,我这次过来也是偶然,你说是不是命中注定。"

江锦上点头,那表情就是:你说什么都对。

"你在唐家住了这么久,她私底下性格怎么样?有什么特别的喜好?"

"你知道我不喜欢背后议论别人。"江锦上直言。

"又不是让你说她坏话,你给我点情报,以后我们成了,单独请你吃饭,我给你媒人红包。"

江锦上撩了下眼皮,媒人红包?

"我本来还想,总不能借着工作整天麻烦她,有你在这里,我倒是可以借口看你,经常过来。幸好你是来退婚的,所以我也不客气了。"

江锦上低头喝水,并没说什么。

吃饭的时候,祁则衍看着满桌子的菜,忍不住问道:"唐老师,这些都是你做的?"

这称呼是唐菀带他观察工作室后才改口的,虽然她比祁则衍年纪小,但也是手艺人,喊声老师也不过分。

"我就做了几样,都是南方口味,也不知道你会不会喜欢。"唐菀对他一直都是和颜悦色,客气有余。

江锦上今天倒没在餐桌上看到香菜和胡萝卜的影子,反而多了两道他特别爱吃的。

祁则衍和他并排,压着声音靠过去:"嗳,居然有你特别喜欢的。"

"照顾我身体不好。"

"真体贴,很不错,她以后肯定会是个好嫂子!"

江锦上嘴角微扬,嫂子?

其实江锦上在他那群朋友中,并非真的排行最小,他和祁则衍同岁,甚至比他大了两个月,只是祁则衍上户口的时候,被多报了一岁,然后某人就颇不要脸地一直以哥哥自居。

吃饭的时候,几乎都是唐老和祁则衍在说话,唐菀则仔细看着江锦上,默默给他盛了一碗汤。

她今天那两道菜还是按照江夫人给的东西做的,可是很明显,江锦上吃得很多,她此时大致也清楚,其实罗列的清单,可能并非所有东西都是他爱吃的。

"知道我身体不好,带了这么多东西,有心。"唐老爷子笑道。

"这倒不是我有心,而是唐老师很孝顺,原本我们合作时间大概定了,她想推迟到开春,就因为要照顾您的身体。"

祁则衍毕竟是商人,在外说话还是很会把握分寸的,就算对唐菀有好感,他也不会表现得过分明显,还是收敛着的。

没摸清唐老脾性前,反正只要使劲夸唐菀,肯定不会错。

果不其然,唐老一笑:"我这孙女是真的没话说。"

吃完饭,几人又吃着水果,聊了会儿天。

"祁总,您下午有安排吗?"唐菀询问。

"怎么了?"祁则衍是明知故问。

作为合作关系,他千里迢迢从京城过来,唐菀肯定会尽地主之谊,给他安排所有食宿行程。

"如果没什么事,天也没雨,我和陈经理说好了,带您和小朱助理逛逛平江。"

"那可能太麻烦你了。"

"没事。"

唐老则喝着水，突然看向江锦上："小五，你到平江这么久，还没出去看过吧，下雨之后，平江还是很好看的，你要不也出去看看？难得你朋友过来。"

祁则衍一个劲儿给他使眼色：我的天，你去干吗啊！

江锦上接收到他的信号，给了他一个放心的眼神，祁则衍心底一松，转而就听到他说了句："那我就听唐爷爷的。"

祁则衍满脸问号：什么鬼？

待陈经理过来，几人才上车，江锦上自然是和祁则衍同乘一辆。

"江小五，我一直给你使眼色，你看不到啊？"

"我要是不去，谁给你支开陈经理？你会有时间和她独处？"

祁则衍恍然，拍着他的肩膀说了句："好兄弟！"

可到了目的地，祁则衍才发现，情况和他想的完全不同！

平江是出名的旅游地，多园林胜景，雨后空蒙，别有韵味。

几人行车到了一处园子，祁则衍原想着终于能找到机会和唐菀独处，没想到陈经理像是膏药一样黏着他，根本甩不掉。

"祁总，您看这个，这个地方是当年皇上南下住过的……"

陈经理本就是负责对外联络应酬客户的，接待祁则衍是他本职工作，肯定是紧盯着他一个人。

江锦上偶尔会问几个问题。可是陈经理刚给江锦上解答完，也不知用了什么办法，祁则衍只要一回头……陈经理那张憨厚老实的脸就瞬间到了他面前，冲他笑得灿烂。

"祁总，您有什么问题？"

祁则衍皮笑肉不笑：狗皮膏药都没这么黏人的。

这要不是唐菀在，他真想一巴掌把他给拍过去。

陈经理平时也不这样，祁则衍身份本就特别，又是大客户，如果这笔生意成了，最起码这三四年内经济压力都不会那么大，肯定当祖宗伺候着。

祁则衍也是没法子，可逛了一半的园子，他忽一回头，就发现原本跟在后面的江锦上和唐菀人没了，江措也不在，江就则和他的助理并肩而行。

他俩人呢!

"五爷要去洗手间,唐老师陪着一起去了。"助理小朱解释。

祁则衍咋舌:又不是三岁小孩,去个厕所还要人陪?

他转头看向陈经理:"陈经理,其实你不用给我讲解,你忙你的,我自己看看就行。"

"好。"陈经理个子不高,中年发福,微胖,笑起来脸上堆的肉,都要把眼睛挤没了。

可是他嘴上这么说着,和祁则衍的距离从没超过半米……

"祁总,您自己看,我就在后面,您有事随时叫我。"

祁则衍:我一点都不想叫你!

另一边,江锦上和唐菀已经回到了刚才与祁则衍分开的地方,不过人肯定没了。

"要不我打个电话问问他在哪里吧?"这是唐菀的大客户,她肯定上心。

"没关系,有陈经理陪着,我们往前走,总能碰到。"

江锦上说得好似很有道理,可是园子本就九曲十八弯,一旦分开,其实极难再遇到。

唐菀点头,算是同意了。其实她不擅长应酬招待客户,本就想偷懒,江锦上给她找了个正当的理由,她就顺势而为了。

往深处走,到了几处出名的景点,人非常多,尤其是锦鲤池那边。

湖蓝色的水中,隐约还能看到荇草浮动,红色锦鲤围成一团,本就惹人喜欢,加上这几年不少人觉得锦鲤能转运,池边更是围满了人,大部分人都是拿着手机在拍照。

他们到池边时,恰好有一拨人离开,腾出了空间。

"我拍几张照。"唐菀虽然是土生土长的平江人,也不常来这里。

"嗯。"江锦上点头。

池边立着注意安全的牌子,周围却没什么防护措施,唐菀拍照,肯定要找角度,也没怎么注意脚下。

若是寻常,她距离池边有段距离,也不至于出什么问题,只是刚下过雨,地面有些湿滑,加上周围有些拥挤,她脚下略微一滑,差点摔着。

所幸江锦上及时伸手,拉住她的胳膊,帮她稳了下身子。

"谢谢。"唐菀急忙道谢。

"这里人多,去那边拍。"江锦上松开扶着她手臂的手,指了指另一边。

唐菀点头,她走在前面,江锦上绅士地护在后面,只是需要穿过人流,难免有些拥挤,池边人来人走,肯定会碰到。此时正好有个抱小孩的人过来,唐菀只能往后退了一步,差点踩到江锦上。

"对不起……"

"没事,我走前面,你跟紧。"江锦上这么说着,却生怕她走丢,看似十分随意地牵住了她的手。

他手如常温热,唐菀心头一窒,他的手比她大出许多,几乎将她的全部收进手心。

"你的手很凉,很冷?"

他的拇指好似无意在她手背上摩挲了下,带来一点轻痒,一路麻到了她的心底。

"还……还好。"唐菀刚回过神,想挣脱的时候,已经到了目的地,江锦上已经很自然地松开了手,看着有些愣神的唐菀,还低声问了句:"不是要拍照,愣着干吗?"

他眼底没有半点欲念,唐菀耳尖微微泛红,好像自己才是那个想太多的人。

唐菀拍了一会儿锦鲤,又拍了下周围的风景,江锦上入镜时……

画面太好看,唐菀没忍住拍了两张。

许是有所感应,他一回头,透过手机,两人目光相触。

"在拍什么?"

"你后面的那片假山很好看。"唐菀被抓包还是很镇定,还正大光明调整角度,假模假样地真的拍了几张假山。

江锦上看着到处拍照的人,眼底浮出一点笑意,好似已经看透了她。

几人会合已经是一个多小时以后,祁则衍本就不爱逛这种园林,他出来,无非是想接近唐菀,结果目的没达成。

好在接下来陈经理还安排了一起吃晚饭,他还有机会。

他此时可不知道,自己都是在给江锦上制造机会。

去酒店的路上,祁则衍还计划着如何接近唐菀。

"你想怎么做?"江锦上正翻看手机微信。

"吃饭喝酒呗,人只要喝多了,还不是我想干吗都行?"

江锦上偏头看他:"耍流氓?"

"我是那种人吗?"

江锦上认真点头。

"我就是觉得她对我太客气,太生分,喝点酒,能拉近点距离,你也太龌龊了,我在你心里就是那么无耻的人吗?"

"因为你刚才说话语气挺下流的。"江锦上说得笃定。

祁则衍气结。

一行人到了酒店,他们毕竟是商业合作,应酬喝酒是很正常的。

"唐老师,您不喝一点?"祁则衍挑眉。

"我……"唐菀有些犹豫,昨天尚且可以用要开车回家应付,今天总不好推辞了。

祁则衍一直给江锦上使眼色,你倒是帮我说两句啊。

酒是最好的助兴东西,很容易拉近彼此之间的距离。

"反正我在,你可以少喝点。"江锦上语气温缓,总能给人最大程度的安全感。

之前一起应付过唐茉的事,加上多天相处,唐菀对江锦上是比较信任的:"那行,我陪您喝两杯,不过我酒量不好,喝多了怕丢人。"

"没关系,我酒量也不好。"祁则衍笑着,还给江锦上递了个眼色。

没白交你这个朋友,关键时候还是挺给力的。

陈经理酒量好像一般,喝了几杯白的,脸已经红得不像话,倒是唐菀,几杯酒下肚,居然半点异色都没有。

祁则衍酒量还算可以,毕竟做了几年生意,酒量再差也练出来了。他只是没想到唐菀酒量很好,他头都有些晕了,唐菀还笑眯眯看着他:"祁总,还喝吗?"

"喝!"祁则衍不想在她面前丢人,唐菀递过来的酒,他都如数喝了。

江锦上坐在边上,他说身体不好,半点酒没沾,拿着筷子,悠哉吃着面前的一盘挂霜花生。

反正今晚唐菀醉没醉,都是他把人带回家,怎么看都是给他制造了机会,所以江锦上一点都不急。

祁则衍本来就是想喝点酒助助兴,拉近他们之间的距离,可他没想到唐菀酒量这么好,他很怕自己被比下去。

助理站在边上,都有些蒙了:不是说喝点酒聊聊天吗?怎么到最后

115

开始和她拼酒了？老板，您还记得自己是来干吗的么？

结果可想而知……

祁则衍是被扶出去的。

"五爷，我们老板喝多了，那我们就先回酒店了。"助理扶着祁则衍，头疼得要死。

"给他买点醒酒药，送他到房间，给我发个信息。"江锦上叮嘱，毕竟是朋友，也不会真的半点不关心。

"嗯，那唐老师这边……"

"我和她一起回去，你不用管。"

祁则衍走后，江锦上询问了陈经理的家庭住址，和去唐家老宅是一路的，就捎上他一起回去了。

陈经理坐在副驾，系了安全带后，打量着开车的江就。江锦上身边的人真有意思，白天就算了，现在天都黑了，还戴着墨镜？

"具体地址是哪里？"江就忽然转头看他。

"哦，在……"陈经理报上地址，江就才开始导航。

江锦上和唐菀坐在后排，唐菀酒量的确很好，只是今晚喝了太多，虽然没醉，也不可能半点感觉没有，靠在椅背上，手背搭在额上，闭目养神。

"喝太多不舒服？"江锦上偏头看她。

"我还好，祁总好像喝醉了。"唐菀轻笑。

她阖着眼，自然不知道，此时江锦上正明目张胆在看她，而这情形却被陈经理一丝不落看到了眼里。

他本就没喝多，出来谈生意，他也担心喝多说错话耽误事，说喝醉了，其实有几分做戏的成分在。

陈经理既然能被唐菀看上，让他与自己合伙开工作室，自然不傻，又是结过婚的，透过江锦上的眼神，他总能看出一点端倪。

这江五爷该不会……

他不是来退婚的？

想着今天发生的事，他仔细想了想，觉得他们所有人都可能被套路了。

包括祁则衍。

陈经理偷摸观察后方，待到他小区门口，江锦上直接说："江就，送送陈经理。"

"五爷，不用，都到家了，谢谢您。"

"你今天喝了不少酒,路面又比较滑,我怕你说话做事把握不好分寸,要是冲撞了别人,或者摔着磕了,容易出事。"

江锦上说着冲他一笑,暗示性很明显:说话做事小心点,不然容易出事。

此时唐菀已经靠着睡着,压根不知道两人之间的刀光剑影。

待江就送陈经理离开,江锦上偏头看向身侧的人,可算只剩下他们两个人了……

祁则衍此时躺在酒店床上,已经彻底醉死过去!

他压根不知道,自己的"牺牲",完全是给别人做了嫁衣。

平江连日阴雨,气温骤降,车内开了一点暖气,只是空气闭塞不流通,难免会让人觉得胸闷压抑。

唐菀喝了太多酒,烈酒烧喉,她略微蹙眉,抬手打开了车窗。

刚露出一条细缝,凉风便扑进来。

"是不是喝太多,难受了?"江锦上偏头看她。

"不是,觉得有些闷。"

"不冷吗?"

"不冷——"

话音刚落,风吹得她忍不住打了个哆嗦。

江锦上没说话,而是往她那边挪了几分,车子座位就那么大,两人之间原先隔了一人位置,此时已经是紧挨着,亲密无间。

他伸手去摸控制车窗的按键,手臂从她身前穿过,人就靠得更近了。

唐菀呼吸一沉,后背紧贴着椅背,这种感觉,就好像被他拥在怀里,就连呼吸心跳都不由自主。

"这么吹容易感冒,你不冷还打冷战?"

车内没有一丝光亮,只有路灯的光影影绰绰打进来,一切都是斑驳陆离的,只有他的声音那么清晰,清冽而低沉。

气息溅落在她耳边,瞬时将她耳尖都染得通红。

"我真的不冷。"

唐菀喝了太多酒,此时所有酒劲儿上来,浑身都热烘烘的,就连手心都是汗,怎么会觉得冷。

"下次别喝那么多酒了。"他声音越发低沉温柔。

唐菀感觉他声音靠得太近,身子往后缩,却无退路,偏头去看江锦上,这才发现,他眼睛定定地看着她。

"我一个人的话,就不会喝那么多了。"她轻咳着转过身,试图离他远一些。

主要是祁则衍一直要喝,像是要和她分出个胜负。

人家远道而来,她是东道主,肯定要尽量把人陪好了,只能一杯一杯陪着他。

可是下一秒,就听到身侧的人压低嗓子笑了声,唐菀手指下意识攥紧,也不知怎么了身子就像是触电般地瑟缩了下。

"因为我在?嗯?"

唐菀呼吸凝滞,不知该说什么。

江锦上看着她,喝了很多酒,红着脸,红着眼,就好像被他欺负了一样。

他喉咙紧了紧,再想说些什么的时候,手机振动两下,他只能回到了自己的位置上。

祁则衍助理发来信息,告知他已经把人安置妥当,让他别担心。

"则衍已经到酒店了。"江锦上把消息告诉唐菀。

"那就好。"唐菀觉得脸上好像火烧,估计是酒喝多了,后劲上来了。

"五爷……"

"嗯?"

"您和祁总很熟?"唐菀觉得空气都有些压抑,想岔开话题。

江锦上一边回复信息,叮嘱助理照顾好祁则衍,一边说:"以前两家就认识,和他见过面,不太熟,后来我生病住院,碰到了他,才熟络起来。"

"在医院碰到他?"

"他去割阑尾。"

"……"

"那时候也就八九岁吧,听说要做手术,他就以为自己快死了,知道我是个短命的,就跑来和我套近乎,说什么以后一起上路,也不孤单。"

"扑哧——"唐菀忍不住笑出声,"后来呢?"

"就是觉得我们也算一起经历过生死,经常来我家玩,也就逐渐熟悉了。"

其实祁则衍完全是被京城的流言蜚语误导了,都在说江锦上命不久矣,他自己刚动了刀子,那时候也是爱心泛滥。觉得江锦上这人太可怜了,就每天带着好吃好喝好玩的往他家跑。竭尽所能逗他笑。

那时候江锦上只是淡淡看着他,他还以为是因为生病所以不爱笑,后来才知道,他那眼神,压根就是把自己当傻子了。

唐菀笑完才说道:"难怪看你们相处,不像是普通关系。"

两人有一搭没一搭聊着,很快江就回来了,上车前,他还特意敲了敲车窗:"爷,方便进来吗?"

"进来吧。"

江就上车,唐菀也是聊得开心了,忍不住问了句:"你上车之前,还问方便进来吗?有什么不方便的啊。"

江就发动车子,扶了下眼镜,说了声:"我只是担心你们不方便。"

"……"

我们?我们有什么不方便的,我们又不可能做什么。

只是想起方才江锦上关车窗,好似将她彻底拥入怀中的举动,她还是忍不住红了红脸,只是光线昏暗,无人看到罢了。

车子开到半路,天空又飘起了细雨。

唐菀原本看着窗外,醉意袭来,又昏昏沉沉睡着了,等她再度睁开眼,江锦上告诉她:"到家了,下车吧。"

"嗯。"唐菀哑着嗓子,喉咙被烧得说话都艰难。

打开车门的一瞬间,冷风裹着细雨扑面袭来,唐菀非但没觉得清醒半分,身上热得要命,冷热交替,头反而更晕了。

江锦上已经撑伞走到她那侧:"需要帮忙?"

"不用。"唐菀其实走路已经有些趔趄了。

所幸雨不大,两人就共撑一把伞往院子里走。

唐家院子有一小片铺着鹅卵石,唐菀还穿着半高跟的鞋子,此时头重脚轻,走路难免虚晃,有几次打滑,差点崴了脚,下意识要找个攀扶的东西,就拉住了江锦上的袖管。

"怎么了?"江锦上偏头看她。

"没什么。"

唐菀也是喝太多,胆子有点大,拉着衣袖,其实借不到什么力。

她此时满脑子都是不能让自己摔倒,胸腔里莫名有股子冲动,手指略微一松……

攥住了江锦上的小臂。

她手心都是热汗,抓得又用力,她明显感觉到男人僵了下,忽然理智回笼,手指一松,要缩回去。

可下一秒……手被人紧紧握住。

"要抓就抓紧了。"

唐菀也是脑子晕了,就这么任由着他拉着自己往前走,而两人手心交握之处,也不知是谁紧张了,都是热汗。

江锦上吸了口气:这可是你先动手的。

唐菀整个人都是有点晕的,到了房门口,还一脸蒙。

"愣着干吗?拿钥匙啊。"江锦上已经松开牵她的手,收起雨伞,靠在门边。

他垂眸看她,红的脸,红的眼,说不出的温软,恨不能上手去捏一下。

老宅是独立院落,门户都是对外的,院墙也不高,有时出门太久,会锁一下门。

"嗯。"唐菀这才回过神,翻包找钥匙。

毕竟喝了太多酒,就算有理智,身体还是有些不受控制,加上光线很暗,钥匙怎么都对不到锁孔里,越急越是插不进去。

她此时也是喝酒壮了胆,直接说了句:"五爷,您让开点,挡光了。"

江锦上无奈,自己喝多了酒,还怪他挡了光,他直接往前一点,握紧她的手,很轻松地带着她,将钥匙插入锁孔,轻轻扭动,锁就开了。

"这不就好了。"江锦上声音带着笑意。

他盯着她,那笑容温柔宠溺。

只是唐菀此时可想不了太多,只觉得他的笑,好像是在嘲笑自己很蠢一样。

"谢谢。"唐菀已经快速将手从他手心抽出,攥着钥匙推开门。

"那你好好休息,晚……"

江锦上的晚安两个字都没说完,只听"砰"的一声,门被撞上,把靠在门边的伞都震倒了。他彻底被拒之门外了。

江锦上下意识摸了摸鼻尖,她害羞了?

唐菀回屋后,有些后悔刚才拉江锦上衣服了,怎么莫名其妙就变成两人手牵手往回走了。

隔了一堵墙,江锦上今晚心情算是不错的,简单洗了个澡,刚拿起手机,就发现有两通视频未接。

这都晚上十点多了,这小家伙怎么还不睡觉?

他回了条信息:【还没睡?】

很快视频就打了过来,只是当他接通时,对准他的是某人的小屁屁,江锦上蹙眉:"你在干吗?"

"二叔!"小家伙立刻拿着手机,对着自己的脸。

江锦上这才发现,他穿着印着蜡笔小新图案的秋衣秋裤,正光着脚在收拾衣服。

"这么晚,你在忙什么?"江锦上挑眉。

"收拾东西啊。"

他认认真真将衣服叠好,塞进小书包里。

"你想离家出走?"江锦上挑眉,如果是出游什么的,肯定轮不到他收拾行李,时间还这么晚。

"二叔,去你那里,我需要准备多少钱啊?"

"来我这里?"

江锦上还没说话,某个小家伙已经转身去拿自己小金猪储钱罐,撅着屁股对着他,似乎是在掂量里面的钱有多少。

"二叔,你那里冷不冷?我要穿什么衣服过去?"

江锦上只当他在开玩笑,没往心里去。

哪里知道他真的会过来!

第六章
想成为她的依靠

这一夜疾风骤雨,唐菀喝了太多酒,睡得深沉,直至听到急促的拍门声……

"小姐,出事了。"陈妈急喘着,声音嘶哑。

唐菀猝然惊醒，几乎是跳起来去开门，跑得太急了，膝盖磕在床沿，疼得她鼻子直冒酸水，心底的不安陡然被放大。

唐菀着急忙慌打开门，陈妈急得面白耳赤，许是一路小跑而来，还不停喘着粗气。

"出什么……"

唐菀话没说完就被打断，"老爷子摔了！"

"摔了？"唐菀心脏好像被人倏然勒紧，有一瞬间觉得喘息都非常艰难，"他人呢？"

"五爷送去医院了，他让您别急，有消息会及时……"

唐菀也来不及换衣服，就穿了个长外套，拿着车钥匙就往外跑，却迎面撞到了戴着墨镜的江就。

"唐小姐，我来开车吧。爷说现在是早高峰，您心底太着急，开车容易出事，这样反而更耽误事。"

唐菀压根不想理他，可江就人高体壮，最后直接挡在车前，她也不可能开车从他身上碾过去，没法子才让他开车。

车子刚发动，江就手机振动，接听后就递给了唐菀："我们爷的电话，说您没带手机出门。"

唐菀是关心则乱，都忘了手机这回事，急忙接过："喂——"

"人已经送到急诊室了，别担心。"江锦上声音如常温润。就好似初冬有那么一抹暖阳，就算驱散不了寒意，也能抚平焦躁。

"谢谢。"

唐菀昨夜喝了太多酒，此时头疼心慌，乱得一塌糊涂。

"今早没下雨，他出门遛弯，被人发现躺在家门口附近，可能是摔了。"

"他本就有风湿，腿脚不便，出去溜达什么啊！"唐菀头疼得更厉害，挂了电话后，又看了眼开车的江就，"我还想借你手机再打个电话可以吗？"

"您随意。"

早高峰，车子走走停停，更让人心浮气躁，江就一手把握方向盘，一手推了下眼镜，就听身侧的人拿着手机喊了一声："爸——"

"……爷爷摔了，已经送到医院了……嗯，我没事。"

江就认真开着车，据说这唐先生原本昨天就该到家了，也是平江最近连日暴雨，几乎所有飞机都停运，导致他没法从国外直飞回来。

雨天赶路容易出事，老爷子自己打电话说，让他缓两天再回来，也不差这一天两天。

唐菀赶到医院时，江锦上正坐在急救室外面。看她穿着睡衣裹着外套就出门，他略微皱了下眉，和她说明了情况，才安抚了两句："别担心，唐爷爷不会有事的。"

"嗯。"唐菀心底着急，回答得也敷衍。

很快就有两个穿着西装的中年男人匆匆赶来，为首的男人个子不高，甚至有些微胖。

"菀菀，唐老怎么样？"

"滕叔叔？"

这个男人叫滕军，她父亲的至交好友。

"你爸打了电话，我来看看，你别担心，就在这里待着，别的事我来处理。"

这个男人做事非常利落，住院、缴费、找熟人，只是他忙活下来后，才被告知，所有事都被搞定了。

"哦，是那位先生做的，病房都安排好了。"护士指着江锦上。

滕军只是打量着江锦上，他话并不多，刚才也只是简单和自己点头打了招呼，就安静陪在唐菀身边，他和唐家关系不错，也猜到了他的身份，拿出手机给好友打电话，说明了医院的情况。

"……我托人问了，说是摔了，应该没别的事。"

"谢谢，菀菀呢？"

"她就是有点着急，人没事，我从公司着急忙慌跑过来，急得一脑门子汗，结果到了医院，才发现压根没有用武之地，什么事都被人办妥了。"

"她过去了？"

"不是，她还没来。"几十年好友，大概猜到他说的是张俪云。

"是暂住在你们家的江五爷，长得不错，做事也稳妥，难怪你家老爷子能看上，这江家养出来的孩子，别的不提，做事还是很靠谱的。"

"就是生得太白，看着气色不大好，估计身体真的不怎么好。"

那边听了一会儿："医院那边你帮我盯着点。"

"你放心吧。"

……

唐老被推出来的时候，已经是上午十点多，张俪云也赶了过来。

医生简单说了情况："别的地方还好，主要是磕了下脑门，还在昏迷。"

"那我爷爷什么时候能醒?"唐菀看着病床上的人,眼眶微红。

"肯定会醒的,具体时间我也说不好,先住院观察吧,有什么问题随时找我。"

医生走后,张俪云才打量着唐菀:"菀菀,你没事吧,我看你脸色很难看。"

唐菀昨天喝了太多酒,双眼都是赤红一片,看着自然是憔悴些。

"我没事。"唐菀抿着嘴。

"你要不回家洗漱一下,换身衣服。"

"我没事。"

"那你总要给老爷子收拾一下东西啊,他要在医院住一段时间。衣服、洗漱用品还有他平时吃的药那些,我也不太清楚,还是需要你跑一趟。"张俪云语气非常温柔体贴。

"你爷爷这边,还有我和你滕叔在,你别担心,还是得先照顾好自己。"

病房里还有两个护士,打量着张俪云,觉得唐菀这个继母人好像还不错。

唐菀也是考虑要给老爷子拿东西,决定回去一趟。

"我陪你回去。"江锦上直言。

"嗯,我先出去一下。"

唐菀去的是医生办公室,无非是想再确认唐老病情,并且有什么需要特别注意的。

当她回到病房时,却看到了一个很意外的人。

男人穿着病号服,看到她,还嘿嘿一笑:"唐小姐。"

"何少?"唐菀蹙眉,他就是那晚过生日,手指差点被自己掰断的那位,他穿着病号服,脖子脸上还有没痊愈的青紫伤痕。

"你怎么……"他现在应该在拘留所才对。

"我身体不太好,出来看病。"何少咳嗽着,唐菀想起那晚江措和江就两个人轮番对他下了狠手,估计是伤得不轻,能出来,大概是取保就医了。

"你身体怎么样?"唐菀就是礼貌性地随口一问,注意力都在唐老身上,连眼神都没分一点给他。

病房里的几个人都认识他,张俪云和滕军对他的到来很是诧异,出名的纨绔,无法无天的。

也是知道他和唐菀间的纠葛,还以为他是故意来挑衅闹事的。

没想到唐菀会关心自己,何少一个二十多的大男人,不好意思地挠着头,低声说了句:"我挺好的,谢谢。"

唐菀看了看时间:"俪姨,滕叔叔,我回去给爷爷收拾点东西。"

"那个……我也该走了。"何少立刻说道。

唐菀无心管他,只是看向江锦上:"一起?"

"嗯。"江锦上点头。

这何少刚进病房,就看到江锦上了,长相气质都太优越,让人很难忽视。

只是没人介绍,他没敢主动打招呼,一同走出病房,气氛难免有点尴尬。

唐菀回去的时候,陈妈早就把东西都收拾好了:"东西都准备好了,你自己先回去整理一下,你还穿着睡衣……"

"我知道。"唐菀此时心也静了些,下意识摸了摸膝盖,之前六神无主,现在才觉得被撞的地方隐隐作痛。

江锦上盯着她,眯了眯眼,没作声。

"我煲了点汤让你带去医院,估计还要半个小时,你正好回房歇会儿,待会儿吃了饭再去医院。"陈妈是很贴心的。

唐菀点头,她回房的时候,手机都是各种未接电话和信息。

平江本地的一些媒体新闻,已经开始推送【唐老忽然晕倒,被紧急送医】的消息,还有就是亲朋好友的问候,她刚准备回复几条信息,就听到了敲门声。

"是我,方便进来吗?"江锦上的声音。

"进来吧。"

江锦上推门进来,手中还拿着药箱。

"您这……"

"不是腿伤了?"

"就是磕了下,没什么事。"

"擦点药吧。"

"可是……"唐菀咳了声,"我想先去冲个澡,要不待会儿我自己来……"

她昨晚终是喝了太多酒,此时还有些头疼不清醒,整个人都很颓丧,

125

想洗个澡清醒些。

"那我等你出来。"江锦上压根没打算走。

唐菀时间有限，待会儿要赶去医院，也没空和他多说什么，只能拿了换洗衣服进了浴室。

江锦上等了一会儿，手机振动起来，祁则衍打来的。

"喂——"

"我去，我看到新闻才知道唐老住院了，他怎么样？身体没事吧。"祁则衍刚睡醒，此时脑仁儿还有点儿疼。

"还在昏迷，其他地方还好。"

"那就好，这些垃圾新闻真不能看，说得他马上就要不行了。"祁则衍揉着眉心，"对了，唐小姐呢？她怎么样？是不是吓坏了？"

"我应该第一时间赶到她身边安慰她啊，女人这个时候是最脆弱的。她要是哭了，不就缺我这么一个坚实有力的肩膀让她靠吗？"

"是吗？"江锦上下意识搓着手指。

"她人呢？没事吧？"

祁则衍手机开着免提，昨夜喝了太多酒，此时嗓子眼干得冒火，正拿起酒店赠送的免费矿泉水，拧开准备喝一口。

江锦上看了眼浴室，流水声还没停："她在洗澡。"

洗……洗澡？

祁则衍的水还没送到嘴边，被他这话吓得一抖，水洒了一身："我的天——"

"你怎么了？"

"没、没事，这时候……洗什么澡？"

"可能昨晚酒还没醒。"

"难怪，唐老在哪个医院哪个病房……"

祁则衍挂了电话后，助理就到了，他前胸衣服完全湿透，正脱衣服。

"唐家出事，你怎么没有第一时间通知我？"

"我给您打了电话，还敲了几次门，您让我滚蛋。"助理说得面无表情。

祁则衍脾气上来，每个小时都能让他滚蛋一次，一天开除他三次，所以他每次都很听话地不去触霉头，让滚就滚，他都习惯了。

祁则衍也知道自己起床气很重："你去准备点东西，我们去医院看一下唐老。"

他觉得唐老这时候出事，简直就是老天在帮他，倒不是他冷血，不关爱老人，而是因为这是上天给的机会，他肯定要抓紧时间，好好表现。

唐家这边，唐菀洗完澡出来，房间有人，自然是穿戴整齐，头发吹得半干，不过发梢还隐隐滴着水。

"谢谢给我送药，我自己来就行，今天早上的事已经很麻烦您了。"唐菀脑子乱，可江锦上做了什么，她记得一清二楚。

"那都是应该的，你自己卷一下裤管吧，我看下伤口。"

"也没什么，就是不小心撞了下。"

唐菀急着要走，没时间和他耽误，卷起裤管，右膝盖一片血瘀，青紫交叠，看着有些触目惊心。

"我自己擦点药就行。"唐菀想拿药膏的时候，江锦上攥在手里，却没给她，"五爷？"

"我来吧。"

不待唐菀动作，江锦上已经走到她面前，弯腰，单腿屈膝，拧开药膏，手指蘸了点，给她擦拭患处。

他的手还是如常温热，他将药膏推开，动作轻柔地搓揉着："如果疼了和我说。"

"没事，要不还是我自己来吧。"

又不是古代，夏天女生露胳膊露腿很正常，可此时在他面前露了个膝盖，唐菀却莫名觉得有些臊得慌。分明是腿疼，却弄得浑身都热烘烘的。

药膏涂好，唐菀刚想说声谢谢就放下裤腿，江锦上却说了句："油性的药膏，没彻底吸收，估计会弄得到处都是。"

"我知道。"

可唐菀话音刚落，他就忽然凑过去，对着她的膝盖吹了几口气，温温热热的，惹得她整个身子都好似瞬间酥透了。

"五爷……"唐菀被弄得心慌慌，恨不能立刻就放下卷起的裤腿。

只是她动作有些急，吹得半干的头发，发梢还滴着水，江锦上又处于她下方，水珠不小心滴落在他侧脸。

冰冰凉凉的。

江锦上略微蹙眉。

"对不起，我那个……"唐菀头发很浓密，如果完全吹干很费时间，她也没想到水会溅到他脸上，一时不知道该怎么办。

"没事。"

"抱歉。"

"我手上有药膏，帮我擦一下，可以吗？"他声音温润，似乎还带了点诱哄的感觉。

唐菀刚洗了澡，发梢还浸着水，贴在背后，整个身子都透着股沁心的凉意，只是此时两人四目相对，她觉得，整个人从里到外都被他看透了。

"不帮我擦一下？"江锦上认真看她。

他整个人都清隽如竹，面白唇红，眼底却没半点欲色。

"这个……"唐菀手悬在半空，不知该怎么办。

人家帮她擦药，自己发梢的水甩到了他，按理说擦一下是常规操作，只是她真的没办法下手。

"那边有纸巾。"江锦上看向一侧。

"嗯。"唐菀如释重负，拿个纸擦一下还是可以的。

只是她有些紧张，纸巾吸了水，她手还忍不住颤了下。

"你好像真的有些怕我。"江锦上瞧着她膝盖上药膏已经吸收差不多了，顺手给她放下卷起的裤管。

"五爷，我自己来吧。"唐菀坐在椅子上，弯腰去整理裤子。

江锦上正好要起身，两人视线有那么一瞬齐平，眼神交汇时，唐菀先躲开了，他压低了声音："我长得有那么可怕？"

许是他此时还弯腰，俯低着身子，声音好似带着小钩子，低沉而撩人。

"不是。"

"那你怎么不看我？躲什么？"

"……"

唐菀若是一直闪躲，反而弄得她心虚，硬着头皮，堪堪将视线移回去，碰到他的视线，才惊觉两人距离那么近。

"你好像面对我总是有些紧张，还是不熟。"距离近得呼吸都变得缠绵起来。

"可能是。"

"那就多看看我，嗯？"

唐菀心头又是狠狠一跳，他说得轻描淡写，只是字句清晰，好似要烧进人的骨头里。

不过江锦上说完已经起身:"借用一下洗手间。"

"嗯,您随意。"

直至听到洗手间传来水流声,唐菀才觉得整个脸像是被火燎了下。

……

待江锦上出去时,唐菀已经拿出小行李包,正在装东西。

"今晚你要留在医院?"

"嗯,爷爷随时会醒过来,他住院,我就是回家了,也睡不踏实。"

两人去前厅时,陈妈已经将汤和饭打包好,又让两人吃点再去医院。

唐菀没什么胃口,可她也清楚,自己此时最不能糟践身体,就是不想吃,也要填饱肚子,刚吃了两口饭,她手机忽然振动起来,好友阮梦西打来的,八成是询问爷爷病情的。

"喂——"

"唐爷爷没事吧,我看到新闻了。"

"还在昏迷,应该没大碍。"

"你没事吧?"

"我没事,就是之前有点慌。"关心则乱,唐菀昨天又喝多了,整个脑子都炸了。

"那你和何少怎么扯上关系了,还有那个祁少……"

"什么?"

"平江论坛上有人爆料,说你一会儿和何少纠缠不清,又和祁则衍暧昧不明,还说你前几天被抓了。"

"我被抓了?"唐菀本就没胃口,就直接搁了筷子。

江锦上也放下筷子,认真看她,整个客厅都安静下来。

而江措此时拿着手机递给江锦上,上面是平江本地论坛的一则爆料帖。

标题很劲爆。

【爆,唐家大小姐人设崩塌,进过局子】

这是当地人的论坛,平时多是些无病呻吟或者是招工类的,忽然蹦出这么一则消息,瞬间就夺去了所有人的眼球。

医院那地方本就人多眼杂,大家不认识江锦上等人,却有很多都认识何少,以前打架斗殴,吃喝嫖赌,没少上当地新闻,看到他们走在一起,本就惹人闲话。

还被人拍了几张照片,唐菀穿着睡衣,双目赤红,昨夜喝多了,脸色算不得好。

"我有个亲戚说,唐老住院,何少专门托关系去找专家,还送了很多东西过去,这可不是一般关系。"

"前段时间警察扫了蜉蝣酒吧,不是抓了一批人吗?当时何少生日,抓了不少人。"

"唐夫人当晚就去捞人了,据说人被捞出来后,直接开车去了唐家老宅,这不很明显,被抓的是唐菀嘛!"

"我朋友是护士,据说去医院探望的人很多,小道消息,有京城祁家的那位。"

……

江锦上一目十行扫了眼帖子,就把手机递给了唐菀,她接了手机,一边听闺蜜讲述,一边翻看手机。

真是造谣全靠一张嘴。

"那些都是假的。"唐菀拿着手机。

"我知道,平江那晚警察抓人,我们还打了电话,你怎么可能会被抓。"那边的人只是愤懑,为她不平,"何少就算了,你怎么会和祁则衍扯上关系。"

"生意合作。"

"难怪……"她嘀咕着,"那现在这事儿怎么处理?我最近真是忙疯了,要不然马上就能飞回平江。"

"没关系,你忙你的,我这边没什么事。"

又简单说了两句,唐菀方才挂断电话,又仔细看了眼论坛帖子。

"需要我帮忙处理吗?"江锦上认真看她。

"不用,假新闻,过段时间就没人讨论了,今天已经麻烦您太多。"唐菀此时整个心思都在老爷子身上,哪儿有空关心这个。

江锦上也没作声,唐菀再没心情吃东西,收拾东西就准备去医院,江锦上自然送她。

"要不您别去了,您也在医院待了一个上午。"

"我在家也没什么事。"

唐菀道谢后才上了他的车,行驶到半路,江措接了电话,偏头看向唐菀:"医院门口很多记者。"

"无所谓。"

也就几分钟后,江揩忽然三番两次回头看向后排两个人。

"有事?"江锦上挑眉道。

"张俪云被两个记者截住了,说了两句话,有点儿……"江揩表情复杂。

"说什么了?"唐菀直接问道。

江揩把手机递过去,江锦上在医院留了两个人,有什么事,自然能拿到第一手资料,唐菀看到视频时,手指猝然收紧,脸都黑透了。

视频中,张俪云被两三个记者堵在了走廊里,周围还有来往的医患,背景声音极为嘈杂。

"……我真的没什么可说的,你们若是再这样,我就要报警了。"

"唐夫人,那您说一下,上回警方去蜉蝣酒吧,抓了一群人,其中真的有唐菀吗?您的确是去捞她出来的?"这几个记者是混进去的,好不容易逮着张俪云,怎么可能轻易放过她。

"网上都说她和何少关系不错,两人私交是不是特别好?"

"听说何少忙着帮唐老联系专家,又送东西,两人应该不是一般关系吧。"

……

那天张俪云从派出所接唐茉出来,有人拍到了照片,只是唐茉也怕丢人,把自己裹得严严实实,别说脸了,连一根头发丝都看不到。

张俪云也是戴着墨镜口罩,只是开着唐家车子,又直抵唐家老宅,就把事情和唐菀扯到了一起。

而的确有人说,当天在蜉蝣酒吧看到了唐菀。

"唐夫人,您说一下,被抓的是不是唐菀?"记者穷追不舍。

张俪云知道不是唐菀,可她又不能澄清,若是她说了不是,能让她半夜忙到天亮去捞人的,也就只剩下唐茉了,那就是等于把自己女儿往火坑里面推。

所以她冷着脸只说了句:"我不清楚。"

记者嗤笑:"那天的确是您去捞人的,怎么可能不清楚?那她和何少关系怎么样,您总知道吧。"

"我更不清楚,无可奉告。"

记者又追问:"那之前网上有照片,唐小姐看着很憔悴,有人说像是喝酒宿醉,她平时也这样吗?"

"唐老住院,她怎么不在医院?出现一下就走了?怎么都是您在医院陪着?"

……

紧接着医院保安赶来,视频也就中断了。

江锦上偏头,和唐菀一起将视频看完。

张俪云这么做,完全能理解,毕竟她要保自己女儿,可她这种措辞,却是把唐菀往火坑里推。

果不其然,唐菀再度打开本地一些新闻媒体时,标题都是:

【问及唐菀,唐夫人冷眼相对。】

评论那就更不能看了。

"有时亲孙女也靠不住啊,虽然说是后妈吧,却一直在医院忙前忙后,也是挺不容易的。"

"我之前还奇怪,唐家大小姐是出了名的名媛,怎么会和何少他们混在一起,看她在医院的照片就懂了,明显是昨晚喝多了,还没醒酒。"

"和何少一起玩的,能有几个好人。"

……

其实严格说起来,张俪云没回答任何问题,可就是这种不作为,对唐菀来说,此时的软刀子最能杀人。

这不是变相坑她吗?

涉及唐茉的问题,她拒绝表态就算了,后面记者提问,她一概不回答。完全就是承认记者的话,说她不孝顺就算了,还把所有功劳都揽在了自己头上。这就太不要脸了。

江锦上搓了下手指,张俪云这事儿做得太过分,唐菀心底憋屈窝火,却没办法直接找她算账,因为她真的什么都没说。

"其实派出所那边,或者是当晚酒吧的,有人出来澄清,事情很好办。"江锦上直言,想打张俪云的脸太容易了。

"我知道,只是这之后怕是没法消停了……"

老爷子还躺在医院,家里就乱成一团。

车子抵达医院时,所有记者都被保安拦在了医院正门外面,唐菀坐的是江锦上车子,京城牌照,记者根本注意不到。

他们还在跟保安交涉,无非是想进医院采访,而此时的病房内,也并没想的那么平静。

祁则衍正坐在病床前，他过来已有半个小时，滕军先走了，除却两个江家人，只有张俪云母女在。他一只耳朵戴着蓝牙耳机，正在看视频，刚才记者的采访已经传到了网上。

而张俪云母女所有注意力都集中在他身上，她们压根没想过会在这里碰到祁则衍，这位无论各方面条件都非常优越的单身贵族。

张俪云抵了抵唐苿，她才扭捏着走过去："祁少，喝茶。"

声音娇憨，只是故意掐着嗓子，祁则衍不喜欢这种，显得过分矫揉造作。

说难听点，就是太装。

他没作声，好像专心看视频，站在他身侧助理小朱则笑着接了茶水："谢谢。"

"不客气。"唐苿碰了软钉子，只能站在一边。

此时祁则衍摘了耳机，看向张俪云："唐夫人，我看了你被采访的视频。"

"是吗？"张俪云笑意不达眼底。

"唐小姐真的被抓过，还经常和人出去宿醉鬼混？"

"这个……"张俪云面露难色。

"这里没什么外人，江家人我很熟，他们不会对外说什么的，我就是要您一句实话，毕竟我要和她做生意，人品不好的，我也怕以后合作出问题。"

"其实我们不住在一起，她私底下生活怎么样，我真的不清楚。"她还是给了个模棱两可的回答。

"那她是不是真的被抓过，是您亲自去保释的，这个总没疑问吧。"

张俪云脑海里天人交战，江家人是跟着江锦上的，自然是知情的，可她还想让唐苿在祁则衍面前留下好印象，肯定不能说实话。

"其实菀菀手艺是真不错，您和她合作，不会错的。"

张俪云仍旧没正面回答他的话，祁则衍倒是一笑，站在他后侧的助理小朱倒是清了下嗓子。

他家老板怕是要搞事情了。

祁则衍今日来探病，穿得比较休闲，只是偏分油头，举手投足，都透着股阔少气质。

他好似不经意抬头看向唐苿，眼神有些凌厉，却漫不经心，看得唐

133

茉心头一颤。

对她来说，长得帅气就是最好的，哪里还能注意到他眼底的鄙夷不屑。

"祁少……"张俪云察觉到不对劲。

祁则衍过来后，说明与唐菀的合作关系，询问老爷子病情后，就没怎么和她们说过话，那眼神太不寻常。

"唐夫人，您知道人和畜生最大的区别是什么吗？"

"嗯？"张俪云没反应过来。

"这畜生啊，这辈子只能是畜生，可是这人吧……"祁则衍咋舌，"这要是自私，不要脸的时候，连畜生都不如，更不配做个人了。"

张俪云笑容僵在嘴角，直觉告诉她，祁则衍就是在骂她，她却无法反驳，只能皮笑肉不笑地应着。

"是这个道理。"

祁则衍咋舌："我虽然年纪不算大，也算见识过一些人，那种什么自私自利，专门坑孩子的后妈啊，什么不知足，总想鸠占鹊巢的继妹，还有些不知感恩的凤凰男啦……说真的，人有千差万别，可是不要脸起来，都是一样的让人恶心。说得再好听，做得再漂亮，也藏不住骨子里的野心。"

他刚才若是暗讽，现在已经是明嘲，就差指名道姓了。

张俪云被他搞得冒火，可她也不能反驳，那不就是坐实了自己不要脸，有野心？

"确实，这世上什么样的人都有。"

"其实关于唐小姐的事，您不清楚没关系，假的成不了真，到底谁做了什么……"祁则衍轻笑，"谁不要脸谁知道，对吧唐夫人！"

"嗯。"张俪云实在是待不住了，"我好像忘记打点热水进来了，茉茉，跟我出去接点水吧。"

唐茉也不傻，立刻点头，祁则衍其实已经说得很明白了。

"祁少，那您先坐会儿。"

张俪云被怼得真是浑身无力，饶是再气，也是半点法子都没有。

祁则衍看她走了，轻哼一声："明嘲暗讽这东西谁不会，拿这套东西忽悠记者就算了，还敢在我面前显摆，真当我傻？"

他虽然不知道别的事，单就唐菀昨晚喝醉，早上略显憔悴被人抓拍，继而引发一系列的猜想，这个点就是错的，而且是祁则衍一直要和她喝酒，有他的责任。

所有整个新闻他一个字都不信，对比张俪云说的话，那就其心可诛了。

就算唐菀过来，估计也不好说什么，因为张俪云真的什么都没说，可他眼里揉不得沙子，忍不住先敲打了一番。

"老板，您要不要喝点水？"助理小朱问道。

祁则衍在公司经常这样，骂人不带脏字，他最拿手，也算这对母女倒霉，正好碰到了他。

而且祁则衍想追唐菀，今天更是战斗力飙升。

只是可惜，这两个人太尿，居然跑了，要不然他还能再说一个小时。

"那女人泡的茶，我不喝，你看她俩那眼神，我怕她们给我下药。"

助理语塞。

"对了。"祁则衍刚看到新闻，看向江家人，"你们在唐家也待了一段时间，那个何少是什么东西？从哪儿冒出来的玩意儿？"

又送东西又联系专家，男人的直觉告诉他，这个人对唐菀有想法。

情敌嘛，必须先了解对方是谁，然后一脚踹死！

江家人思忖片刻："他不是个东西！"

"我当然知道他不是个东西，我是想问他和唐小姐是什么关系？"

"我们知道的，加上今天，一共见了两次，上回唐小姐差点把他手指掰断。"

没想到祁则衍乐了："果然是我看上的人，够辣。"

众人："……"

唐菀和江锦上到病房时，唐老还没醒，祁则衍则拿着手机，正在看什么东西。

"祁总，谢谢您过来，不好意思，有让您破费了。"唐菀一看也知道祁则衍拿了不少东西过来。

"不客气。"

"您特意过来探望，我已经很感激了，拿了这么多东西过来，谢谢。"

"应该的。"

"俪姨不在？"唐菀打量着病房。

"出去打热水了。"

祁则衍原本还想着说一下自己刚才的丰功伟绩，又觉得自己开口说出来有些不要脸。

很快张俪云和唐茉就回来了，瞧着唐菀已经到了，四目相对，气氛说不出的古怪。

"俪姨，您带着唐茉先回去吧，我留在这里就行。"

"我留下吧，还能和你照应下。"张俪云说得云淡风轻，就好似什么事都没发生过一样。

此时已经到了中饭时间，祁则衍和唐菀就是普通合作关系，唐菀看了看腕表，正打算开口让他去吃饭时，有人敲门。

唐茉距离门口很近，也没多问，就打开了门，居然是何少。

他提着餐盒，显然是来送午饭的。

他和唐茉视线碰撞的时候，气氛微妙。

"何少，你怎么来了，赶紧进来。"张俪云嘴上说不出的热络。

"你们应该还没吃东西吧，我给你们送点吃的。"

"有心了。"

"举手之劳而已。"

"菀菀，何少帮我们联系了京城最好的专家，老爷子肯定会没事的，你别担心。"张俪云笑道，她对何少态度热情得有些反常。

甚至让人觉得有些在撮合唐菀和何少。

唐菀抿嘴没作声。

江锦上连半点眼神都没分给他。

倒是祁则衍一直认真打量着他：原来是他啊？刚才还在问，这是个什么东西，没想到这就见面了。

"何少，别站着……"张俪云想招呼他坐下，可是病房里能坐的地方有限，已经被江锦上和祁则衍占据了。

何少看着站在一侧的狐狸眼和墨镜男，他想缓和与唐菀之间的关系，这边是绕不过的，而他显然也打听过江锦上了，硬着头皮走过去。

"五爷，您好，我是何岸，我们今天在这里还见过。"他笑着伸手。

这人他得罪不起，就是再尴尬，也只能觍着脸保持微笑。

江锦上淡笑："其实在今天之前，我们也见过。"

"是吗？什么时候？"

何少以前在平江玩得很开，别说圈子里，就是普通人都知道他的名字，认识或者见过也不奇怪。

"前几天在蜉蝣酒吧门口。"

那就是他被警察抓上车的时候。何少的脸瞬时一片铁青，憋得半个字都吐不出来。

江家人站在边上，忍不住嗤笑。本来还以为会有什么精彩的对决，没想到，尚未开始交锋，就结束了？这个人也太弱了。这人伤口还没好利索，就狠狠被扎了一刀，还是他家五爷狠。

何岸这手悬在半空，江锦上压根没有和他握手的打算，他只能悻悻然缩了回去。

倒是祁则衍忽然开了口："何先生是吧，听说您帮唐老找了京城最好的专家过来？"

祁则衍这一开口，好似是在帮他解围。何岸自然满脸堆着笑，为了在唐菀面前表现，还不好意思笑了下："其实这也没什么，小意思而已。"

"请问你找的是哪个医院，哪个医生？"

"嗯？"何岸愣了下，他只负责让人找，具体哪个医生他还真不清楚。

"京城好的医生专家，都绕不开江家，刚才我和锦上还在说，他找了自己相熟的专家过来，那才是业内权威，那位专家之前并没说，自己受人之托要来京城，我想知道……"祁则衍轻哂，"你所谓最好的专家，到底是京城的哪位？"

江锦上身体不好众所周知，他认识的医生，自然是最好的。

而何岸也的确找了医生，什么最好一类，就是说着好听罢了。

他怎么都没想到，祁则衍会借着这个大做文章。

江锦上轻笑道："看病不是小事，联系专家还是谨慎些比较好，免得贻误病情。"

"就是，再说了，看病又不是作秀，需要搞得尽人皆知吗？"祁则衍附和，"唐老这样，外面已经传得风言风语，你要是真的为了唐家好，该知道什么时候要低调行事。弄得这么大张旗鼓，这可是救命之恩啊，难不成你还想以后唐小姐对你感恩戴德，以身相许？"

祁则衍说完，整个病房静得针落可闻。

因为何岸的确是打的这么个主意，被人当场戳破后，面如死灰，难堪异常。

"不是，我和唐小姐之前有些摩擦，我做了点错事，想弥补她而已。"何岸咬牙，只能找了这么个托词。

"我还以为你是有所图的……"祁则衍素来能屈能伸，"那是我小

137

人之心了。"

"不是,怎么可能。"

何岸此时真的是脸上笑嘻嘻,心里却气急上火。

自己忙活这么久,就被他三言两语给说破了,想拿这件事和唐菀套近乎都不行了。

唐菀一直没作声,此时才开口:"还是谢谢何少的一片心意。"

"不客气。"何岸此时看着祁则衍,憋屈又窝火。

"祁总,已经中午了,我安排人给您订餐吧?"若不是唐老出事,唐菀今天还是应该陪他的。

"不需要,我和锦上一起出去随便吃点就行。"

江锦上原本坐在一侧,听到这话,略一挑眉:"我吃过了。"

"那你肯定没吃饱。"

"……"

祁则衍和江锦上离开时,还看了眼何岸:"何先生,留下也没什么事,一起走吧。"

何岸:我还不想走!

可他没办法拒绝祁则衍,只能硬着头皮跟他们离开。

一群人走出病房,祁则衍正询问江锦上午饭该吃什么,两人完全把何岸当空气。

好不容易等到了电梯,江锦上等人上去后,何岸刚准备进去,就被江就拦住了去路:"何少,不好意思,坐不下了。"

何岸:你耍我呢,这里面明明有空间啊。

他被江就揍过,此时看到他伤口还隐隐作痛,只能咬牙忍了,笑着送他们离开。

待电梯门一关上,祁则衍咋舌:"就这么个垃圾玩意儿,也配做我的情敌?"

"你刚才配合得不错啊。"

"等我追到了你嫂子,红包少不了你的。"

江锦上只说了句:"这是我应该做的。"

祁则衍当时没明白这句话的意思,以为是出于朋友道义,还觉得他非常讲义气,后来才知道,自己才是帮忙的那个!想起自己之前那么卖力,差点气出心肌梗死!

江锦上陪祁则衍吃了午饭，又去医院待了会儿。这期间陆陆续续又来了不少探望的人，难免嘈杂，最后唐菀才找医生换了间病房，并以唐老需要静养为由，谢绝了所有前来探望的人。

天色昏暗，唐菀才看向江锦上和祁则衍："五爷、祁总，天都要黑了，要不你们就先回去吧？"

"我……"

江锦上刚开口，就被唐菀轻飘飘地打了回去："您身体本来也不好，现在外面还降温了，您要是生病了，我没办法和阿姨交代。"

"那我留两个人给你。"江锦上说道。

"这是医院，外面还有值班护士，不需要。"

祁则衍和她就是普通合作关系，更没资格说什么要留下之类的话。

然后唐菀亲自将两人送了出去。

"一下午，来来往往那么多人，我都没时间和她多说两句话，都没时间亲近她，太可惜了。"祁则衍咋舌。

"原本还想对她展开猛烈的攻势，唐老忽然病了，她那么难受，我要是这时候追求她，就显得太不是人了！"

江锦上点头："所以这时候，你需要默默奉献。"

"我也是这么想的。"

祁则衍这段时间真的是掏心掏肺，最后才发现，娇花是别人家的——被兄弟"横刀夺爱"了。

江锦上等人离开后，病房里除却昏睡未醒的老爷子，只有唐菀和张俪云。

"菀菀，我去食堂给你打点饭吧，你不能不吃东西啊。"

"不用麻烦了，我不饿。"

"我去给你买点吃的，不能老爷子没好，你的身体就垮了。"

唐菀在想说什么，张俪云已经走了出去。

等电梯的间隙，张俪云余光瞥见一个人影，男人穿着病号服，朝她招了下手，示意她跟自己过去，张俪云下意识扭头看向病房，确定唐菀没出来，这才屏着呼吸走过去。

此时天色已经完全黯淡下来，医院里都没什么人走动，张俪云走过去时，心底忐忑。

楼梯口处，何岸斜靠在墙边，手中夹着烟，正在吞云吐雾。

"你有什么事？"张俪云声音压得非常低。

"你怕什么？"何岸眯眼抽烟，没有半分病人该有的样子。

"要是被菀菀看到，你还想追她？"

"那个江五爷和祁少怎么回事？是不是对她有意思？"

"不知道，你有什么事就快点说，被人看到不好。"

"你当初找我的时候，可不是这个样子。"

何岸凑过去，故意将吐出的烟雾对准张俪云的脸，呛得她忍不住咳了声，挑衅意味十足。

"那晚出事，你把唐茉保释出来，怕我们出来找她麻烦，特意来找我，我也答应放她一次。"

"可是唐夫人，你答应我的事，到现在还没兑现。"

张俪云手指攥紧，忍着难闻的烟味："我已经给你机会接近唐菀了。"

"让我当孙子接近她，她却连正眼都没看我。"何岸狠吸了口烟。

"今天还被那两个人给奚落了一通，这就是你给我出的主意？"

"我要的是接近她的机会？我要的是她这个人！"

"你不是说想娶她？你不一步一步来，难不成还想霸王硬上弓，把生米煮成熟饭？她爸明天就到家，我答应过你，会给你机会表现。"张俪云若不是逼不得已，也不会和这种人同流合污。

说到底还是唐茉这蠢货，烂泥扶不上墙就算了，还给她留了一堆烂摊子。

"他连江家都看不上，会看上我？张俪云，你是要我玩吧？"何岸还是有自知之明的。

"那你想怎么办？"张俪云气结。

"今晚谁在医院守夜？"

张俪云不傻："你该不会是想，这里是医院……"

"我打点好了，今晚你把她一个人留下就行。"何岸随手丢了抽完的烟蒂，抬脚踩灭，"要不今晚我让人去找唐茉玩玩也行。"

"或者回头我找唐先生聊聊也可以。"

"估计医生快查房了，我先走了，今晚我要定她了，你看着办。"

何岸一走，张俪云气得急喘，猛地将包直接摔在地上。

"人渣，畜生——"

之前说好就是撮合，给他制造点机会，帮点忙，怎么就……张俪云此时想来，还是自己当时过分天真了，病急乱投医，怎么会相信他这种垃圾的话。

待她回到病房，给唐菀打了一份稀粥，还有两块鸡蛋饼。

"菀菀，我看你还是有点精神不济，你先回去吧。"

"俪姨，我真的不想吃，天都黑了，要不您走吧，这里我一个人留下就行。"唐菀和她关系微妙，两人留在一起守夜，反而难受。

"你一个人我实在不放心。"

"没关系……"

一番客套后，张俪云讪笑着："其实茉茉也刚出院，她一个人在家我也不太放心，那你有事，或者老爷子醒了，随时给我打电话。"

"嗯。"唐菀身心都在唐老身上，压根没察觉她的眼底一闪而过的异色。

此时的唐家老宅内，江锦上正低头翻看一本清史，江揩快步走过来："爷，和您想得差不多，张俪云和何岸见过面，两人聊了几分钟。"

"说什么了？"他语气仍旧平静。

"他想今晚对唐小姐动手，张俪云已经离开医院了，就唐小姐一个人在病房里，不过……您怎么就能猜到这两个人会……"

"那晚之后，按照你们说的，这个何岸不是什么好东西，短短几天，一个人不可能性情大变，而且时至今日，还没人找唐茉麻烦，这肯定是有人出手了。"江锦上随手翻着书页。

"那群人是以何岸马首是瞻，想和解，也只能从他下手。"

"而且张俪云今天对他态度的确很不一般，讨好得有些过分，可明显能看出是虚与委蛇，怕是有把柄被他攥着。"

江揩蹙眉："她就不怕唐老醒了，或者唐先生回来……"

"她应该清楚，最近接二连三发生这么多事，她在唐家待不久了。这种事最阴毒的地方就是，如果成了，唐家不会大张旗鼓追究，就是暗中调查，都怕被人发现，一旦捅破，最受伤的不是他们，而是菀菀，唐家怕是要吃了哑巴亏。张俪云若是真的彻底不要脸，还能趁着离婚分财产时，拿这个敲一笔竹杠。况且……与虎谋皮，她已经没退路，前后都是个死。"

江揩咋舌："这还是人吗？"

141

江锦上放下书，起身："去趟医院。"

推门出去时，外面居然又下起了小雨。

而此时另一辆黑色轿车早已驶过平江高速出口收费站，目的地正是医院。

骤雨随着夜幕席卷整个平江，黑色轿车在雨中疾驰，飞溅起了一地的雨水泥泞，直至汇入车流才放缓速度。

车载电台内，几个主持人正在针对平江时事热点事件进行调侃，从政治忽然就扯到了唐家。

"……其实我有朋友接触过唐菀小姐，并不像报道里说的那样，不过唐夫人态度也的确耐人寻味。"

司机急忙关了电台，透过后视镜看了眼后排的人，那人刚好看过来，吓得他后背一凛。

"前面靠边停车。"

声音浑厚。

医院里。唐菀刚拧了热毛巾给老爷子擦拭了一番，除却急雨拍打玻璃声，周围静得针落可闻。

唐菀进了洗手间，简单洗漱一番，可能是雨声太大，有人推门进来，她也毫无所觉。

她正和阮梦西打完电话，好友却特别恶劣地给她讲了一个鬼故事。

"……那也是某个下雨天，在医院的停尸房里，忽然一阵阴风吹来。原本盖在尸体上的白布忽然就被吹开了，然后下一秒……尸体忽然睁开了眼！啊——"

唐菀被吓得呼吸一滞，声音还很淡定："你是不是最近被老板压榨，变态了！"

"老板最近出差，我的日子潇洒又自在，正在家敷面膜。"

"行了，我挂了，不想和你说了。"

"唐小菀……"

对面还在说着，唐菀早已把电话挂断，本来是找她聊天打发时间，她讲什么鬼故事啊。

雨夜，医院，总给人不好的感觉。

听了个鬼故事,唐菀后背都凉透了。

当她开门的时候,只看到洗手间门口一道暗影,她瞳孔骤缩,那人穿着白衣,皮肤在白炽灯下,被衬得更是不见半分血色。

唐菀还没看清他的脸,脑海里都是闺蜜说的鬼故事,下意识惊呼出声,只是下一秒,那人已经上前一步,抬手捂住了她的嘴……

男人手如常温热,身上还带着雨水味,清洌寡淡,甚至有些凉。

"唔……"唐菀这才看清面前的人,可一颗心被吓得怦怦乱颤,脸也憋得通红。

"嘘——"

江锦上靠得很近,温热的呼吸吹在她脸上,她呼吸又急促了几分。

柔软的唇刷过江锦上的手心,这种感觉可比头发丝撩过更痒。

"这么晚,还是在医院里,你喊什么?"

唐菀也是真被吓到了,眼中还氤氲着雾气,盯着他,急促的呼吸带着潮热的气息,刚巧落在江锦上的手指侧面。

手热,可是……心里更痒了。

江锦上松开手,唐菀略微调整呼吸:"您怎么这么晚过来?"

"下雨了,不太放心你一个人留在这里,吓到你了?"

"有点。"

江锦上这肤色冷白,却又唇红齿白,陡然出现,就是再好看,那一瞬间,还是真的把她吓到了。

"我刚想敲门问一下你是否在里面,你就开门了。"

"其实您不用这么晚过来的,我没什么事。"

"我知道。"

"那您先去外面坐坐,我稍微洗漱下。"唐菀着实被吓得不轻,只是以洗漱为名,整理下自己,也平复下心情。

"嗯,你慢慢来,我在外面,没什么可怕的。"

唐菀点头,直至关上门,心脏还怦怦乱跳。

何岸此时也到了病房门口,特意找人支开了值班护士,透过门上一扇小玻璃窗,几乎可以看清房间全貌。

病床边拉着帘子,却能看到一个人影落在帘子上,他心底大喜!直接推门进去,也不在乎动静多大,还直接把门给反锁了。

"唐菀……装了一天孙子,你知道我多累吗?上次差点掰断我的手

143

指，我就在心底发誓，总有一天我要你在我身下……哭着求饶！你以为自己是个什么东西，我告诉你，我今天要定你了，你不就会点三脚猫的拳脚嘛，今天没有帮手，我看你怎么逃。"

何岸看帘子后的人没动静，还以为唐菀是怕得不敢动，或者是睡着了，毕竟此时已经接近夜里十点了。

他搓了搓手，朝着帘子靠近。

他手指一寸寸攥紧帘子，"唰——"将隔挡的帘子一下子扯开。

看到里面的人，吓得何岸瞳孔睁得浑圆，呼吸急促着，怎么……

是他！？

江锦上端坐着，皮肤在灯光下显得格外的白。

"怎……"

何岸刚出声，江措不知从哪儿冒出来，一脚就踹了过去。

只听"嘭——"的一声，何岸后背砸到墙上，整个房间都好似颤了两下，只是他还没惊呼出声，戴着墨镜的江就出现了，他身形高大，轻松把人提起。

何岸只觉得尾椎的骨头都要撞裂了，疼得头皮发麻，可下一秒，整个人被拽离地面，嘴巴就被人捂住了。

江措没客气，一拳就打中了他的腹部。

"唔——"何岸生生呕出一口老血。

"你刚才说什么？让谁哭着求饶？真把自己当个人物了？什么人都敢动，你真是活腻了，那天我下手真是轻了。"

江措再一脚踹过去的时候，刚好踢到某些部位，饶是何岸被江就捂着嘴巴，也能从他的表情看出那种撕心裂肺的痛楚。

刚才那一脚太重，唐菀都感觉屋子震了下，开门出去时，就被眼前的一幕惊呆了……

帘子内，江锦上正在低头看书，而外面何岸被捂着嘴，被打得快去了半条命。

"呜呜——"何岸几分钟前，还把唐菀当盘中餐口中肉，想把她吃了，现在看到她，简直比看到亲妈还激动。

"何少？"唐菀蹙眉，"你怎么会在这里……"

江措瞧见唐菀出来，动作停滞两秒。

"继续。"江锦上声音寡淡，神色淡然，可唐菀却听出了这句话背后的狂妄。

此时病房外不远处，何岸的两个手下正靠在墙边聊天，负责把风。

"怎么里面没什么声音啊？"

"毕竟是医院，动静太大也不好。"

两人说笑着，还想着找个地方抽根烟。

"别抽烟了，就何少……我怕一根烟没抽完，就完事了。"

"哈哈，也对。"

也就在这时候，远处传来脚步声，因为附近病房都是空置的，两人对视一眼，准备走过去把人打发走，待那人走近，两人才被吓蒙了……

不是说他明天才回来？

医院走廊里，灯光冷清，外面的疾风骤雨将屋内衬得更加安静诡异。

"唐……唐先生？"

男人打量着二人，显然并不认识他们，视线越过，落在不远处的病房，眸子瞬间紧了几分，大步往前走。

"嗳，唐先生，您……"两人也是吓蒙了。这怎么拦啊，人家亲爹回来了啊。

走廊就这么大，两人横在中间，伸臂挡路。

"让开！"

声音冷到了极点，吓得两人身子一颤，只能悻悻然退到了一边，而他步子太大，跟在他后面的助理，几乎是小跑着才跟上。

到了病房门口，他就停住了脚步。

助理看到外面居然有人驻守把风，心底也暗叫不好，可到了门口，看面前的人停住，正透过门上那扇玻璃窗往里看着什么，他略微凑头往里看了眼。

这……他又看了眼一侧的病房号，没走错啊，这是怎么回事？

怎么在上演"全武行"？

唐菀也还没回过神，就陡然看到了站在门口的人，眼底滑过一丝诧异，继而一笑，急忙跑过去开门："爸，你怎么回来了！"

此时江锦上也急忙起身，江措动作立刻停下，江就则手指一松……

何岸已经被打得很惨，身子一软，宛若一摊烂泥跌坐在地上。

"不是说明天才到？"唐菀又惊又喜。

"不放心你，提前回来了。"

145

他打量着瘫软在地上的人,似乎是认出是谁了,视线又落在了江锦上身上,试探着开口:"江锦上?"

"唐叔叔。"江锦上也在打量他。

来人穿着一身西装,生得非常儒雅斯文,也可能是到了这个年纪,刻意内敛着锋芒,赶了一天的车,有些疲态,眼神淡漠,又扫了眼地上的人,眼底蒙了层好似云翳般的阴霾。

这人就是唐菀的生父——唐云先。

"唐叔叔……"何岸扶着墙站起来,"我那个……"他想解释什么,只是身体不允许,某个地方已经疼得他直冒冷汗了。刚才这个狐狸眼,明显是想要他命啊。

唐云先手中还提着一个大包餐盒,只是下雨的原因,塑料袋上都是水,他并没理会何岸,而是走到床头,看了眼躺着的老爷子。

"医生说爷爷摔倒磕了头,暂时昏迷,至于什么时候会醒,还不确定。"唐菀抿着嘴,还觉得很愧疚没照顾好他。

"我听你滕叔叔说了。"唐云先将餐盒取出来,"听说你晚上没吃东西,给你带了点粥,还有你爱吃的一些点心,你先吃点。"

"爸,那个……"唐菀觉着现在这情况有点乱,也不知该怎么和他说。

"你先吃点。"唐云先已经帮她打开了餐盒,这才抬眼看向江锦上等人和何岸,"你们……都和我出来吧,我们去外面说。"

何岸疼得路都走不动,江就干脆提着他的衣服往外走。

"你松开我!"何岸挣扎。

江就没作声,就抬脚踹了他一下,某人立刻安静了。典型的欠揍!

"爸,五爷是来陪我的,刚才的事,我觉得不是他的错。"唐云先离开时,唐菀还叮嘱了一句。

"我知道,你吃东西,别的事我来处理。"

唐菀点头,不过父亲回来,她心底也踏实。

外面何岸的两个手下,一直试图去看看情况,这还没凑过去,就看到自己少爷被拖出来了!可他们根本没机会靠近,因为唐云先带着几人进了一间无人住的病房,江家人就立刻守在了门口。

几人刚进病房,唐云先直接脱了外套,抬手拍了下上面沾的雨水,忽然说道:"外面雨挺大。"

江锦上也是第一次接触唐云先,没摸清他的性子前,并没贸然开口,只是点头应着:"雨的确挺大。"

反而是何岸刚才被捂住嘴,忽然就叫嚣起来。

"江五爷,您也太欺负人了。我就是担心唐小姐一个人在医院,晚上来看看,你凭什么打我?我告诉你,就算是江家,这件事也没完,又不是京城,这不是你为所欲为的地方!"

唐云先抬手解开袖扣,将袖管卷到手肘处,整个动作都很慢。

而何岸还在叫嚣:"唐先生,幸亏您今天回来了,要不然我今天怕是出不了医院了,这也太过分了吧。"

"你晚上来陪菀菀?"唐云先看向他。

"是啊,我也在住院,正好睡不着,就想来串个门……"

"已经十点了,来串门?"唐云先摘了腕表放在一侧,"而且……你喷了香水吧。"

"啊?我……"何岸刚才就被打蒙了,他喷香水,就是为了唐菀,现在又不敢在唐云先面前说自己想法龌龊,所以语塞愣了下。

"外面守门的,是你的人吧。"

唐云先已经看到江家人了,就算是下属,穿着气质也明显不同。

"你来探病,让人望风?"

"不是,他们就是……"何岸有理由解释,可大脑停滞,忽然不知如何狡辩。

江锦上轻哂,这智商,扯谎都不会。

只是他嘴角刚扯起,就瞧见唐云先忽然抬臂握拳,抡起手臂,就"嘭——"的一拳,砸到了何岸脸上。

"何岸,谁给你的胆子敢来动我女儿?"

他声音冷漠,显然他刚才脱衣服,完全不是因为衣服上沾了雨水,只是方便动手!

唐云先的动手,让何岸猝不及防,整个身子撞到后面的病床上,脸疼,腰背被撞得更疼。

"不是,唐先生,我没……"

下一秒……忽然伴随着一点电流声,何岸声音从手机里传出:"……哭着求饶!你以为自己是个什么东西,我告诉你,我今天要定你了……"

何岸猛地看向江锦上,他正拿着手机播放录音,因为时间很短,一次播完,还循环放了几次。

唐云先脸算是彻底黑透了,何岸心惊肝战,他到底哪里得罪过江五爷,他就这么想要他的命?这种东西要是流出去,那还得了。

江锦上轻笑道:"你来探病,那你能和我解释下,你说这些话是什么意思?"

"这种事发生并不是第一次了,上回没得逞,居然还存着这种龌龊的想法,现在唐爷爷昏迷不醒,你却想来他病房做这么禽兽的事?你还算个人?"

录音还在循环播放,何岸当时说话语气轻佻,带着志在必得的狂妄,这种话听在哪个父亲耳里都受不了。

何岸也是急眼了,心底叫嚣着,希望录音立刻被关掉,所以下一秒,他忽然手指握拳朝着江锦上扑过去!

"爷——"江措他们还站在边上,他刚想动作,一侧的江就拉住他的胳膊。

因为下一刻,唐云先居然抬手接住了何岸打来的一拳。

倒不是何岸多厉害,而是他刚才被暴揍一顿,浑身力气都被卸了,半点劲儿都用不上。唐云先忽然用劲拧了拧,只听"咔嚓——"一声,胳膊脱了臼!

何岸"哎呦"一声惨叫:"你……"几乎是下意识飙了脏话。

唐云先又是一脚,把人踩住了。

"你说让谁哭着求饶?"

他生得极为儒雅斯文,若是看脸,绝对是个很好说话的好好先生。

江锦上抿了抿嘴,他可没想过,唐云先过来就直接动了手,他显然并不是什么练家子,可能就是会些简单拳脚,防身而已。就是不太懂如何更加精准打击,所以下手更凌厉,每一下都想要他命!

一脚踩过去,何岸疼得五官都扭曲变形了。

何岸脱臼的手臂几乎没了知觉,吓得他身子好似痉挛般战栗。

"唐先生,我就是一时色欲熏心。您和我爸认识,饶了我这一次,我保证以后不会找唐苑麻烦了。"

唐云先轻笑:"你还敢找她麻烦?"

"不是,我去给她道歉,道歉——"

唐云先没理他,何岸一看这个不行,忽然就急眼了:"你们这是用私刑,我要是报警,我爸知道我被打成这样,你们一个都跑不了!"

话音未落,许是唐云先脚上用力,只听何岸忽然惨叫一声,他冷声道:"报警?好,如你所愿。"

"我来吧。"江锦上手机本就拿在手里。

这两人一唱一和,配合默契,倒不似初次见面。

何岸蒙了,这种事一旦被捅出去,最难堪的怕是唐菀,何岸是以为唐家不敢把事情闹大,而且两家的确有些交情,这就等于要彻底决裂,他私心认为唐云先不敢得罪自己家。

这才狗急跳墙说要报警,没想到他居然主动叫来了警察。

唐云先踩在他身上的脚此时已经离开,正抬手整理衣服。

放下袖子,系上袖扣,穿上外套,动作流畅,一气呵成,此时唐云先抬手整理着领带,居高临下俯视着何岸:"小子,你是不是以为我不敢报警?我可以很负责地告诉你,在这件事上,我有足够能力保护好我女儿不受伤害……"他笑了笑,"当然我自然也有法子让你这辈子都没法出现在菀菀面前!这世上有些人,是真的不疼不死不脱层皮,就永远不知悔改,你若想忏悔,以后进去了,时间多的是。"

他声音徐徐道来,从始至终都不急不躁,只是伴着窗外急打的雨点。冷然彻骨,让人心底滋生出一股寒意。

唐云先抬手整理衣服的时候,动作还是非常得体,就好像刚才动手的人压根不是他,除却动手那几下,从始至终都不急不缓。还抬手掸了下衣袖,似乎是在拍雨水,或者是怕自己沾了什么脏东西。

唐菀在隔壁,压根没什么心思吃东西,只是要出去时,唐云先的助理就挡在门口:"小姐,粥凉了就不好吃了。"

"外面到底怎么了……"

约莫十多分钟,警察就到了。

一看到何岸,当即头都炸了,怎么又是他,保释期间还敢惹事,这不是找死?

江措已经上前和他们说明了情况。

"那他身上这伤……"警察打量着何岸。

最近怎么每次看到他,都好像被人群殴过。

江就扶着墨镜走出来:"他刚才要实施犯罪,我们制止他,他顽固抵抗,所以发生了激烈的冲突!"

何岸瞠目结舌:"你胡说八道,是你们先动的手,老子弄死你信不信?"

"你给我闭嘴!"警察蹙眉,"你想干吗?动手啊?"

"不是,我……"何岸又气又急。

江就指着外面:"他两个手下还在,你们可以带回去审问,我们这里还有录音,还有他刚才招供,的确想对唐小姐不轨的录音,我们都有。"

何岸像是才反应过来,敢情自己刚才和唐云先求饶的话,都已经被录音了。

只是让江锦上意外的是,何岸从始至终,都没提到张俪云半个字,这让他稍稍有些失望。

警察离开后,已经过了十二点,因为出了事,值班医生护士,就是医院领导都来了,又折腾了一会儿众人方才散去。

唐菀了解事情经过后,恶心何岸龌龊行径的同时,只能庆幸当时江锦上来了。

而此时的唐家别墅内,张俪云裹着睡衣站在窗边,心底忐忑惊惧,根本睡不着,此时电话响起:"喂——"

"唐夫人,警察到了医院,不过那个楼层我进不去,只知道警察抓了几个人出来,外面雨太大,根本看不到抓了谁,打听不到任何消息,应该是被人彻底封锁了。"

抓了!张俪云心惊肉跳,该不会是何岸被抓了吧,那她怎么办?

可消息被封锁,她此时冲到医院,别人问起,她都没法回答从哪儿收到的风声,也不知道他到底得逞没,心急如焚。

她坐在床边,焦急地等待天亮,这样就能快点去医院打听消息,可她并不知道,她的天……

这辈子都亮不起来了!

平江市第一人民医院,民警做完笔录才把何岸等人带走,待医院的领导和医护人员离开,整个病房才安静下来,而此时已是凌晨两点多钟。

唐氏集团的律师也到了,正在走廊一侧和唐云先说着什么。

唐菀得知自己父亲赶了一天车,现在都没吃饭,刚才打包来的粥,自己吃了小半,也没法给他吃。

这个时间点,只能去给他泡了碗桶装泡面。

她站在医院打热水的地方，正低头撕泡面包装，听到脚步声，余光瞥见江锦上过来，冲他一笑："今晚又麻烦您了。"

"有没有被吓到？"

外面雨声渐小，医院显得更加安静，江锦上声音都放得很低。

"我没什么事，就是没想到何岸会想在医院对我……"唐菀想到这个，还觉得恶心。

"还是唐叔叔回来得及时。"

"如果不是我爸到了，你准备对他怎么样？"

唐菀清楚记得，江锦上吩咐江措继续时，语气多温柔，眼神就有多狠戾。

"我有分寸，总不会出人命的，小惩大诫罢了。"

"您今晚真的是临时来的？"唐菀偏头看了他一眼，总觉得没那么巧。

"不然呢？"

"我随便问问。"

江锦上看她正认真接水泡面，低声问道："这话可能有些冒昧，我看你和那对母女关系挺一般，我还以为你和唐叔叔关系也可能……"

"很不好？"唐菀笑道。

江锦上点头没否认。

"其实当初我爸再娶的事，我是支持的。"

"你支持？"江锦上挑眉。

"我妈走了之后，其实我爸挺辛苦的，公司本来就很忙，除却上班，他几乎把生活重心都放在了我身上。我当时也小，开心不开心都从不藏着掖着，相对于我的难受，他失去妻子，应该更加悲痛，只是他从不表现出来罢了。他总想给我最好的，他希望能给我一个完整的家，而我当时也希望能有那么一个人出现，让他不用那么辛苦。"

江锦上点头："那你小时候就很懂事。"

唐菀粲然一笑："母亲忽然走了，怎么可能不学着长大。我爸希望我好，他毕竟是男人，很多事没办法面面俱到，他想有个人照顾我，他和俪姨的关系更像是搭伙过日子，而我也很心疼他……所以当时让她们进门，我并没反对。"

江锦上看了眼远处的唐云先，他当时让张俪云母女进门，大抵都是为了唐菀。

他在唐家住了这些日子,也清楚唐菀的性格,可能是生母早走的原因,她比同龄人更细心懂事,只怕就算和张俪云母女有些摩擦,也不会轻易说出来。

唐菀接好水,将泡面用东西压好,准备回去。

"我来吧。"江锦上伸手接过泡面,"有点烫。"

"谢谢。"唐菀也没客气,接着刚才的话茬。

"其实一开始关系真的还行,后来我学点翠,闹市区不清静,住老宅时间多,加上近两年爷爷身体不好,我就干脆搬过去住了。关系忽然恶化,应该也是这两年的事。

"她对我好不好真的无所谓,如果我以后嫁人,也不会和她一起生活,只要她能把我爸照顾好就行,别让他老来孤孤单单一个人就好,现在看来……"唐菀嘲弄地笑着,"所有事都不会如自己所想。"

江锦上点头:"看得出来,唐叔叔还是很疼你的。"

"我妈走后,他一直觉得对不起我。"

"以后你也会有个很疼你的老公,会有一个很好的家。"他语气笃定。

唐菀偏头看他,倒是一笑:"我连男朋友都没有,谈这个太早了。"

"会有的……"

唐菀瓮声笑着,总觉得和他讨论这个问题非常奇怪,因为他俩可是差点就能结婚了。

唐云先送走律师回到病房时,瞧着唐菀和江锦上正靠在一起低声说话,眉梢略微一扬,转瞬之间,又是一派儒雅之色。

这两人坐那么近干吗!

"唐叔叔。"江锦上看他回来,立刻起身。

唐云先点头应着,那眼神几乎就是在说:离我女儿远点!只是开口,仍旧是波澜不惊:"你们在说什么?"

"正好说起给爷爷看病的事,五爷请了专家,应该下午能到。爸,只有泡面了,你先对付着吃两口。"

"嗯。"唐云先并没胃口,只是唐菀已经准备好了,总要吃几口。

"我去给你弄点热水洗一下,你先吃东西。"唐菀说着就走了出去,病房内气氛瞬间就变得诡异起来。

唐云先脱了外套,精致规整地放在一侧,看向江锦上:"江五爷,谢谢。"

"您叫我锦上,或者小五都行。"这可是唐菀的父亲,他肯定要分外客气。

而且他从没想过,两人第一次碰面,会以这样的方式。

这位唐先生……和他想的完全不同。

唐云先点着头:"你来医院陪菀菀,还联系专家,有心了。"

"这都是应该做的,唐爷爷对我也很好。"

"你这次来平江,你们家什么意思,我也清楚,想来退婚,我也尊重你们。"

江锦上头有些疼,怎么也想不到唐云先会借力打力,因为他过来,的确是以退婚为名,此时被打了一棍子,还只能赔着笑。

江家人就站在边上,低头,努力缩小存在感。

果然……这唐先生不好搞。

"之前听说你身体不好才在我们家住下,现在身体怎么样?"

江锦上没摸透他的性格,不敢贸然说话,所以两人聊天内容都是唐云先主导。

"还行。"

"你什么时候回京?我让人送你。"

"……"

"我们家的情况你也看到了,估计没时间照顾你,接下来可能还会很忙……"

江锦上明白他的意思,他接下来可能会有大动作,唐家有家事要处理,他一个外人在这里,肯定不方便。

没想到初次交锋,他还没刷点好感,唐云先居然……

要直接送他回家!

唐云先随意吃了两口泡面:婚也退了,身体还行,他家也没多余的人照顾他,而且他们两家的关系实在微妙,还不走,留在他家想干吗?他对江家人没意见,兄弟两人也都接触过,人品样貌没得说,可自己女儿不差,干吗去给人当后妈或者守寡。

唐云先用眼角余光打量着江锦上:这脸白的,半点血色没有,一看也知道身体一般,瘦瘦巴巴,就他这样,就算菀菀嫁过去,也保护不了她吧。江家这对兄弟,模样气质差得不是一星半点。

江锦上知道唐云先在看他,若是寻常人,他肯定可以冷静自处,可

153

这人偏生是唐菀的父亲，他心底在意，怎么可能一点不紧张。

见家长这种事，他也是大姑娘上轿头一回，怎么可能一点感觉没有。

"你什么时候想走，和我说一声，我现在的情况没办法亲自送你，不过能抽时间给你钱行。"

唐云先真的就差直接说，让他早点滚蛋了。

就在气氛尴尬时，唐菀回来了："爸，你吃完泡个脚，舒服点。"

唐云先点头。

"你们在聊什么？"唐菀完全是随口一问。

唐云先却直接说道："在说他什么时候回家的事。"

"五爷，您要回家了？"

江锦上："……"

这情况，我还能说什么？

"他离家有些日子了，肯定也想家人。"唐云先笑看江锦上，"是吧。"

"嗯，有些想我的小侄子了。"

"你侄子今年多大了？"其实这孩子身份比较特殊，唐菀一直好奇，没好意思问。

"四岁多。"

"有照片吗？方便看一下？"

"嗯。"江锦上手机里，还真的有不少照片，他刚拿出手机，唐菀很自然地走到他身边。

唐云先挑眉：怎么又凑到一起了？

"今晚我留在这里，你们两个人都回去睡觉。"

"我想留在这里，而且这个时间点，真的不太困。"唐菀困劲儿过了，现在是一点睡意没有。

唐云先看了看腕表，又挑眉看向江锦上："我在这里陪菀菀，那你……"

你总该走了吧？

"我心里也担心唐爷爷，回去也睡不着，你们不用管我，我就想陪他一会儿。"

最后几个人就这么在病房将就着过了一夜。

唐家别墅，张俪云一夜没合眼，天没亮就起来，准备了一点早餐，就准备去医院，尚未出门，手机就响了，是娘家的电话："喂——"

"唐云先是怎么回事？"

"你不会又找他帮忙办事或者借钱了吧。"

张俪云娘家就剩一个弟弟，不学无术，都四十多了，还整天游手好闲，昨天想来医院探望，被她拒绝了，因为唐菀也不喜欢他，不会说话，办事也不利落，过来也是添乱。

"和我没关系，你没看今早的新闻啊？！"

"什么新闻？"张俪云着急去医院了解情况，哪儿有空啊。

"唐云先找了律师，把昨天采访你的几个记者，还有几家媒体都给告了，索赔一块钱，律师函都发了，说他们造谣。这是钱的问题？就是要给唐菀讨个公道！而且今早突发的事，现在所有人都在说，被抓的人是茉茉，而你维护亲生女儿，记者采访才含糊其词，说你其心可诛。姐，这件事唐云先和你说了吗？这么突然，打得所有人都没防备啊……"

对方话没说完，张俪云就急忙把电话挂断，打开手机，去搜索新闻。

六点整，平江主流媒体都转发了一则名为【唐先生起诉多家媒体，维护唐菀名誉。】的新闻。

律师函，甚至草拟的起诉内容都发出来了，这显然不是几分钟能做出来的事，而且选择的这个时间，就等于不给任何人公关的机会。

就在她刷新闻的时候，又爆出一则消息。

【何少深夜被警方刑拘，疑似涉嫌强奸。】

她人瞬时就被砸蒙了。

她平时也有一些小群，有部分富家太太在，这时候原本大家可能还在睡觉，此时却非常热闹地在讨论。

"何岸这畜生终于被人收拾了，不知道惹了谁？坏事做尽，进去是迟早的事。"

"反正我听说何家今早才收到消息，据说警方已经连夜突审完了，他对犯罪事实也供认不讳，这事儿翻不了。"

"明显就是有人事先压了消息，不给何家有任何机会救人，这儿子算是彻底被养废了。"

"嗳，今早唐先生那个事儿……"

有人刚挑起话茬，估计是想起张俪云还在群里，就没人继续聊了。

两根闷棍打来，张俪云彻底蒙了。

昨天记者采访，她耍了点小聪明，却不承想，唐云先直接来了招更狠的。

"妈——"唐茉穿着睡衣从楼上小跑下来,"唐叔这是什么意思啊?他这么做,不就是告诉所有人,被抓的是我吗?我还怎么见人啊。现在消息都传开了,我朋友圈和同学群都知道了,妈,不能找关系把消息撤了吗?我该怎么办?!"

唐茉急吼吼冲过去扯她衣服,张俪云此时脑袋都炸了,看她这么慌张不争气,心头憋着的火终于蹿上来,抬手就是一耳刮!

"啪——"一声脆响。

唐茉被打傻了:"妈——"

"你如果不做那些事,不被抓,怎么可能发生这些事,现在让我给你擦屁股,简直废物!我养你是干吗的!"

张俪云急着压的不是她这件事,而是何岸到底对警方说了什么,她也算共犯,怕是逃不了干系。

平江连日的阴雨,算是放了晴,难得出了点太阳,只是张俪云这天……算是彻底塌了。

第七章
从做兄妹开始

医院内,唐菀后半夜撑不住,睡了一会儿,唐云先回来,她有了主心骨,睡得很踏实,等她醒来时,唐云先和江锦上正好回了病房,手中还提着早餐。

"就买了点粥,给你打包了一屉小笼包,趁热吃。"唐云先将早餐递过去。

"我去洗漱下。"唐菀说着进了洗手间。

江锦上也是回到病房后,才得了消息,刚才和唐云先出去吃早餐,一直陪他说话聊天，没空看手机。此时余光扫了眼正给唐菀将餐盒打开的男人，心底又紧了几分。

说真的……他做得比自己预想的更绝。

张俪云是暗着来，唐云先就借着媒体，以其人之道还治其人之身，并且做得更彻底，不给任何人公关调停的机会。

而何岸的事，更是做得绝。

毕竟何家有钱有人，找律师，事情总有些转圜余地，警方连夜突审，把案子定了，算是把何家后路彻底斩断。

天刚亮，两则消息已经引爆平江小城，就连早起晨练的大爷讨论的都是这个。

江锦上这边也接到了家里打来的电话，走出病房，站在走廊尽头的无人处："哥——"

"唐家的事，家里都知道了，唐老怎么样了，家里这边挺担心的，又不方便一直打电话问，忙里给他们添乱。"

"老样子，身体没事，醒过来就好。"

"唐家接下来可能会有点乱，能帮忙的地方你多帮衬点。"

"我知道。"

也就是这时候，某个小家伙已经背着书包从楼上小跑下来："爸爸早。"

"嗯，你二叔电话，要不要和他说两句。"

"好啊！"

小家伙穿着幼儿园制服，接电话前还整理了一下衣服，清了下嗓子，接个电话而已，还搞得仪式感十足，拿过电话，还故作深沉道："喂——你好。"

江锦上轻笑："最近在家乖不乖？"

"很乖，就是特别想你，你到底什么时候回家啊？"

江宴廷站在一侧，盯着眉开眼笑的儿子。

最近全国天气都不太好，他原本想等天晴就把这小子空投过去，偏生唐家此时出了事。

按照原计划投递，还是重新规划，真的需要好好考虑……

此时医院门口，张俪云到了。

昨晚下了雨，原本堵在医院门口的记者，早就离开了，可早上新闻过于劲爆,听说唐云先就在医院,何岸被抓也是这里,平江大部分记者都围拥过来,若非保安说擅闯医院就报警抓人,只怕早已冲了进去。

张俪云火急火燎地往医院赶,她昨天被记者采访入了镜,早上舆论汹涌,她没敢开唐家的车,过分惹眼。

她打了出租,戴着墨镜口罩,低调出行。

可她忘了医院门口会有记者,刚准备偷偷溜进去,就被其中一人发现了。

"那是张俪云!"

一人高声喊道,紧接着所有记者扛着长枪短炮,宛若潮水汹涌,像是要将她瞬间淹没。

"唐夫人,请问唐氏公司发的律师函是什么意思?当日被抓的不是唐菀,是不是唐茉?"

"为了维护自己的女儿,就把唐菀往火坑里面推,您不觉得这种做法很不道德?"

"您和唐菀关系到底如何?这件事您是提前知晓的吗?"

……

张俪云也没应付过这么多记者,只能不停躲避试图逃离。

可这些人在外面等了这么久,好不容易抓到个人,怎么可能轻易让她离开。

唐云先能这么做,很多人已经嗅出了不一样的味道。

只怕她这唐夫人也做不久了,那她还算个什么?

记者更不会给面子了。

有记者话筒甚至怼到了她的脸上,惹得她气急败坏,可在镜头下,就是再窝火也只能忍了:"我不会回答任何问题,麻烦让一下。"

记者可不吃这一套,推搡之间,张俪云已经被踩了几脚,等她好不容易逃进医院,满身狼狈,就连带来的早餐都被撞没了,墨镜也掉了,惹得医院大厅里不少人对她频频侧目。

"这就是那个恶毒后妈啊。"

"长得也像个人,怎么能干出这么不要脸的事。"

"指不定当年唐家先夫人过世也和她有关,肯定是用了龌龊手段才进的唐家。"

墙倒众人推。

其实张俪云压根没见过唐菀的生母,可现在大家就是把能够想象出的豪门狗血大戏,全部都推到了她身上。

"人模狗样,背地里肯定没少干龌龊事!"有个大妈嗓门比较大,"人在做天在看,人家小姑娘早早没了母亲,唐家也没对不起你,欺负人闺女,是要遭报应的!"

张俪云怕的压根不是律师函的事,而是何岸会不会把自己供出来,听到报应一词,浑身惊颤,电梯都没敢坐,爬楼梯到的病房。

病房里,唐云先正在看晨间财经。

助理叩门进来,附在他耳边低声说了句:"刚才她给我打了电话,问了您的行程,我说您已经在医院了。"

"医院门口有很多记者,她过来时,还被记者围住了,估计马上就要到病房了。"

"嗯。"唐云先点头。

病房在12楼,张俪云爬上来时,后背热出了一层汗。她平时极少运动,此时双腿酸软,浑身力气都好似被抽干了,整理了一下衣服妆发。

刚走出去,就撞到了唐云先的助理。

"小蔡啊,你怎么在这里?"她尽量保持冷静。

"先生有话和您说,跟我来吧。"小蔡领着她往病房相反方向走。

那是一间医生们讨论病情的小型会议室,唐云先仍旧一身西装,儒雅从容,眉眼极为柔和,可一起生活这么久,张俪云能明显感觉到他身上冷漠到凛冽的气息。

"云先……"张俪云勉强从嘴角挤出一丝微笑,"你什么时候到平江的,怎么一通电话都不打?"

唐云先抬眉看了她一眼,五官柔和,可此时光线折射的轮廓却溢出冷厉的淡漠。

"您先坐吧。"唐云先没开口,还是助理招呼了她。

张俪云点头,硬着头皮坐下:"那个……你和菀菀吃过早饭了没?老爷子今天……"

等她再想开口时,助理小蔡已经拿出了打印好的文件放在她面前。

只是随意瞥了眼,第一页几个黑体加粗的字,瞬时震得她瞳孔猝然放大,连呼吸都变得艰涩无比。

【离婚协议书】

后背原本被热汗濡湿，此时已是全部化作透心的凉意，整个人都好似掉入冰窖。

唐云先看着她："签了字，离婚吧。"眼神沉静得可怕。

外面时而传来脚步声，张俪云紧盯着面前的协议，瞳孔震颤，心脏剧烈跳动撞击着胸口，浑身热意一点点褪去。

"云先，这个……"她声音抖得厉害，"你不是开玩笑吧。"

"你可以看一下内容，如果有疑问，可以和律师谈。"唐云先语气平静得没有一丝起伏。

在一起生活这么久，张俪云看不透他，对他脾气秉性还是有所了解的。

看似斯文好说话，做事却很绝，一旦下了决心，几乎是没有任何转圜的余地。

"这也太突然了。"张俪云舌头打结，脑袋蒙得无法组织语言。

她想到医院，可能会和唐云先发生冲突，甚至连何岸把自己招供出来的应对之策都想好了，只是怎么都没想过，等着她的会是一纸离婚协议。

"出差前，我们就聊过这件事。"唐云先挑眉，"怎么就突然了？我离开平江这段时间，你也没少折腾，自己做了什么，还需要我一一罗列？看在当年你照顾我母亲那份情上，我已经给了你足够的准备时间。"

说起两人认识，还得提到当年唐老夫人，她身体不好，是医院常客，张俪云当时父亲重病住院，一个楼层，时间一久就认识了。

唐云先除却要跑医院，还得照顾唐莞，难免自顾不暇，张俪云帮了不少忙。

那时候她也不知道唐家家境如何。毕竟她那时候父亲重病，家里维持温饱都困难，没时间精力，也没渠道打听唐家的事。

做事稳妥，细心体贴，人是真不错，唐老为了谢她，私下帮她父亲垫付了医药费，她没钱还，就差给老爷子下跪了，无论老爷子怎么拒绝，张俪云还是打了欠条给他。

那时的张俪云温柔懂事，若非如此，老爷子也不会同意她进门。

据说和前夫离婚也是因为她父亲这病是个无底洞，怕家里被拖垮了，所以离婚时，那个男人连孩子都没要。

带个孩子，这倒是无所谓，唐家也供养得起，而且再娶，如果对方没孩子的，谁还不想做母亲啊，只怕后面事端也很多。

张俪云娘家几乎没人，那时也本分，搭伙过日子，图的就是这些，谁又能想到后面会变成这样。

此时外面有人敲门，张俪云几乎是忙不迭把离婚协议攥在手里，生怕被人看到。

门口是江措："唐先生，抱歉打扰了，专家到了，正准备给唐老会诊。"

人是江锦上请来的，说是下午到，看来是提前来了。

唐云先点头："我马上过去。"

门被关上，张俪云攥紧离婚协议，几乎要把它绞烂，手心都是汗。

"协议你慢慢看，这份如果损毁了，随时联系律师，他那里有很多。"唐云先说着就准备离开。

"唐云先……在一起这么多年，你就这么狠心？当真一点情分都不念？"

张俪云声音颤抖，嗓子更是干得冒火。

"当年在一起，大家都有所图，你想有个依靠，而我无非是想给菀菀一个完整的家，希望你多帮我照顾家里，现在基础不在，自然也没在一起的必要。你进门前就知道，我心里有人，搭伙过日子，没情情爱爱那些事，我们也一直相敬如宾，难不成……"

"你现在要和我谈感情？"唐云先嘴角带着一些嘲弄。

"这么多年夫妻，总是有点感情的吧。"张俪云试探着挽回。

"你想谈感情？也行啊。"唐云先双腿交叠，背靠着座椅，嘴角忽然就浮现出了一点笑意，却让张俪云后背一凉。

"远的不说，就拿昨天那件事，你在记者面前是怎么说的？不回答不否认，任由他们把脏水往菀菀身上泼？我知道你怎么想的，你是为了保全唐茉，可你但凡有点感情，怎么舍得把一个无辜的孩子往火坑里面推？和我谈感情，你也配？"

唐云先饶是生得再斯文儒雅，说到底也是商人，这番谈话间，早已锋芒毕露。

"我当时什么都没说，我也没想到媒体会那么写。"张俪云急得眼眶泛红。

唐云先轻笑："没法回答，不会不说话？明知是记者，跑，不会？"

"那是在医院里面，两三个记者，完全可以不用正面交锋。"

"大家都不傻，非要我撕破你的脸，让你难堪？"他声音徐徐道来，

161

却字句千钧，砸得张俪云险些喘不过气儿。

"我忍到今早才发律师函，已经给足了你时间，你做了什么？"

助理站在边上，无奈摇头：先生又不傻，这时候还在耍小聪明，心存侥幸，到底怎么想的？

而此时外面却忽然传来争执声，动静太大，唐云先此时又在谈离婚，难免皱了下眉头。

助理推门出去看了眼，呼吸一沉，急忙说道："张先生来了。"

这说的肯定就是张俪云那个游手好闲的弟弟了。

张俪云心头一紧，心底暗叫不好，果不其然，助理紧接着说道："不知道做了什么，和五爷的人起了冲突。"

唐云先瞬时起身，推门往外走，张俪云急忙跟上，心底却在暗骂：这蠢货，他来干吗啊！

唐云先出来的时候，恰好看到江家人那个戴着墨镜的男人，正拖拽着一个人进了电梯，唐苿哭着在后面追，因为是VIP病房，楼层人不多，只有几个医护人员在围观。

"德福！"张俪云一眼就看到了自己弟弟。

可江就动作很快，在她冲向电梯时，已经把门关上。

张俪云不断按着开门键，可电梯已经在往下走……

"妈！"唐苿红着眼。

"怎么回事？你们来干吗？你舅舅怎么被打了？"

唐苿惊慌失措，东一句、西一句，却说不到点上。

此时正好另一个电梯到了，张俪云立刻搭乘电梯往下，唐苿也追了进去。

"先生？"助理看了眼唐云先，"这个……"

"回病房。"

当唐云先到病房时，难得天气放晴，江锦上正坐在窗边晒太阳，他身边还坐了个梳着偏分油头的男人，一派岁月静好的模样。

事情还得说到几分钟前。

专家到后，给老爷子稍微检查了一番，说有事要和家属单独聊，就把唐菀叫出去了。

祁则衍是之后到的，听说昨晚出了事，唐云先也来了，懊悔不迭。

"我当时就不该走啊，浪费了一次英雄救美的机会。我们家菀菀肯定被吓坏了，那个何什么的，真是个人渣。我要是在那里，非弄死他。"

我们家……菀菀？

江锦上搓着手指，觉得某人真是越发不要脸了。

祁则衍咋舌："不过江小五，我们不是同时离开的吗？你怎么又回来了？"

"陈妈不放心她，让我来看看。"江锦上扯谎也是信手拈来，毕竟祁则衍不可能去老宅与陈妈核对真假。

"对了，唐先生不是回来了吗？我未来岳父是个什么样的人？好相处吗？"

江锦上刚想开口，病房的门忽然就被人撞开，推门动静太大，惹得江锦上心头不快。

一个中年油腻男人出现在门口，唐苿则小跑跟在后面。

"舅舅，您慢点。"

这人就是张俪云娘家唯一的弟弟——张德福。游手好闲，不务正业，吃喝嫖赌，几乎什么恶习都沾上了，妻子也跑了，目前一个人过。

"唐云先呢？"

张德福生得脑满肠肥，可能是太胖，走路踮着身子，有点横。

"唐叔好像不在。"唐苿咬唇，披散着头发，垂着脸，生怕今早被掌掴的地方被人瞧见。

"我问你，唐云先呢？"张德福伸手指着江锦上。

江锦上生得白，即便阳光下也没半点血色，有股子羸弱感。病房内此时就三个人，除却江锦上，祁则衍，就是戴墨镜的江就。所以这一屋子……就他看起来最好欺负。

祁则衍坐在边上，盯着张德福。

这哪里蹦出来的智障，放眼京城，都没人敢在他面前这么横，还指着他的鼻子。

"舅舅！"唐苿急忙阻止他找死的行为，毕竟她是见识过江锦上有多狠的。

"你拦着我干吗？打电话给你妈，问问他们在哪儿。也太欺负人了，不声不响发律师函，打孩子还想离婚！"

这件事和唐苿有关，事情闹得太大，张德福肯定要去唐家看情况，唐苿正捂着脸在哭，一问她被谁打了，她就哭哭啼啼，说可能要离婚了。

163

张德福瞬间炸了毛:"是不是唐云先打的?"

"不是,不是……"唐茉否认。

"不是他,那是谁打的?难不成是你妈吗?还是你要和我说,这是自己摔的?"

张俪云母女相依为命,她对唐茉很娇惯,所以张德福不会认为是她打的。加之早上的律师函事件,唐云先以前就瞧不上他,先入为主,主观以为是唐云先打的,任凭唐茉怎么解释都没用。

这人急吼吼冲到医院准备讨个说法,却撞到了江锦上。

"你看我干吗?我问你唐云先人呢?"张德福平素横惯了,很多人遇到他这种,唯恐避之不及,宁愿吃点亏也不想和他正面交恶。

江锦上瞥了他一眼,眼底的讥诮嘲弄,毫无遮掩。

"你再瞪我一眼试试?"

张德福作威作福,欺负人习惯了,还以为自己挑了个软柿子,没看到唐云先,先找个病秧子欺负总行吧。

"舅舅,那是江五爷。"唐茉低声道。

"我管他什么东西,你小子那是什么眼神!"

张德福不顾唐茉阻拦,伸手指着江锦上,就冲了过去。

江就一个箭步,扣住他的手腕,反手一拧,只听骨头一声脆响,他的手就被别到了身后,整个人身子以一种极为怪异的姿势扭曲着。

江就再抬腿一脚,踹在他后背,一个狗啃地,伴随着惨叫哀嚎,张德福的脸稳稳砸到了地上。

"哎呦,我去——太暴力了!"祁则衍咋舌,"不过……我喜欢!年纪不小了,一点素质都没有。"

江锦上偏头看向窗外,低声说了句:"别打扰唐爷爷休息,而且早上刚打扫过卫生,在这里动手……会脏。"

然后就出现了江就把张德福拖进电梯的画面。

唐云先到病房,先看了眼自己的父亲,确定他无恙才说了句:"刚才发生什么了?"

江锦上淡淡一笑:"刚才来了位先生,我觉得他在病房有点吵,就让人请出去了。"

祁则衍咋舌:你那是请?简直是把人当垃圾拖出去好吧。

唐云先知道张德福什么德性,再想细问,唐菀和专家已经回来了,说起了老爷子的病情，这件事就被暂时压到了后面。

"唐先生，您喝茶。"说话间，祁则衍忽然端了杯水过去。

唐云先眉头轻皱："祁少？怎么好意思让你端茶倒水。"

"举手之劳，没想到您认识我？"

祁则衍就是为了刷好感，没想到唐云先居然认识自己，心头大喜，可接着就是一盆冷水……

"以前参加活动见过几次，你当时很忙，匆匆打了招呼，还递过名片，估计你不记得了。"唐云先说完还补充了一句，"祁家家大业大，平时见的人那么多，不记得我也正常。"

祁则衍一时竟不知该说什么。

江锦上站在一侧，看向窗外，紧抿的嘴角，却止不住往上扬。

专家过来，又给唐老检查一番，才和主治医生准备进一步会诊。

"我送你们。"唐云先送医生们出去，唐菀自然跟了出去，"医生，我父亲真的没有大碍？"

他压着声音，自始至终略弓着身子，谦恭又守礼。

"目前看没有大问题，只是唐老身体也有不少老毛病啊。"

"这个我知道，我们这地方医疗水平还是……"唐云先说得无奈，"他又不肯去外地就医，觉得这辈子活得够本了，不想做手术遭罪，他本人不同意，我们也是难做。"

"我明白，只是有些问题不根治，始终是个隐患，待会儿我联系一下京里这方面的权威，就算能在平江手术，还得老爷子配合。"

"那太谢谢您了。"

"应该的。"

有些专家不会轻易外出问诊，去他们所在的医院挂专家号更不容易，到底看的谁的面子，唐云先心底清楚。

"爸，我们又欠五爷人情了。"唐菀挽着他的胳膊，"之前他就帮了我很多次，人情越欠越多。"

"江家也不缺什么，他身体看着挺虚，要不改天我托朋友从东北带点灵芝鹿茸给他？"

唐云先还是第一次见到一个男人，皮肤可以白得那么没有血色，江家到底有没有给他补身子啊。

唐菀抿了抿嘴："其实……五爷身体可能没你想的那么差。"

"你怎么知道？"唐云先语气温和，眼神略带犀利。

"我……"唐菀语气顿了下，"他自己说的。"

唐云先不睬："你爷爷身体都那样了，骨质疏松，还整天说自己能扛煤气罐，病人说话能信？"

唐菀咬唇，这倒也是，没人会承认自己是病秧子。

"那个祁则衍是怎么回事？你们怎么认识的？"

"合作伙伴，过来谈个生意，而且我没想到他和五爷居然认识，昨天也来探病了，还带了不少东西。"

"谈生意你不在行，留给陈经理做就行，那个祁则衍虽然年纪不大，可家族经商，经验很丰富，无商不奸，还是要多注意。"

唐菀倒是一笑："刚才他给你端茶，你说那样的话，我觉得他脸色有些不好看。"

"你不做生意，不懂祁家是个什么位置，我们萍水之交，以前见面，就是客套地打个招呼，他都不记得我，忽然给我端茶送水，无事献殷勤，非奸即盗。"

"可能就是看在五爷面子上。"

"当初我是和江家做生意，认识祁则衍，是江锦上他哥引荐的，你的意思是，他哥的面子不如他大？"

唐菀语塞，却又忽然想到了什么，压着声音问道："爸，祁总可能和五爷是一伙的，所以……"自然而然和他哥关系不好。

她现在还记得京城的传闻，说江锦上身体变成这样，都是他哥害的，兄弟俩肯定是面和心不和，有自己的小团体。

手足相残，这人心肠得有多歹毒啊，难怪媳妇儿都跑了。

"什么一伙？"唐云先没懂她的意思。

"没什么。"唐菀悻悻一笑，父亲回来，专家也到了，她心底踏实多了，"我听说俪姨来过，您和她之间是不是……"

"当年也是我自以为是，我所认为的好，可能对你来说，并不一定是好的，这两年也忙，没及时发现家里的问题，想给你最好的，没想到却让你受了委屈……"

其实以前关系也还行，近些年老爷子身体不好，各种问题才一起迸发。

唐菀挽着他的手臂："其实也不能全怪爸。"

都说单亲家庭，相依为命，可能亲缘关系会更加融洽，无话不谈，其实有时恰好相反。就是经历太多，有些孩子可能会更叛逆，而有些则会更早熟，尽量让自己表现得成熟乖巧，有点事也不愿麻烦家人，怕父母担心，唐菀就属于后者。

家里出问题，唐云先失察，有过错，而唐菀又不想父亲操心，选择隐瞒，造成今天的局面，因素肯定是多方面的。

另一边，张俪云母女冲到医院楼下，一边找人，一边还得戴着口罩遮掩着脸，可偌大的医院，想找个人并不容易，最后还是在通往医院食堂的小路上见到了江就。

"你把人带哪儿去了？！"张俪云有些急眼。

江就戴着墨镜，根本看不清神色，不过他还是说了句："待在他该待的地方。"

他说完就走，可张俪云母女却没反应过来，直至……

在垃圾桶边找到了人。

平江城关于唐家的事已经形成了一股舆论风潮。

张俪云母女不太敢在公共场合露面，而江就担心某人无耻碰瓷，对张德福下手并不重，只是某人哼哼唧唧，一副行将就木的模样，所以三人没看医生，直接打车回了家。

而唐云先也向当时在场的医护人员打听，拼凑出了大致情况。

唐菀也是此时才知道张家人来了，瞧着父亲脸色愈发难看，拉着他往病房走。

"爸，回家睡会儿吧，从昨天开始，你已经二十多个小时没合眼了，反正专家也到了，我在这里守着就行。"

"没关系。"唐云先嘴硬，可脸上尽显疲态。

"五爷也一夜没休息好，你正好带他一起回去休息，他的身体要是垮了，我们真没法和江家交代……"

唐云先拗不过她，只得答应先回家休息，顺便带走了江锦上，而祁则衍和他们又不顺路，就在医院多留了一会儿。

"菀菀。"唐云先离开前，还忍不住叮嘱了一句，"多注意点。"

祁则衍莫名的讨好，肯定是有所图。

几人离开后，病房内瞬时安静下来，祁则衍是故意留下的，想和唐菀独处，交流一下感情，可真的面对面，他忽然有点怂。

他平时也是挺能言善辩的，此时却不懂该说什么，最后没办法，他干脆借助百度：

【和女孩子聊天怎么找话题？】

内容很多，什么星座、八卦、偶像剧一类的……

祁则衍清了清嗓子："唐小姐，你什么星座？"

"祁总，您对星座还有兴趣？"唐菀正低头削苹果，瞥了他一眼。

仍旧是挺括西装，偏分小油头，精英做派，一个成功人士，还是男的，和她聊星座？

"不是，我随便问问，那你有没有关注最近娱乐圈那个谁出轨的事。"

"嗯。"

看她好似对这个话题兴趣缺缺，祁则衍咬牙："你最近都看什么综艺和电视剧啊？"

唐菀这才抬头，认真看他："祁总……"

"什么？"某人下意识挺直了腰杆。

"您是在故意找话题和我聊天吗？"

"怎么可能，我就是随便聊聊。"祁则衍低咒一声，百度出来的都是些什么玩意儿，一点用都没有，真尴尬。

"祁总，吃苹果吗？"唐菀将刚削好的苹果递过去。

"谢谢。"

"我听说那部清宫剧找的都是当红演员，是真的吗？因为没官宣，方便透露吗？"

"这有什么不便透露的……"提到工作，祁则衍话就多了，气氛自然没之前尴尬。

离开医院，祁则衍还给江锦上发信息：

【果然是我看上的人，太温柔体贴了，没想到我们共同话题那么多，你说是不是天作之合？】

江锦上在医院留了人，江揩性子活络些，正好可以陪唐菀说说话，有些事，也能及时反馈给他，所以祁则衍离开后，他就忍不住问了句："唐小姐，您好像一直在配合祁少聊天。"

唐菀挑眉："他是我的大客户。"

言外之意：都是看在钱的面子上。

所以江锦上很想回他一句信息：【你俩本无缘，全靠你花钱。】

医院离这边比较近，唐云先本想让人开车先把江锦上送到老宅。

"送我回老宅，您再回来休息，挺费时间的，我只要有个能休息的地方就行，而且那里离医院比较远，我想去探病也不方便。"

"那就先去我那边住，我让人给你收拾一间客房。"

"您安排，我都可以。"

"我听菀菀说，最近麻烦你很多，你还特意请了专家过来，谢谢。"

"唐爷爷对我也很照顾，这些都是应该做的，您太客气了。"

"关于今早发生的事，我先和你说声抱歉。"唐云先说的自然是张德福的事。

"和您没关系。"

"你是无辜被牵连……"

两人一路倒是聊了很多，气氛还算融洽。

到家门口时，唐菀好像是算准了时间，给唐云先打了个电话，他就让江锦上先进屋："喂——菀菀。"

唐菀无非是问他们是否到家之类："您把五爷带去家里了？"

"嗯，其实江家教养出来的孩子真不差，无论财经还是新闻，都懂得很多，主要是说话有见地，很有水平。"

"他还懂很多历史，我之前还请教了他许多问题。"

"那挺博学的，性格也不错，做事妥帖稳重，说话不急不躁。"长辈大多不喜欢咋咋呼呼的人。

江锦上此时压根不知这父女俩正在讨论自己，以为他们有什么体己的话要说，自己不方便在侧，就先进了门。

此时张俪云母女和张德福都在客厅，早已得知唐云先要回来。

听到车声，张俪云不断叮嘱弟弟："待会儿他回来，别的不提，先给我道歉，还是你就那么希望我离婚？"

张德福此时也知道唐茉那巴掌并不是唐云先打的，有些理亏，哼哼着没说话。

不承想门一开，进来的居然是江锦上。

张德福瞬时就炸了，从沙发上跳起来，扯着嗓子，粗吼一声："你怎么来了！"

169

江锦上挑眉,神色未变:看样子还是打得不够。

"之前的事我还没找你算账,你居然还敢跑来这里?"

"张德福!"

张俪云气急,她早就解释过江锦上的身份,这个蠢货显然没听进去。

唐云先听到屋内传来吼声,略微蹙眉,急急挂了电话,还没到门口,就听到张德福说的话,瞬时青了脸。

江锦上搓着手指,眼神危险,只是唐云先已经过来,他才敛去厉色,仍旧人畜无害。

"他为什么不能来这里?"唐云先直接进屋,站到了江锦上身侧。

"姐,姐夫!"张德福愣了下。

"唐叔。""云先。"

张俪云母女也立刻起身。

唐云先昨天一路赶车,一夜未眠,熬到现在,双目赤红,饶是再斯文,眼底染了血色,看着也骇人。

"锦上是我请来的客人,我都没说半个字,你有什么资格冲他颐指气使?这里是唐家,轮得到你做主?"

张德福也人到中年,小辈还在,被人数落,脸上无光,还死要面子。

他笑得颇有些恬不知耻,嘴硬道:"姐夫,您这话说的……我们不是一家人吗?这还需要分得那么清楚?"

"马上就不是了。"

那三人顿时脸色难看。

许是熬夜的缘故,唐云先声音有些嘶哑,好似比屋外的秋风还凉。

"云先……"张俪云脸色最为难看,这件事私下说,总有缓和的余地,如今江锦上在,这话简直比打她脸还疼。

"那个……你和五爷先坐,我去给你们倒点水,有什么事回头再说。"

"是啊,唐叔,您先休息下。"唐茉强颜欢笑。

唐云先好似完全没听到,还是看向张德福:"你去医院不是找我吗?有什么事?"

"我、我那个……"张德福尬笑着,"我就是去看看老爷子。"

"你去探病,指着别人鼻子骂,还在医院大呼小叫?"

"我只是……"他笑得越是谄媚讨好,越是惹人憎恶。

"和他道个歉。"

"什么？"张德福诧异，"姐夫，你让我和他……道歉？"

"他什么都没做，你对他口出恶言，我让你道个歉很过分？"

"你都不知道，这小子把我给打了，我……"张德福也是一肚子火，"你看我这脸，他还让人把我扔到垃圾桶那儿。"

江锦上挑眉："我并未招惹你，你就指着我的鼻子，横眉冷对，我若不让人动手，只怕被打的就是我。"

"哎呦，你还有理了……"张德福立刻一脸恶相。

"你若不挑衅他，也不会有后来的事，你的错，先道歉。"唐云先挑眉。

"姐夫，你让我和一个小子道歉……"张德福一脸不情愿。

"咱们一码归一码，我让人动手可能有错，您道了歉，我也会和你赔罪。"江锦上素来能屈能伸，况且他要在唐云先面前刷好感，不能表现得得理不饶人。

立马给自己树立了宽和大度的形象，给足了唐云先面子。

"听到了么？你先道歉。"

"呵——"张德福是压根不想道歉，都这个年纪了，和一个小辈鞠躬弯腰的，那他以后脸往哪儿放。

"赶紧道歉啊。"张俪云气急。

"不道歉也没关系，那我们唐家不欢迎你。"

唐云先声音微冷，他还是斯文的，没让他直接滚蛋。

"不是，唐云先，你什么意思？"张德福本就是个混子，道歉的事，已经让他很火大，现在还让他滚，怎么忍得了。

"我说的话很难理解？"唐云先挑眉。

"云先，你别生气，他就是这破脾气，你也不是不了解。"张俪云出来打圆场。

唐云先并没给他面子，开口道："他脾气不好，别人就活该受委屈？这么多年，有些事，我睁一只眼闭一只眼就忍了，他现在住在我们唐家，却连最基本的尊重都做不到，你这是在挑衅他？"

"你这是在打我的脸！"

张俪云伸手推搡着张德福："你愣着干吗？道歉啊！"

"他不是想让我道歉，而是打定主意要和你离婚，也不怕撕破脸，我今天就是不道歉，你又能把我怎么样？不就是最近发生了一点小事，我姐在你们家这么多年，没功劳也有苦劳吧，你就急着要离婚？现在还

171

把茉茉也搞成这样！你们唐家人有没有良心！"

"张德福！"张俪云气急败坏，"你能不能少说两句！"

成事不足败事有余！

她身边都是些什么蠢货，女儿不争气，弟弟还这个死样子。

江锦上站在边上，乖巧安静，认真看戏。

等待时机……刷好感！

唐云先面对指责，倒是没所谓地轻笑一声："一点小事？那在你看来，什么才是大事，她对这个家有付出，你们这么些年，就没从我们家索取过任何东西？"

"唐云先，现在是要和我们算钱？你有没有良心？我姐的付出是能用金钱来衡量的？离婚是吧，这份离婚协议是你弄的吧，就给两套房，还有一些不值钱的玩意儿。这么多年，你们夫妻共同财产就这么点？你们唐氏那么大，你这是打发要饭的啊！"

张德福扯起放置在茶几上的离婚协议，瞬间撕碎。

"我告诉你，就算是要离婚，就这点东西想打发我们，门儿都没有。"

唐云先倒是轻哂："你以为这些东西就是你们应得的？这些年别的不说，光是你从我们家拿走了多少钱，你自己不清楚吗？我可不止给你擦过一次屁股，你要是想翻旧账，只怕难看的也不是我！这些东西，我是看在一起生活这么多年，念着情分才给的，想要钱是吧，若是认真计较……"

唐云先笑得极为冷清。

"你们是怎么赤条条进来的，我也做到让你们怎么赤条条出去，别说房子了，一毛钱我也不会给！"

江锦上倒是勾唇一笑："其实你这么气急败坏，不是担心他们离婚，而是离了婚，你就没钱了对吧。"

小心思被戳破，张德福脸憋得通红，下意识捋起袖子："臭小子，你瞎说什么！"

张俪云立刻拉住他："你到底要干吗，你现在就给我滚出去！"

"姐，你听听他们说的话……"

"我让你滚！"原本她还想着，唐云先回来和他好好聊聊，这下彻底搞砸了。

张德福气得咬牙："走就走！还以为我稀罕留在这里啊。"

只是下一秒，唐云先看向张俪云，接着开口："既然我们已经决定离婚，住在一起也不合适。"

张俪云母女顿时面若死灰：什么意思？

她们也要跟着走？

"既然你们对协议内容不满意，回头我会向法院起诉，财产分割，自会给你一个公道。"唐云先态度果决，显然这件事已经没了任何转圜的余地。

张俪云当即脑袋发昏，因为他既然敢这么说，就真的可以保证，让她离婚半分钱都拿不到！

江锦上说道："张女士如果需要收拾行李，我可以让人帮忙。"

"江就，你帮忙盯着点。"

"没问题。"江就声音冷漠，好似无情的机器。

"要离婚，他们要细算，那得看仔细了，属于唐家的，肯定不能让他们带走，属于张女士的就要给她，也不能让她吃亏。"

江锦上这话可谓诛心，整个屋子都是唐家的，他们能带走什么？

唐茉更是蒙了，离开唐家，她还算个什么！由奢入俭难，她都不知道离开唐家，自己以后要怎么生活。

也就十多分钟，三人被江就亲自送出了唐家。

很快唐菀就在医院收到了消息。

因为唐家风波不断，早有记者在别墅区外盯梢，一看张俪云母女拖着行李，灰头土脸出来，立刻发了新闻稿。

【唐先生婚姻告急，夫妻分居，张女士已搬离唐家。】

唐菀打电话回去问情况时，唐云先正和江锦上在聊天。

"又麻烦你了。"唐云先双目猩红，捏了捏眉心。

原本家丑不可外扬，可偏偏让江锦上遇到了，这也是没法子的事。

唐云先本想着张德福道个歉这事儿就缓缓再说，给他台阶不下，非闹得这么难看，那他也只能快刀斩乱麻。

江锦上倒是一笑："您是斯文人，赶人这种事估计您也做不来，我只是帮点小忙。"

说到底也是全了唐云先面子，他亲自动手，把人扔出去，授人以柄不说，只怕也不好看。所以这件事由江锦上来做。

173

唐云先自然明白他的用意，都是为自己考虑，顿时觉得这江锦上说话做事是真不错。

难怪他家老爷子那么喜欢。

祁则衍这边还在暗恨自己有眼不识泰山，想着如何讨好未来岳父，江锦上则和唐云先统一战线，赚足了好感。

唐老昏迷不醒，唐先生婚姻告急，唐菀名誉受损，这件事虽然已起诉了造谣媒体，可讨论的热度仍旧居高不下，这让唐家深陷舆论旋涡。

整个唐氏股票都动荡不安，短短几天内已跌到了近两年的最低点。

只是唐云先却好似并不在意，赶走了那三个人，就脱了外套，一边卷着衣袖一边看向江锦上："到吃中饭的时间了，我打算煮点面，你吃吗？"

"我都可以。"

江锦上不可能在客厅呆坐着，走到厨房门口站了会儿。他以为唐云先可能就会简单做点东西，可看到他切菜的姿势和手法也知道并不是个新手："唐先生，您很会做饭？"

"谈不上很会，还行吧，不过我煮的面，菀菀最爱吃。"

江锦上凑近观察。

"你出去等吧，厨房挺乱的。"

"您是长辈，让您在这里忙着，我实在不好意思去外面等着坐享其成，没关系，您忙您的，不用管我。"

唐云先挑眉：江家这二小子也是很懂分寸了。

唐云先煮的面很简单，只是最后他切了点香菜，偏头询问江锦上："吃吗？"

江锦上盯着那绿油油的香菜，从嘴角挤出一丝微笑："我不挑食。"

站在外侧的江家人无语望着天花板，为了在未来岳父面前树立良好的形象，居然这么不要脸的话都说得出来。

"那不错。"唐云先笑道。

吃了东西，唐云先给江锦上安排了客房，就回屋休息，约莫傍晚才去医院替换唐菀。

江锦上知道今晚他会留下守夜，本想跟着一起去。

"昨晚你就待了一夜，陪着我们熬了一宿，今天就在家好好休息，晚些菀菀会回来，你想去医院，明早跟她一起来。"

"已经睡了一下午，没事，晚上我过去，还能陪您说说话。"

江家人认真当着背景板，可是都在腹诽：晚上唐小姐要回来，我就不信你真的想走。以前怎么没发现他们五爷还有如此戏精的一面。

"你身体本来就不好，要是累垮了，回头你家得找我算账，听我的，这件事我说了算，你留下休息。"唐云先只是长相斯文，从他做事就看得出来，是个挺强势的人。

江锦上再想说什么，还没开口就被他打断了。

"你既然喊我一声叔叔，住在我家，我就要对你负责，不要再说了，今晚你留在这里休息。"

江锦上抿了抿嘴，似乎还很不情愿："那我听您的，明早过去。"

唐云先离开前还叮嘱了一句："如果他们再回来，你直接赶出去就行，要是问什么，就让他们来找我。"

说的自然是张家人。

"我明白。"

唐菀到家时已是晚上七点多，整个人都透着一股子疲态，看到江锦上，笑容勉强："五爷。"

"吃晚饭了吗？"

"还没，不太想吃。"

"我也还没吃，我去煮点面，一起吃点再去休息。"

"您煮面？"唐菀挑眉，"要不还是我来吧。"

"没事。"

唐菀没看他下过厨房，不放心，一开始还去厨房看了会儿，略微眯眼……

这是她最喜欢吃的那种面。

只是她心底想着，嘴上却并没说什么。

唐云先此时在医院，正给自己的老父亲擦身体，压根不知道今天江锦上借着陪他为名，偷偷学习，用他拿手的东西去讨好自己闺女了。

唐菀实在太累，回家后，身体彻底松弛些，浑身的困劲儿也上来了，她本想在沙发上坐会儿，可江锦上端面出来时，她已经昏昏沉沉睡着了。

"唐小姐？"江锦上走近，低声喊她。

客厅的水晶吊顶，剪碎了微光，拓印在她脸上，平江天凉，屋内开着空调，连日操劳，脸上泛着一丝苍白，却被暖风吹出一点酡红。

江锦上走到她面前，俯低身子，视线几乎是和她齐平的，她的一缕

175

碎发落在额前，被他呼吸吹得微微浮动着。

"菀菀——"

他声音越发低沉，滑至那一处最暧昧的地方，温柔缱绻着，让人心尖都酥痒。

"吃饭了。"

唐菀显然是累极了，半点反应没有。

江锦上伸手，手指从她额前拂过，将她那缕碎发别在耳后，视线落在圆润小巧的耳垂上，忍不住伸手捏了下。

饶是如此，唐菀都没半点反应，可江锦上的视线已从耳垂转到了别处……

目光落在她唇边。

苍白，甚至是干燥，没什么血色，可能是空调吹得太干燥，她意识模糊地抿了抿嘴。

江锦上喉咙略一收紧，整个人都凑了过去。

越靠近越紧张。

可能他离得太近，呼吸又烫，吹在唐菀脸上，并不舒服，她不安地挪了下身子，侧脸好巧不巧从他唇边刷过。

心跳狂跳，呼吸急促着……那么一瞬，江锦上觉着时间都好似停滞了，盯着眼前的人，恨不能就这么……

狠狠地亲一下。

江家人站的地方距离太远，从他们角度看，他家五爷已经完全把唐小姐压在了沙发上，姿势不可描述……

趁着人家睡着，吃人豆腐？真是不要脸。

唐菀是被电话铃声吵醒的，迷糊着睁开眼，摸出手机，看了眼来电显示："喂，爸——"

"吃过了吗？"

"嗯，吃了。"唐菀不想父亲担心。

"那就好，吃完洗个澡，好好休息下……"

唐云先说半天才挂断电话，最后他还叮嘱了一句："睡觉时把门反锁了。"唐菀挂断电话，才去找江锦上，他正坐在一张单人沙发上，微抿着嘴角，只是……隔得较远，唐菀听不到他的呼吸声。

而唐云先挂了电话，方才安心，他并不放心唐菀在家住，方才眼皮突突直跳，这才打电话去问问情况，得知她吃了饭，方才踏实些。

江锦上毕竟是外人，还是男人，唐云先目前对他印象不错，可也不妨碍提醒女儿注意安全。

唐菀并不清楚刚才发生了什么，只是江锦上煮好的面已经有些糊成一团。

"我重新给你煮一碗。"

"热一下就行。"

虽然就是短暂眯了会儿，但疲倦感却一扫而空，她也真的有些饿了，将面条简单热了下："您吃过了吗？"

"还没。"

"那这个……您还吃？"面条煮好太久，此时看着并没什么食欲。

"嗯。"

江锦上并不算饿，看她吃了半碗，才挑起面条吃了几口，他是第一次下厨，面条味道并不算好，可能是之前油放得多，味道也没调好，味道总是有些怪。

可唐菀却吃了一整碗，还夸他厨艺不错，收拾好厨房，两人才各自回屋。

江锦上靠在床头，沉思着：他是按照唐云先的做法如法炮制的，怎么味道差了那么多？

此时手机振动着，他眉梢一挑，按下接听键："哥——"

"这边专家我安排好了，明天上午的飞机，估计中午到平江，不麻烦唐先生了，你安排人接一下。"

"我亲自过去，你把航班信息给我。"

唐老这一摔，虽然至今昏迷不醒，但伤得并不算重，主要是以前那些老毛病，如果不治疗，始终是隐患。

翌日，江锦上六点多就起来了，到客厅时，唐菀已经在做饭，厨房里还在煲着汤，显然已经出了趟门。

"五爷，我待会儿要去医院，您吃了饭就在家休息吧。"

毕竟是外人，没理由让他跟着自己东奔西跑。

"我没什么事，跟你一起去看看唐爷爷。"

"不好意思总这么麻烦您。"

"唐爷爷对我视如己出,这都是应该的。对了,你也别这么客气'您'来'您'去的,就说'你'就行了。"

唐菀抿抿嘴没说话,到医院时,江锦上出去打了个电话,无非是确认今天即将抵达的几个专家,飞机是否准点。

唐云先吃着早点,目送江锦上走出病房才笑道:"江锦上这孩子人还是挺不错的,我听你滕叔叔说住院的事,都是他安排的,医药费也垫付了。"

他当时就是担心唐菀手忙脚乱,才让好友来帮忙,没想到江锦上做事如此利索。

"他说爷爷对他视如己出,所以……"

一直欠别人的,那感觉并不算好。

唐云先半开玩笑说:"要不等你爷爷醒了,认他做干孙子得了。"

反正他家老爷子这么喜欢,做不成亲家,认个干亲。也算是一家人了。

唐菀略微蹙眉,认干亲?

江措此时正站在病房里,一听这话,差点被口水呛着!

这——五爷,大危机啊!

他家五爷是想做你女婿,虽说这也算半个儿子,可怎么着都不是以这种形式啊。

唐云先说完,自己倒是乐了:"要是这么做,他估计要喊我干爹了,总觉得好像占了他便宜。"

唐菀没作声,总觉得有什么地方怪怪的。

江锦上打完电话回来,就发现唐云先打量他的眼神和以前又不一样了。

似乎……带着点老父亲特有的慈爱。

他余光扫了眼江措:到底什么情况?

江措抿了抿嘴,总觉得事情在朝着一种诡异的方向发展。

苍天啊,他该怎么和五爷说啊。

飞机预计下午三点抵达平江,江锦上说去接机,其实也是种刷好感的方式。

"菀菀,你也去吧。"唐云先说道。

江锦上已经帮忙请了专家,怎么可能什么事都让他做。

唐云先则让助理给几个专家安排了酒店食宿。

到机场的时候,飞机晚点,一群人只能在出口处等着。

江家人占据着一处，穿着统一，非常惹眼。

唐菀还有些紧张，唐云先也是时不时打电话过来询问："……飞机还没到，估计晚点了。"

"不急，如果太晚，你就把人直接带去宾馆住下，明天再到医院来。"

"我知道。"唐菀余光瞥见有旅客陆陆续续出来，急忙挂了电话，"先不说了，可能到了。"

唐云先看着病床上的老父亲，微微蹙眉。

如果老爷子醒着，八成是不想做手术的，他思量着，要不趁着他昏迷不醒，直接把人抬进手术室得了。

他又抬眼看了看对面的人——祁则衍。

祁则衍也不知道病房里只有唐云先，四目相对，他冲着唐云先一笑。

我去，真尴尬！

唐云先礼貌性地回以微笑，却在腹诽：他到底来干吗？

此时飞机已经抵达，这几个专家江锦上都认识，甚至可以说很熟，其中一个曾长期给江锦上看过病，与他关系特别亲密，和江家人更是建立了深厚的情谊。

先出来的是他助手，推着行李车。

江锦上偏头看向唐菀，冲她一笑："人来了。"

"哪里？"

唐菀毕竟不认识，江锦上瞧着人出来，刚准备抬手给她指一下，手指顿住……

他眯了眯眼，看到那人，还以为自己花了眼。

平江机场 C1 出口，唐菀见江锦上几欲抬起的手悬在半空，略微蹙眉，低声靠近："五爷？"

怎么回事？他那神情，就好像见到了什么不该看的。

循着他视线方向看过去，因为此时出来的人很多，人头攒动，好似并无什么特别的，只是下一秒，她就听到一个奶声奶气的声音："二叔！"

她循声看去，看到一个四五岁的孩子。

她穿着宝蓝色羽绒服，戴着一顶红色针织帽，还拉着一个印着蜘蛛侠的旅行箱，冲着他们这边挥动着胳膊，眼睛像是夜空的星星，黑亮得熠熠生辉。

然后就看到他连箱子都不要了,穿过人群,艰难费力地往他们这边挪过来。

只是这孩子尚未靠近,江锦上就大步往前把他捞了起来,而小家伙也非常熟稔地伸手搂紧他的脖子。

"你怎么来了?"虽然诧异,江锦上的语气却是上扬的。

"想你了啊。"

"锦上!"此时专家团队也走了过来。

为首的男人年过半百,这是京城医学权威——周仲清。

"周叔。"江锦上对他也非常敬重,"您带他来的?"

"嗯。"

江锦上猜到八成是他哥的主意,并没纠结这个问题,转而将他介绍给唐菀:"周叔,这是唐菀。"

唐菀立刻伸手过去,谦逊而客气:"周医生,您好,谢谢您专程过来。"

"不客气,唐小姐,久仰大名。"周仲清和她握了下手。

唐菀心底微怔,久仰大名?她应该没这么出名吧。

其实不是她出名,而是她在江家出名,周仲清与江家交好,没见过人,名字就听了数千次。

因为此时还在机场出口处,一群人站着难免会给他人造成不便,周仲清直言:"唐小姐,我们边走边说吧,唐老的病历资料我都看过了,不过还有些细节可能要问你。"

"咱们节约点时间,如果方便,待会儿我们共乘一辆车,我想和你交流一下。"

救人如救火,分秒必争。唐菀自然连忙点头。

到了停车场,众人忙着搬运行李,唐菀刚才一直忙着和周仲清聊天,此时才注意到,某个小家伙正盯着她。

四目相对,他咧嘴一笑,还有颗可爱的小虎牙。

"姐姐好,我们打过电话的,你记得我吗?"他忙不迭跑过去问。

"嗯,记得。"

江家那位小祖宗嘛,而且前几天,江锦上还给她看了照片。

他只有嘴巴特别像江家人,其余地方并不相似,眼睛可能更像生母,却也明亮而漂亮,单从他的长相就看得出来,母亲绝对是个美人儿。

关于他的传闻太多了，说是母不详，有人说跑了，有人说死了，众说纷纭。

据说有一次他把一个比他大，甚至个子比他高的男孩子给打了，据说还扬言见人一次打一次，恶名就传开了，说他骄纵蛮横。

甚至有人说，因为没有母亲，家里又溺爱，所以性格古怪偏执，是个实打实的小恶魔。

可此时"小恶魔"冲她微笑，小脸还带着婴儿肥，可爱得恨不能上去捏一把。

"我叫江温言，你也可以叫我江江！"小家伙已经走上去，进行自我介绍，还像模像样地伸了手。

"你好，我叫唐菀。"

唐菀俯低身子，和他握了下手。

"江江，上车了。"江锦上催他。

"姐姐，我们待会儿见。"他笑着往车上爬，穿得多，从后背看，爬车的姿势颇为滑稽，惹得唐菀一乐。

几人分开坐车，直接前往医院。

江锦上刚上车就立刻给自家大哥打了电话，他把这小家伙送来干吗啊？

"……江江到了？"

"你什么意思？"

"江江说你想他了，他也想你，正好周叔要过去，就让他捎了一程，我原本打算亲自送他去的，他不肯。"江宴廷说得直接。

"我想他了？"江锦上挑眉，瞥了眼身侧的人。

小家伙正趴在窗口，佯装看风景，安静装死。

挂了电话之后，江锦上才戳着某人的后背："行了，别装了，坐好了，我有话问你。"

小家伙立刻转头，冲他笑得灿烂："二叔。"

"怎么不让你爸送过来？"

"就不想让他送啊。"他小手绞动着衣服的拉链。

其实他也有私心，因为他爸若是来了，最多留两天就走，到时候八成是要把他一起打包走的，相比回家，他更喜欢待在外面。

"你和你爸说，我想你了？"

181

"难道你不想我？"

他盯着江锦上，那眼神分明在说：你敢说不想我，我就哭给你看！

"行了，不说这个，不过我提前和你说，唐家的太爷爷住院了，你要乖一点。"

"我知道。"小家伙冲他嘿嘿一笑，"二叔，刚才那个姐姐长得好漂亮。"

唐菀的长相属于温婉耐看型，加上说话声音还细细软软的，性格也好，很容易讨孩子喜欢。

听到小家伙夸自己媳妇儿好看，江锦上嘴角不自觉扬了扬。

"这里好热啊！"小家伙说着扯了帽子，头发软塌塌贴在头皮上，只有一撮毛忽然翘了起来，颇为喜感。

"二叔，你帮我整理一下头发。"

"没事，这样也挺好的。"小孩子长得好看，其实头发就算软塌，看着也可爱。

"没有型啊，这样姐姐会喜欢我吗？"

"她喜不喜欢有那么重要？"

"长得好看，声音又好听，刚才还冲我笑了。"他自己伸手抓了下头发，"二叔，你觉得她做我后妈怎么样？"

江锦上略一挑眉，这小子是过来干吗的？挖墙脚？

"二叔，你帮我弄一下头发啊！"他直接把小脑袋凑过去。

江锦上伸手，抓了几下……

到了医院门口，唐菀刚下车，就看到某个小家伙已经从车里蹦了出来，脱了厚重的羽绒服，里面穿着一件蜘蛛侠的连帽卫衣，自然是又酷又帅，只是……

顶着一头鸡窝。

他朝着唐菀走去，自信又张扬，仿佛自己就是这条街上最靓的仔。

平江的风不算大，他头顶还有两撮毛，被风吹得左摇右晃。

顶着凌乱的一头鸡窝的小伙冲着唐菀咧嘴一笑，两排小白牙在阳光下分外惹眼。

唐菀没忍住"扑哧——"笑出了声。

小家伙心底一乐，姐姐居然冲自己笑了。

此时江锦上等人也下了车，车门关上，他立刻踮脚，拿车玻璃当镜子，看了眼自己的造型，小脸顿时垮掉。看了眼自家二叔，他瘪着嘴，像个闷闷不快的小老头。

"二叔——"

江锦上弯腰，给他整理了一下衣服："你不是说，让我给你弄个炫酷拉风的造型，要引起她的注意，她不是一直在看你？"

这话好像也没毛病。

人比较多，分乘两部电梯上楼。

"二叔，我们和姐姐一起走。"小家伙拉着江锦上的手，屁颠屁颠跟在唐菀后面，头顶两撮毛一翘一翘的，惹得江家几人差点笑喷。

"干吗要和她一起走？"江锦上挑眉。

"你帮我考察一下，她到底适不适合做我后妈。"

江家人："……"

上了电梯后，唐菀只要垂头就看到某人头顶的几撮毛，忍不住伸手给他顺了顺。

"谢谢姐姐。"他小嘴儿甜，说话奶声奶气，让人听着心情都愉悦。

"头发这么弄一下，是不是好看多了？"

"你刚才不是笑了吗？"

"嗯？"唐菀没搞懂他的意思。

"下飞机的时候，你一直紧绷着脸，好像很不开心，我的形象不重要，能让姐姐开心点也值了。"他一笑，虎牙分外可爱。

唐菀顿时觉得，这哪里是什么小魔王，分明是个小天使啊。

恨不能伸手揉揉他的小脸蛋。

"姐姐，那个……"他故作扭捏，好似遇到了什么为难的事。

"怎么了？"

"我能不能要个你的电话啊？"

"这有什么不可以的，姐姐最近比较忙，可能没时间陪你，以后你来平江，姐姐带你出去玩。"

"那你到京城，我和爸爸请你吃饭。"

"行啊。"

说完，小家伙就稍微捋了下袖子，露出一部土豪金颜色的儿童电话手表，简直能闪瞎人的眼。

江锦上站在后侧，看着两人互动，神色平静。

病房里，唐菀提前和唐云先打了招呼，看到江家这小祖宗过来，他并没表现多诧异，还特意让助理给他准备了一些小零食。

"谢谢爷爷。"他抱着薯片，眉开眼笑。

"嗯。"唐云先这边还有正事要忙，自然没空管他，他就迈着小短腿，挪到了祁则衍面前，"祁叔叔，您怎么在这里？"

祁则衍垂眼看他："你的发型真糟糕。"

江江皱了皱眉：你可真不会说话！

病房里都是医生和专家，显得非常拥挤，江锦上就带着小侄子，招呼祁则衍一起出来。

"你哥搞什么？把他送来干吗？"祁则衍斜倚在栏杆边，看着远处坐在凳子上，晃着小胖腿的人。

"他想送，还需要理由？"

"也对。"

"唐老这个情况，江江留在唐家，就算我说不用他们管，唐先生和唐小姐只怕也要分神多照顾他，肯定会给他们造成困扰。"

江锦上语气颇为无奈。

"这倒也是，毕竟家里有个小客人，不可能无视啊。"

江锦上搓着手指："现在要是有个人能站出来帮他们解决问题，唐先生应该会感激他吧。"

祁则衍一拍大腿："我带他啊，跟我回酒店睡！"

"你带？"江锦上语气狐疑。

"放心吧，我是看着他长大的，他又不是没在我家睡过，照顾他手到擒来。"

祁则衍就是想在唐家人面前刷好感。

所以江锦上挖了个坑，他想都没想，就直接跳下去了。

一个两个都想来挖坑，那干脆就让他俩做个伴好了，祁则衍这人就是太闲，精力太旺盛，才总来医院，给他找点事做也挺好。

一大一小，干脆一起打包踢走。

小家伙也很懂事，知道唐家很忙，而且他喜欢跟着祁则衍玩，听到这个提议，小嘴咧开一笑，立刻点头同意。

唐菀原本还想留小家伙在家里住，可是看到他和祁则衍都那么高兴，话到嘴边又吞了回去。

祁则衍乐颠颠地牵着小家伙的手就往外走，想追个人，真难。

他原本想着，照顾小孩子很容易，况且这小子是他看着长大的，光着屁股蛋乱跑的时候，他还帮他换过尿布，只是想象很美好，真的要动手操作，光是给这小子洗澡就耗了他大半精力。

好不容易把他扔到床上，祁则衍才钻进浴室冲了澡。

小家伙也趁着这机会，给自己父亲打了视频电话。

"……你和你祁叔叔待在一起？"

"是啊。爸爸，我给你要了姐姐的电话，还约了她下次来京城，让你带她去吃饭，我只能帮你到这里了，剩下的你要自己加油。"

那语气，颇有点老父亲那般，语重心长的味道。

那小表情，活像为他爸爸操碎了心。

祁则衍帮他洗澡已经被折腾得够呛，结果他说，还要给他读什么睡前童话。

昨天晚上唐云先和唐菀都在医院守夜，江锦上是一人回唐家睡的，说好早上去医院，顺便给他们带早餐。

早饭是约着祁则衍和某个小家伙一起吃的，地点在平江一家很出名的早茶店。

"爷，人到了。"

江锦上抬眼看去，唇角微抽，一眼就看到自家小侄子……

去医院探病而已，需要穿着小皮衣，还梳个大背头？

早茶店人流涌动，此时用餐的除却上班族就是学生，大多神色匆匆，许多人脸上还有倦容，忽然看到两个打扮如此招摇的人，目光瞬间都被吸引过去。

江锦上则下意识垂眸，恨不得不曾认识他们。

可某个小家伙环视四周，立刻冲他挥手："二叔，我们在这里。"

然后某个梳着大背头，穿着皮夹克的小家伙已经走到他桌前，爬上了凳子。

"二叔，我今天酷不酷？"

"嗯。"江锦上硬着头皮点头，就他这造型被他哥看到，指不定脸青成什么样。

祁则衍虽然穿着挺括西装，仍旧是标志性的偏分小油头，却也难掩倦态。

"昨晚没睡好?"江锦上打量着他。

"你小侄子是什么德性,你心底没数吗?"

只要离开了他哥,那简直能窜天遁地,精力旺盛得不可思议。

昨晚没睡好,天没亮,小家伙就喊他起来,他以为是要去洗手间什么的,结果某人把自己行李箱里的衣服掏饬出来,给他来了一场……个人时装秀!

幸亏不是在家里,衣服不算多,试了几套后,祁则衍想着,可算能睡个回笼觉了。

结果他来一句:"祁叔叔,给我做个发型吧。"

祁则衍心底抓狂:你要做头发,找Tony老师啊,再说了天没亮做什么头发啊!我的四十米大刀呢!

两分钟后,他还是认命地起来,给某人做了个造型,因为有前车之鉴,这次他站在镜子前,紧盯着祁则衍,某个小家伙主意特别多,还不停指挥。

"祁叔叔,我觉得这里可以垫得高一些……我觉得这里不太好看……"

祁则衍一脸的生无可恋,像个没有感情的机器,只有一双无情铁手在机械作业。

江锦上帮唐菀和唐云先打包了早餐,几人走出早茶店,他余光就看到某个小家伙从口袋摸出一个金边小墨镜,煞有介事地戴好。

整条街上再也找不出比他更靓的仔了。

江锦上等人到医院后,唐菀看到江江,再次忍不住笑了,怎么被祁则衍带走一个晚上,画风就变成这样了?

她都不敢想,如果祁则衍有了小孩,会养成什么样。

"小祁也来了?"唐云先现在都这么称呼祁则衍。

"哦,我送江江过来的。"

只要想到自己以前"无视"过唐云先,祁则衍对他就越发客气。

唐云先在医院待了两个晚上,吃了早饭就被唐菀撵回家休息。

"小祁,你不走?"唐云先穿了外套,准备离开。

"我……"

"你平时也很忙,哪儿好意思一直耽误你时间,正好我要走,你要是没开车，我可以送你一程。"

唐云先可不傻，一次两次他可能没缓过劲儿，现在几乎是笃定，这小子是奔着他女儿来的。

祁则衍以前对自己的态度，他也清楚，自己抑或是唐家，都没这个面子。

如果硬要说是因为江锦上，来看两次已经很了不起了，犯不着天天来报到，而且对自己态度一改之前，殷勤得不可思议。

他虽然掩饰得还算好，可只要唐菀在，他的眼睛飘飘忽忽的，最终总是要落到她身上的。

"不用，我开车了。"祁则衍可不想走。

"我助理没来，最近守夜没睡好，没什么精神，刚才菀菀还担心我开车出事，让我叫个代驾……"唐云先儒雅斯文，说话也是不紧不慢。

这软刀子戳人，可不会收半点力道。

他冲着祁则衍一笑："既然你开车了，那你送我吧。"

"……"

祁则衍下意识看了眼唐菀，没想到她来了一句："祁总，那就麻烦您了。"

祁则衍又看了眼江锦上：你别装死啊，看看我啊，挽留我啊……

可江锦上正低头逗着小侄子，完全无视了他。

"小祁，我们走吧。"唐云先笑道。

"嗯。"祁则衍还能说什么。

两人刚上车，开车的是祁则衍的助理，所以他们并肩坐在后排。

唐云先并没客气，直接说："快年终了，公司应该挺忙的吧。"

祁则衍是应酬多，正好过来躲个清净，可是为了在唐云先面前留个好印象，免得他认为自己不务正业，笑道："是有点忙。"

"既然这样，那你也别总往医院跑了，你的这份心意我是知道的，耽误你做正事我过意不去。"

祁则衍还以为他要和自己谈工作，没想到迎面就是一杯冷水。

唐云先却始终温文儒雅，说话都很温吞："我听菀菀说，你这次过来，主要是为了和她谈工作，顺便看一下她的工作室。"

"对。"

"我们家的情况你也看到了，菀菀目前应该没这个心力照顾工作。"

"没关系,那个电视剧也还在筹措中,演员都没定。"

"既然工作上没什么事,那你什么时候回京?"

"……"

祁则衍深吸一口气:这么直接的吗?

唐云先倒是一笑:"你别多想,我不是要赶你走,我就是问一下,好安排时间给你送行。"

此时的医院里,唐菀正单手托腮和江江在玩飞行棋,氛围温馨,江锦上看着这一幕,嘴角微微勾起。

如果以后他们有了孩子……

她肯定会是个非常好的母亲。

此时他手机振动,是祁则衍发来的信息:

【江小五,我快死了,怎么会有这么难搞的人啊!】

他嘴角笑意又扩大几分,唐云先让祁则衍开车送他时,江锦上已经猜到他定然是察觉到了什么。

果然……唐先生不会让他失望。

正好拿祁则衍当小白鼠,看看唐云先在对付唐菀的追求者时,到底会是个什么姿态,吸取经验,纳为己用。

过了些时间,医生来查房,特意把唐菀叫了出去,江锦上看她神色紧张,又许久没回来,就准备出去看看情况。

"江江,你一个人待在这里,别乱跑。"

"嗯。"

江江还在低头研究飞行棋,点头应着。

也就五六分钟,有人推开了病房的门,蹑手蹑脚,悄然走到病床边。

唐老躺在床上,平静祥和,却瞧见黑影笼罩过去,朝他伸出了魔爪……

第八章
风雨来与她并肩而立

因为是 VIP 楼层,住院的人不多,周围寂静无声。做贼心虚,连心跳呼吸都被无限放大,那人屏着呼吸,手指颤颤巍巍地朝着唐老伸过去……

放在他鼻端,感觉到轻缓的呼吸,心头一窒,手指颤抖着。

手的影子落在唐老脸上方,好像要将他捂住,让他无法再呼吸。

就在这时,病房内响起了一道清脆的童声:"你在干吗?"

那人吓得身子一抖,陡然一个激灵,往后一退,撞到后侧的椅子,与地面摩擦,声音相当刺耳。

此时一个江家人也推门进来,手中拿着一杯热牛奶,瞧见病房里的人,略微蹙眉:"你是哪位?"

"我也不认识。"江江盯着面前的人。

许是做贼心虚,那人没作声,却忽然转身就往外跑。

"拦住她!"

江江话音刚落,江家人又恰好站在门口,直接关门,把人堵在了屋里。

"你们干吗?我是唐茉!让开!"唐茉心跳得厉害。

江家人不为所动。

"你居然不认识我?"

江家人穿着统一,唐茉自然认为他是江锦上身边的,理该认识她。

唐茉看那人面色冷凝,有些气急败坏:"我说你们是谁啊?凭什么拦着我?这是我们家的病房,你们凭什么不让我出去?!"

"那阿姨,你是来探病的?"

阿……阿姨?唐茉如遭雷劈,她长得有那么显老?

她转身看向某个小家伙。

189

江江刚去了趟洗手间,从口袋里摸出手帕,认真擦着手指,接着又脱了小皮衣,里面穿着精致的小正装,显得极为讲究气派。

"我肯定是来探病的啊!"唐茉气得嘴角直抽。

自己才多大,喊她阿姨?

"那你跑什么?"

"我……"

唐茉是做贼心虚,动作完全是下意识的,此时压根找不到好的说辞。

"你刚才要对太爷爷做什么?"

"我、我能对他干吗?我就是、就是给他整理一下衣服被子……"

"你是结巴?"江江认真看她。

"我怎么可能是结巴?"

"那你说话干吗一直打结?好像做了什么坏事,探病嘛,干吗鬼鬼祟祟的。"江江打量着她,那眼神倒是颇为犀利。跟了他爸这么久,别的没学会,装模作样吓唬人不能说学了十成像,八九成总是有的。

"我是唐茉,这是我爷爷,我来探病有什么问题吗?倒是你,你是谁啊?"唐茉此时也冷静了许多。

"我干吗告诉你,你要是坏人,对我不轨怎么办?"

唐茉还是第一次见到这么横的小孩!

"我爸说,出门在外,千万不要和怪叔叔、怪阿姨说话,更不能泄露个人信息,他们都会吃小孩的。"小家伙说得理直气壮。

唐茉气得脸色铁青。

恰好此时,外面传来脚步声,唐菀和江锦上回来了。

看到唐茉在,两人也是有些诧异。

"你来做什么?"唐菀打量着她,语气颇为冷淡。

"我来看看爷爷。"唐茉笑道,"姐,我有话想和你单独说,能不能借一步……"

唐菀本不想和她有过多的接触,甚至想让她有话就直说,只是顾忌到有小孩子在,还是点头,随她走了出去。

她们刚离开,江江就跑到了江锦上身边:"二叔,刚才那个怪阿姨好奇怪。"

"她怎么了?"江锦上伸手将他抱到自己腿上坐着。

"就刚才,她好像想伸手捂太爷爷的脸!"

"你看到了？"

"看到了啊，她说自己是来探病的，可是我问她在干吗，她转身就跑了，二叔，她是坏人吗？"

江锦上笑而不语："不是想玩飞行棋吗？我陪你玩一局。"

"好啊！"

小家伙好似瞬间遗忘了唐茉的事，摆好飞行棋。

唐菀带着唐茉走到走廊尽头处。

"有什么事直说吧。"

"还是关于我妈和唐叔的事情，他们都结婚这么多年了，怎么可能一点感情都没有，那天我舅舅确实做得过分，他也知道错了。你都不知道这两天我和我妈是怎么过的。要不你和唐叔说一下，抽个空，我们两家一起吃顿饭吧。"

唐茉此番过来，好像是来求情的，说得倒是情真意切。

唐菀打量着她："你这包是香奈儿最近的新款吧，出了没两天，国内都没有，应该不便宜吧。"

唐茉顿时脸色发白。

说自己不好过，还有心思买包？

"关于我爸和你母亲的事，他们都是成年人，做事有自己的考量，我也管不了太多，如果没有别的事，我先走了。"

唐茉抓紧手中的包，气得咬牙。

待她回家后，张俪云和张德福立刻走过去："怎么样？见到唐云先了？他怎么说？"

"没看到他，只有唐菀在，没得商量。"

唐云先做得挺绝，昨天就向法院起诉离婚，他们此时过去，肯定会引起他的反感。

唐茉毕竟是晚辈，唐云先总不会给孩子摆脸色，这才让唐茉去医院跑一趟，看看有没有缓和的余地。

现在周围的人亲戚朋友都知道离婚的事，看他们的眼神都不一样了。

平时见面点头哈腰，笑意逢迎，现在见面都躲着走，世态炎凉体现得淋漓尽致。

在唐家，过惯了好日子，不仅衣食无忧，还有保姆伺候着，母女两人忽然从云端跌落，那种落差根本受不了。

"要是真没一点余地,那我们也不能坐以待毙啊,要不然离了婚,真的一毛钱都分不到!"张德福气结,"仗着有钱就能这么为所欲为?"

"行了,你别添乱!"张俪云头已经快疼死了。

唐云先原本是回家补觉,却被一阵急促的手机铃声吵醒,因为担心老爷子出事,他手机最近都是24小时不关机,听到铃声整个人瞬时清醒。

"喂,小蔡。"助理打来的。

"先生,张家人接受记者采访,控诉了你不少事,据说还要上电视接受专访。"

"什么时候?"

唐云先皱眉,怎么都没想到这家人能无耻到这种地步,居然还想利用媒体炒作。

简直没有下限!

"明天一早。"

此时医院这边,唐菀自然也收到了消息,忍不住冷笑。

早上来求和解,下午就把他们唐家往死里黑,还真是人不要脸,天下无敌了!

唐菀得知张家人要去电视台录制节目,只觉得可笑,现在媒体本就喜欢挖豪门恩怨的料,此番是张家人主动站出来,他们自然要竭尽一切办法炒作。

短短一个小时,关于唐家的各种负面新闻已经满天飞。

"姐姐,你怎么了?"小家伙盯着唐菀,笑得天真无邪。

"我没事。"唐菀抿嘴一笑。

"还在担心唐爷爷手术的事?"江锦上得到消息比她还早,只是故意没提罢了,毕竟这也不是什么好事。

唐菀不想和他们聊家里的事,就顺着他的话点了点头。

刚才她被叫出去,也是和医生交流一下老爷子的病情。

专家过来后,上午集中讨论了唐老的病情,手术是肯定要做的,不过要确保手术最大程度完成,必须借助一些仪器。其他设备还好,平江地区都能拿到,只是有一台设备,国外进口的,国内仅有一台,远在京城。如果想保证手术成功率,只能转院。

"等唐叔叔过来和他商量一下,如果要给唐爷爷转院,我去帮你安排。"江锦上直言。

唐菀只是一笑，并没应声。

此时病房里几人皆有心事，压根没人注意到躺在病床上的老爷子，眼皮微微动了下……

唐云先的车子此时已经到了医院地下车库，刚准备解开安全带，手机就振动起来，律师打来的："喂——"

他以为说的是离婚官司的事，毕竟张家人要上电视，势必对离婚一事产生影响。

"先生，何岸的事出了点状况。"

"何岸？"唐云先眉梢一吊，"我说了，这个案子就给我往死里打，我不希望他再出现在菀菀面前。"

"这点我清楚，只是他想见您，说有重要的事，是关于小姐的，如果您不去，他不肯开口，我看他不像在耍我们，而且现在主动权在我们手里，他犯不着故意戏弄我们。"

唐云先犹豫片刻："那我马上过去。"

"我在派出所等您，给您安排一下。"

……

唐菀再度见到唐云先时，已经是傍晚，虽然他没说任何事，可从他的举止神态也看得出来心情极差。

她以为是为了张家的事，就没多问，只简单说了下老爷子的情况。

翌日，平江电视台摄影棚内，经过一夜的酝酿发酵，唐家被彻底推上了风口浪尖。

之前唐菀的事，唐云先雷厉风行状告了多家媒体，此时出了这么大事，他却一点反应没有，难免让人生疑。

摄影师正在调整设备，三三两两靠在一起讨论着：

"唐云先之前又是起诉媒体，又是把人逐出家门，做事都挺绝的，怎么这次一点反应都没有。"

"可能没想到张家敢跳出来吧，毕竟唐家有钱有势，谁惹得起啊。"

"一起生活这么多年，是不是他们手里还攥了唐家不少把柄，所以唐云先不敢贸然行动？"

"不知道会爆出什么猛料了，台里还挺重视的，还让制作组连夜剪辑，准备明天就播。"

……

电视台自然想抓住最热的新闻。

此时观众也陆续进场,棚内瞬时变得非常嘈杂。

这就是个平江当地某个情感生活服务节目,平时录影,现场观众都是找的群演充数,今天却座无虚席,就连过道都挤满了人,里面还混迹了不少自媒体人和记者。

虽然录影前手机等设备都是不允许带进去的,却也难免有漏网之鱼。

节目尚未开始,内场情况就被人拍到了网上。

随着主持人就座,张家人也进场了,张俪云母女以及张德福都在,因为要上电视,皆是化了妆,张德福难得穿了身西装,看着倒有些……人模狗样的味道。

主持人直接开口:"张先生,关于您的情况大家都有所了解,请问我们栏目能帮助您什么?"

"我也不指望你们能帮我什么,我就是想通过你们节目,控诉一下唐家!"

栏目制作,一般不出现真实姓名,这些后期制作就行,所以主持人并没打断他。

"做了这么久的亲家,我没想到唐云先居然是个那么自私狭隘、心狠手辣的人,别看他在外面像个正人君子,背地里压根不干人事!"

"你们看我脸上的伤,我去医院探病,他却纵容别人打我,我怀疑压根就是他派人指使的。"

"一起生活,谁家没点摩擦和矛盾,他以前娶我姐,这么多年,又是帮他照顾老人,又是抚养孩子,现在不需要我们了,就把我们一脚踹开,你们说像话吗?"

主持人嘴角一抽:"张先生,您冷静点,有什么事我们一件一件说。"

张德福可不管他,看着场下那么多观众,整个人也激动起来。

"现在孩子大了,不需要我姐了,就说要离婚,结婚这么多年,还让我们净身出户?那我姐这么多年给他们家做牛做马算什么?就算是保姆也该给工资吧。"

"他们唐家简直欺人太甚!"

张俪云坐在一侧,妆容寡淡,面色凄苦,好似真被唐家欺负得不轻。

她原本不想通过这种方式，可唐云先态度坚决，离婚势在必行，而且现在网络强大，如果能占据舆论，说不准真能扭转局势。

最主要的是，他们这种行为算是泼皮无赖了，而唐云先是个极为讲究斯文的人，还得照顾唐家的体面，离婚也尽力低调，更不可能跑过来公开和他们撕。

她放心大胆地纵容了张德福的行为。

那是因为她知道，比起他们……唐家更要脸。

"张女士，请问张先生说的这些都是真的吗？"主持人忽然看向她。

张俪云抬头，正准备张口说话，忽然看到后侧人群中一个熟悉的身影——唐云先。

一身西服，斯文儒雅，嘴角微抿，直视着她，隔了很远，加之他站在台下，五官晦暗不明，棱角被衬托得越发冷厉。

他……怎么来了？

他们这些人，谁不好面子，他怎么敢来？

难不成真要和他们正面撕？

张俪云看到远处的人，瞬间吓得面如白色，她今天妆容本就寡淡，此时更是不见半点血色。

"张女士？"主持人提醒，怎么录节目还能发呆？

下意识顺着她的视线看过去，他对唐云先不熟，台下光线又暗，倒一时没认出来。

灯光师将灯光打过去……

几乎所有人视线都聚焦在那一侧，可是没等他们看清那人模样。

"张德福！"

伴随着一声怒斥，两个男人忽然冲到台上，所有人注意力瞬时被吸引过去。

张德福怔愣两秒，神色惊惧，慌得从座位上站起来："雄……雄哥？"

"我找了你好几天，打电话也不接，你欠我们的钱，准备什么时候还？"

"钱不是还给你们了吗？"

"你放屁，以前是看在唐先生面子上，有些钱不要也罢！"

债主上门，所有人都愣住了，这是早就设置安排好的情节，还是突发变故？

"有什么话，我们台下说……"

张德福方才还气焰嚣张，扯着嗓子控诉唐云先，此时却怂得不行。

"你找媒体，控诉唐家，正好，我也请大家评评理，欠债还钱，是不是天经地义！你们别看他现在穿得人模人样的，私底下吃喝嫖赌什么都沾，这些年唐先生没少给你擦屁股。以前我们不找你麻烦，那是因为有唐先生兜着，给你点面子，把你当个人，离开了唐家，你连屁都不是！"

他们说话自然粗俗。

张德福竭力镇定，可眼底已经流露出了畏怯。

"我马上就有钱了，咱们下面说。"他颤着嗓子。

"等着离婚分财产啊？"那人嗤笑，眼底不屑。

"你从唐家捞过多少好处，狗还知道报恩，你连狗都不如！"

"反正都要离婚了，不如趁机敲一笔竹杠是吧？"

"……"

张德福语塞，那点龌龊心思被当众拆穿，自然难堪。

"我们虽然算不得什么好人，也不会无理取闹，我们这里都有他借钱签的字据……"那人说着就从口袋摸出了几张纸，观众只能依稀看到一些签名和按的手印。

可既然他们敢公开拿出来，加上张德福的表现，八成是真的。

"没想到私底下是这么个垃圾？这种人说话能信吗？"

"唐先生也是好性子，还帮他还钱？"

……

张俪云不是傻子，这两人上台时，现场观众和她一样，都是一脸蒙的状态，可现场的工作人员本该维持秩序，却丝毫未动。

整场局势操控在谁手里，显而易见。

一夜造势，短短数秒，就被打回原形。

要说狠，还是唐云先，打蛇打七寸，他这招，拿捏得非常精准。

张俪云看向远处的人，此时灯光落在他身上，斯文儒气，偏又冷漠得好似没有一丝人情味儿。

"是唐先生！"

一人高呼，众人视线转移，棚内气氛瞬间被点燃。

唐云先面色从容，信步走过去，可他的到来却带动着棚内的气氛，瞬时紧绷到了极致。

此时节目负责人小跑过去问道："唐先生，需要清场吗？"

"不用,既然他们想让大家评理,那就摊开说,我也想看看,人可以无耻到什么地步。"

唐茉站在边上,无措恐慌,抓紧了张俪云的手。

而张德福此时也反应过来,要债的突然出现,这要是没人带进来,他们压根进不了录影棚,看向唐云先,顿时气得目眦欲裂。

"唐云先,这些人都是你找来的,你故意的,你想害我!"

唐云先笑而不语:"是我逼你去赌钱,逼你借钱,还是我逼你给人打欠条?怎么就变成我害你了?"

他声音并不高,为了听清他的话,棚内所有人都敛声屏息。

"可能我唯一做错的事,就是帮你还了一部分钱,那时候倒不如让他们……剁了你的手!"

轻飘飘几个字,听得观众心惊。

"你……"张德福气得身子发抖。

"你每次都痛哭流涕保证不再赌,还写过保证书,签过字按了手印,如果你说这些都是我害你,那我也无话可说。不过有件事我承认,这群人就是我找来的。"

"你看!"张德福好像瞬间抓住了把柄,立刻叫嚣起来,"你们看看,他承认了。"

唐云先却轻轻一笑:"对付无耻之人,自然要用非常规手段,毕竟由我出面……太掉价了。"

张德福瞬时又是气得脸青。

此时观众席已然议论纷纷。

"这真的是无耻啊。"

"唐先生真不该帮他,这种人活着也是浪费空气。"

"想想他刚才说的那些话,我真是要吐了。"

唐云先手中有字据,还有债主在场,张德福人品受到质疑,说话就没可信度了。

"这种屡教不改,嗜赌成性的人,说话就和放屁一样,别说一个字了,标点符号都不可信!"

风向急转,大家看向那三人的眼神都变得非常诡异。

既然唐云先肯帮张德福擦屁股,那张俪云母女在唐家日子必然不会太难过。

197

现在跳出来，原因只有一个……为了钱！

眼看形势陡转，无法收场，张俪云硬着头皮走向唐云先："云先，那个……"

"我们的婚姻开始就不单纯，各取所需，这些年我们唐家有没有亏待过你们，大家心底有数，我自己问心无愧。关于离婚，别人不知，你我心底都有数，这种事原本对女方影响就比较大，我才决定低调处理，为什么闹上法庭，被我赶出家里……"

唐云先冷冷一笑。

"医院闹事，还试图赶走我的客人，被打不也是活该？"

医院闹事？大家看向张德福，这不要脸的东西不是说去探病被打了？这垃圾玩意儿，嘴里还真的半句真话都没有！

"现在闹到媒体面前，本来也不是我的意思，不过接下来，还有一些事，我觉得当着大家的面说挺好的，免得有人锒铛入狱……反过来说我们唐家故意栽赃，仗势欺人！"

张俪云母女听到这个字眼，皆是神色大变！

"你说什么！"张德福做了不少亏心事，以为唐云先要动自己，立刻紧张起来，"你别仗着有点钱，就故意搞我们。"

唐云先声音淡淡，却字句深沉道："在我让你难堪之前，我给你机会自己说。"

另一侧角落，有人隐在暗处，下意识搓着手指。心理战，玩得很溜，挺绝的。

谁也不知道唐云先手里有些什么东西，贸然冲出来，如果不是自己的问题，等于自投罗网，如果真的是自己，后面被戳穿，那更精彩。

那三人各怀心思，就看谁的心理防线先崩溃了。

"爷，我们不出手？"

"不急，唐家的事，自家处理最好，不要抢了唐叔叔的风头，我们适时说话，刷个好感就行。"

您确定您的言语，不会捅"死"他们？

唐云先说的锒铛入狱，四个字杀气太重。

气氛瞬时紧绷，所有人屏着呼吸，仿佛一点动静，都能引爆整个摄影棚。

焦点中的三人皆是浑身哆嗦，棚内灯光打过来本该很热，三人却好似齐齐堕入寒潭，浑身都冷。

"怎么？不主动说？等我开口，性质就不同了。"唐云先越是从容，做贼之人越心虚。

没人知道他手里到底攥了什么样的牌。

"你主动说，警方那边应该还能算主动投案，可能量刑的时候，还能考虑轻判一些，如果等我出手，就不是一回事了……"

他声音温柔，甚至有些慢，却像一把软刀子一寸寸捅进去。

三人饶是故作镇定，眼底还是露了怯，尤其是唐茉，居然害怕得在发抖。

"到底出什么事了？"底下观众一脸蒙，居然还扯到投案量刑。

"不知道，要是真的犯了事儿，还敢上电视？胆子太大了吧。"

"现在这社会，不要脸的人多了去了。"

……

就在气氛紧绷时，张德福忽然悍跳出来："唐云先，你吓唬谁呢，别太欺负人！"

张德福本就心虚，刺激两下就彻底绷不住了，加上今天在这么多人面前丢了脸，脾气上来，冲过去就要打人。

暗处的江锦上眯了眯眼，他们毕竟离得远，救不了近火，只有棚内电视台的工作人员先跑过去阻拦。

底下观众没想到有人敢动手，刚惊呼出声，就瞧着唐云先也动了手，抬起一脚，冲着他的肚子，铆着劲儿，一脚过去！

张德福肥硕的身子瞬时被掀翻在地。

观众的惊呼都没溢出口，就被堵在了嗓子眼。

张德福也是气急败坏，从地上摸爬起来，又朝唐云先扑过去，只是他肚子剧痛，力气被卸了大半，等着他的就是迎面一拳，顿时他整个人撞在地上，疼得冷汗直流。

此时棚内的工作人员以及江家人都冲了过去，江就动作最快，一马当先，气得江措直跳脚："就你跑得快！"

落后的江措为了表现，冲过去时状似无意地踩了下张德福的手腕，疼得他哀嚎出声。

唐先生下手真轻，要不然这坏人怎么还有力气叫得这么大声？

趁乱，他又踩了两脚！

199

唐云先不是练家子，就算下手狠，打的也不是什么致命致疼处，可江措不同，冲着最疼的地方下脚，疼得张德福差点灵魂出窍！

是谁趁乱搞他！？

可此时他已经痛得说不出话，被人按在地上，唐云先则抬手抚了下衣袖："不要把别人的客气当成你肆意妄为的资本，你还真以为我不敢对你动手？"

众人腹诽：您何止是敢动手啊，下手还挺狠。

一侧的张俪云母女显然没想到张德福会出手。

看到他被几个人扭打着按在地上，也是呼吸微喘，满目骇然。

可能棚内太热，唐云先脱了西装外套。

他的动作很慢，解开领口的两粒扣子，嘴角微微勾起："刚才我已经给过机会了，既然没人站出来主动承认，那就只能由我主动了。"

张俪云和唐茉被张德福这波操作给惊呆了，都没回过神，唐云先已经开了口。

此时谁再想站出来说些什么，都为时已晚。

所有人都以为唐云先会说出什么惊世骇俗的话时，他却并未开口，而是他的助理小蔡领着人走了出来。

那几人身着制服，灯光照过去，帽檐上的警徽在暗处仍熠熠生辉。

"是警察！"离得近的观众小声说着。

大家对警察都有着本能的敬畏，录影棚内气氛又是静默诡异。

警察后方，还跟着一个人，双手缚在身前，上面搭了一件衣服，在看守所多时，头发剪了，人也憔悴不少，可他从前太混账，刚出现，就被人认了出来。

"何岸！我的天，他来干吗？"

张俪云这个角度根本看不到人，听到人群中有人喊何岸，本就惨白的脸色，更是蒙了层寒霜。她浑身力气都好似瞬间被抽干，双腿发麻绵软，无力支撑身体，就连表情都无法自控。

"妈？"唐茉也是蒙的，以为何岸过来，可能是要揭穿她之前与他合伙将唐菀骗到酒吧的事，惊诧之余，却发现自己母亲好像比她更害怕。

"您怎么了？"

张俪云身子遏制不住地发颤。唐茉摸着她的手，发现冷得彻骨，自然更加担心："您是不是哪里不舒服？"

"我没事。"张俪云呼吸急促，整个人的心态几近崩溃！

很快几个警察已经押着何岸走到了唐云先身边。

何岸之前被江家人暴揍，又挨了唐云先几下，直接被送了进去，身形极度消瘦。

他看到唐云先，身子忍不住瑟缩下，不敢与他对视。

江锦上站在暗处，眯眼看他：

瞧他如此落魄凄惨，他也就放心了。

观众席本就混着一些记者，他们嗅觉更加灵敏，看到何岸，想起他被关后，相关的事情火速被处理，当时所有人都在猜，他得罪谁了，需要这么狠打压。

此时可能水落石出了……他八成是碰了唐菀！

只是他们不理解，警察这时候带何岸过来干吗？不过联想唐云先之前的话，难不成是唐家出了内鬼？

而接下来，警察的动作也验证了他们的猜想。

其中两人直接走到张俪云母女面前。

"张女士，您涉嫌一起强奸案，麻烦您跟我们回去接受调查。"

全场哗然，观众席爆发出一阵倒吸凉气的声音。

张俪云头皮发麻，双腿一软，心态彻底崩了！

她下意识看了眼唐云先。

他正抬手理着衣服，还是那么优雅得体。

警察带了何岸过来，他们口中的案子，自然和他有关，张俪云涉案，信息量太大……

棚内在经历短暂的死寂后，底下就炸了。

"何岸动的是唐菀吧？然后后妈和他一起……"

"我还在想何岸是得罪谁了，要往死里搞他，这要是谁动我女儿，我能和他拼命！"

"所以是内外勾结，然后想把唐小姐给……'最毒妇人心'用在她身上，一点都不过分。"

"想想她之前接受采访，问她唐小姐的事，支支吾吾，现在看来，简直又当又立又婊。"

……

"妈？"唐茉也一脸蒙，她以为警察是奔着她来的，不承想……"警

201

察叔叔,你们是开玩笑的吧。"

何岸这个人渣,怎么会和她母亲扯上关系,压根就没说过几句话啊!

张俪云大脑一片空白:"警察同志,你们是不是搞错了。"

"张俪云对吧?"警察和她确认身份。

"嗯。"

"那就没搞错,何岸已经把事情跟我们交代清楚了,他想戴罪立功,争取宽大处理,他说之前那件事,你是他的同伙。"

"不是,我没有!"张俪云否认得太快,声音又急又大,着急撇清关系,反而更惹人怀疑。她平时再冷静,遇到这种事也难免慌乱。

"你有没有,跟我们走一趟就知道了。"警察可没时间和她废话。

"何岸这种人说话怎么能信,他是个什么东西大家不清楚吗?"张俪云想给自己开脱,自然什么脏水都往何岸身上泼。

何岸本也是个急脾气,饶是被关了几天磨了性子,听到这话也炸了。

"张俪云,你算个什么玩意儿,你还有脸说我?"若不是警察按着他,他可能会直接冲过去。

"我承认,我做了很多混账事,也的确不是个东西,可这里,就你最没资格说我!唐菀就算不是亲生的,好歹你们一起生活这么久,明明是你为了你自己女儿,和我里应外合,想毁了她,我是一时色迷心窍,而你是真的自私阴毒。"

"何岸,你放屁!"张俪云气急败坏,"我如果真的是你的同伙,你怎么不早说?现在跳出来,你确定不是受人指使?"

张俪云看向唐云先,笑容惨淡:"呵——我知道了。"

"你们两个人是不是私下达成了什么交易,只要何岸站出来把我咬死,你就放他一马?只要我进去了,离婚分财产自然没我什么事。财产保住了,还卖了面子给何家,唐云先,你真不愧是商人,真是精于算计,算盘打得真好。"

观众都蒙了,大家都不是站在上帝视角,本就不明就里,关于唐云先的阴谋论一出,所有人后颈一凉。

难道是唐先生设套?

因为何岸的确不是什么好东西,大家对他说的话,本就半信半疑,所以一时真的蒙了。

唐云先倒是没所谓地一笑:"原来有些人的无耻底线,是可以被不断刷新的！"

"我可以配合警方调查，可你指控我，也得有证据，要不然当着这么多人的面栽赃，我会告你诽谤！"

张俪云与何岸见面时都非常小心，所以她笃定他们拿不出证据。

"我有证人！"何岸咬牙。

"该不会是你身边的人吧？警察同志，这能作为证人？"张俪云笑得讽刺。

何岸当时没有第一时间告诉唐云先，也是事出突然被吓蒙了，准备兴致高昂去搞事，已经被江锦上吓得腿软，又蹦出个唐云先，被警察带回去问话，他是真的蒙了。

后来何家律师到了，何岸冷静下来，说出了前因后果，律师就建议他别供出张俪云。

是临时起意犯案，还是蓄谋已久犯罪，这是法官量刑的参考依据，如果张俪云被供出来，那就存在主观故意，她要拉个人下水无所谓，只怕自己也会被判得更重。

而且张俪云当时也是唐家人，如果是同伙，担心自己败露，还能帮他一把，有可能说动唐云先不追究，可现在都闹离婚了，压根帮不了他。

何家最近也托人找了不少关系，求人说情，唐云先不为所动，根本是准备往死里打压他，油盐不进。

可他现在要对付张家人，如果何岸能帮他一把，可能事情还有商量的余地，而且主动配合指认同谋，也能争取宽大，他这才跳出来。

没想到张俪云这么难缠。

"当时是你因为唐茉的事找我，求我放过她，说帮我和唐菀牵线……"何岸想解释。

"证据呢？"张俪云说得有恃无恐。

唐云先手头并无证据，他却不急，因为只要警方介入，人过留痕，肯定能找到蛛丝马迹。就算警察找不到，何家想给何岸争取宽大，也会拼命找线索！所以找证据，从来都不是他操心的事。

唐家都这么乱了，何岸不可能这么蠢，何家也不会让他此时出来瞎搅和。

"张俪云，你要不要脸！"何岸气急。

……

双方各执一词，僵持不下的时候，有人从暗处走出来。

"张女士，您是要证据吗？"

那人声音温缓而轻，就像是湖面落了簌簌的雪，悦耳清洌，入心之处，确也凉意渗骨。

众人看过去，只瞧着那人身影单薄，依稀看到他身姿落拓，身长玉秀，离得近的观众，似乎还能看到他冷白的皮肤，几乎是没血色的。

那地方，棚内灯光几乎照不过去，光影交叠处，人生佛魔间。

外人不识，可接触过的，都清楚，这是——

江家五爷！

张俪云知晓阴影处站的人是江锦上，当时就暗想大势要去。

果不其然……摄影棚内到处是录放设备，很快关于张俪云和何岸蓄谋的录音，就从棚顶响起，被播放出来。

……

"那你想怎么办？"

"今晚谁在医院守夜？"

"你该不会是想，这里是医院……"

"我打点好了，今晚你把她一个人留下就行。"

……

"就是这个，我们当时的对话！"何岸立刻跳出来。

众人骇然，张俪云这是"求锤得锤"，这锤子还挺重，是要砸死她啊。

江锦上并未走出去，只是隐在暗处，他并不需要太招摇，更不需要当众露脸，只要唐云先知道是他做的，刷了好感就行。

江家人只能感慨：五爷这刀子补得可真是狠。这张俪云就算没被捅死，怕也没剩多少气了。

平江电视台外。

门口几个保安，三三两两凑在一起，晒着太阳在聊棚内发生的事。

"……听里面负责安保的兄弟说，录音都出来了，这后妈心肠真够歹毒的，之前接受采访就觉得不是好人。"

"她要是好好过日子，唐家也不会亏待她们，就是太贪。"

其中一人刚想说话，就瞧着一辆车子停在了他们面前，后侧车窗降下："不好意思，打扰了，问个路。"

声音温温软软，几人再定睛一看，皆是心头一颤：“唐……唐小姐？”

"录影棚在哪里？"

"就那边……"保安指了路，车子从他们面前驶过，几人才缓过劲儿。

其中一人一拍大腿："我的天，她身边坐着的不是……"

此时棚内录音还在回荡，张俪云的脸在灯光下，毫无血色，身子猛地一晃，好似枯枝，风一吹就能拦腰折断。

所有人面面相觑，瞠目结舌。

张俪云看向江锦上那边，晦暗中，好似有双眸子锁死了她，嘴角似乎缓缓扬了下。好似在说：你要的证据，我给你了，满意吗？

底下的讨伐声伴随着录音不断响起。

"居然真的有证据？太无耻了。"

"刚才还振振有词说唐先生精于算计，自己歹毒，还给别人泼脏水，太可怕了。"

"之前案子说是强奸未遂，我都不敢想要是成功了，现在会是个什么情形。"

……

"爷——"江措早已走到江锦上身边，"录音放了四次了，要关掉吗？"

"我怕她听不清，放个十遍再关吧。"

这等于是在给张俪云公开行刑，捅一刀还不够，还是多捅几次，生怕她死得不够透彻。

江锦上眯眼看着台上：不多放几次，她怎么会知道痛？

唐茉看向自己的母亲，好像一下子不认识眼前的人了。

就连被制服的张德福都吓得蒙了，偷鸡摸狗，泼皮耍赖他在行，这种会坐牢的事，他还真不敢。

录音戛然而止后，何岸就亢奋起来，自己可能真的能靠这个争取到宽大处理："警察同志，这就是我们当时的对话！是真的！"

"我知道！"

一个民警朝着江锦上那边走过去，他并不认识江家人，客气道："先生，您能把证据交给我们吗？并且跟我们回去协助调查。"

原本还很嘈杂，忽然一道女人尖细刺耳的声音划破整个录影棚。

"不是真的，假的，伪造的！他们是一伙的——"

张俪云自认为行事非常谨慎,哪知道被人录了音,她可不想坐牢,人的求生本能下,就算知道将死,也要挣扎两下:"录音是假的,不是我,这个不是我!"

她声音过分尖锐,声嘶力竭,棚内瞬时悄寂无声。

"妈?"唐茉离她很近,被她声音吓得有些呆滞。

自打进了唐家,她过的就是富太太的生活,出现在人前,哪次不是优雅得体,谁都没见过她如此歇斯底里的模样。

场面过分安静后,那道如落雪般悦耳却冷清的声音再度响起。

"孰是孰非靠的不是音量大小,你刚才说要告唐先生诽谤,如果证据鉴定是真的,你现在的行为,我是不是也能告你污蔑?证据是要提交给警方的,制造伪证是犯法的,为了你,我犯得着把自己搭进去吗?你未免太给自己脸了。"

"你们家弄点手段很难?"张俪云在江锦上手里吃了不少次亏,也是憋着一口气,说话语气越发尖酸刻薄。

"我们家就是有点小钱,也左右不了司法,你把我们国家的司法部门当成什么了?你是觉得今天来的警察都是被收买的?"江锦上轻笑,"污蔑公职人员,张俪云,你是真想把牢底坐穿吗?"

张俪云被一噎,连带民警看她眼神都不一样了。

他们秉公执法,这脏水怎么就莫名其妙泼过来了。

江锦上轻笑着:"再说说唐叔叔吧。警察都跟来了,唐叔叔却说给你主动自首的机会,作为夫妻,就算要离婚,他也算念着情分了,争取给你宽大处理,机会给了,你自己不珍惜,却跳出来反咬他一口。给狗吃东西,它们尚且知道摇尾,吃了东西还跳起来咬人的畜生,真的挺少见的。"

大部分观众都看不清江锦上的脸,只觉得他声音温和悦耳,只是这话却仿佛一把刀子扎得却又深又狠。这人嘴巴也是挺毒的。

大家仔细想来,警察既然都跟来了,唐云先却说让他们做错事的自己站出来,明显是在给她争取宽大处理的机会,还被骂了……这家人还真不是个东西!

所有人看她的眼神越发鄙夷不屑。

这些事唐云先自己肯定不会说,从别人口中得知,众人才觉得,唐先生真的是个挺温柔挺好的人。

江家人站在边上,皆是面无表情。其实唐云先的用意他们不得而知,可能就是玩了一出心理战，想让张俪云自己跳出来给她难堪，可被江锦上美化了一番，整个人的形象都被拔高了。

这波好感刷得实在厉害。

"张女士，那请您跟我们走一趟吧。"民警示意张俪云跟自己出去。

"警察叔叔，这里面肯定有些误会的……"唐茉急红了眼，眼前这情况已经被唐家闹成这样，母亲进去了，她还剩下什么啊！

"有什么误会我们回局里说，是非对错，肯定会给她一个交代，如果真的是误会，我们也不会冤枉她。"

民警刚被泼了脏水，说话也是冷冰冰的。

唐茉呼吸急促，知道拦不住警察，只能转而看向唐云先："唐叔——你救救我妈妈。你们一起生活那么久，这件事里面肯定有些误会。

"何岸是什么人，您也清楚，她肯定是迫不得已的。

"您放她一马，唐叔叔——"

唐云先抿了抿嘴："我救她？那菀菀这委屈就白受了？"

"别愣着了，走吧！"警察可不管这些，带着张俪云就准备走。

"唐叔叔——"唐茉性子本就急，越急越乱，直接脱口一句，"反正她又没事，这么多年夫妻一定要做得这么绝吗？"

众人错愕，这话怎么听着这么难听，什么叫没出事……

唐云先更是眸子一沉。

就在警方要带走张俪云的时候，唐茉忽然挡在他们中间："我不许你们带走她！"

"你阻挠我们办案，我们是有权力……"

民警话没说完，就听得后侧传来一道低沉喑哑的声音："好一出母女情深，既然舍不得你母亲，要不就跟着一起去……和她做个伴！"

众人扭头时，离得近的人已经看清了来人是谁，瞠目结舌。

不是说病重垂危……怎么醒了？

唐茉听到那熟悉的声音，急火攻心，眼前一黑，只觉得天旋地转。

只闻其声，因为不熟，大部分人都不知来的是谁，都探着脑袋想看清来人，却瞧着唐云先快人一步走到入口处。

"爸，您怎么来了。"他说着，还深深看了眼他身侧的人。

唐菀下意识缩了下脖子。

"你看她干吗，事情又不是她告诉我的！"录影棚本就不大，说话

207

间人已走到了灯光所及处。

唐老拄着拐杖,鹤发白须,穿着略微厚实的唐装,住院太久,身形消瘦,让他五官变得越发犀利深刻。

虽有人搀扶,他走路动作也极慢,略一抬眼看向不远处的张家几人。浑浊暗沉的眸子,迸射出的凌厉,吓得几人皆是一颤。

"是唐老吧?什么时候醒的?不是都说他生命垂危,从京城请了好几拨专家过来?"底下人小声嘀咕。

"这我哪儿知道,我只觉得他方才说什么母女做伴,别有深意。"

……

唐茉原本就是挡在张俪云前面的,她身形一晃,浑身发抖的模样,自然尽数落在张俪云眼里。

"茉茉?你没事吧!"张俪云伸手扶住她,才避免她摔倒,毕竟活了这把岁数,对女儿又了解,一看她瑟缩的模样,再回味老爷子方才的话,张俪云脑子"轰"的一声,直接炸了。

她立刻想到老爷子出事,她要去医院,让唐茉跟她一块儿,唐茉死都不肯,后来得知老爷子昏迷不醒,神情也颇为诡异。

只是当时老爷子突然住院,家里也乱糟糟的,她就没多想,现在越想越蹊跷。

"你不会是……"张俪云都不敢往深处想。

而此时江家人却忽然出现,不知从哪儿给老爷子搬了张椅子,还贴心地弄了个坐垫。

"小五呢?"老爷子也没客气,坐下后询问江家人。

"在另一边。"江家人指了指某处。

老爷子点头,趁着唐云先扶他坐下的间隙,低声说了句:"你瞧瞧人家小五,细心又周到,不爱出风头,低调内敛,我看人眼光怎么样?"

唐云先也不可能现在反驳他,只能笑着说:"您眼光一直很好。"

"那说定亲,你为什么不乐意?"

唐云先语塞:"爸,现在不是说这个的时候。"

"我知道,不用你说!"

"……"

唐云先语塞,考虑他的身体,还只能赔着笑。

唐菀站在一侧,淡定如常,他爷爷喜欢江锦上不是一天两天了,做出什么事情她都不觉得奇怪。

她偏头看了眼江锦上所在的方向，他半边身子隐在暗处，五官都是混沌模糊的，只是那双眸子好似也在看她。

深沉，眼神滚烫。

唐菀心头一跳，飞快地收回视线。

唐老坐下后，双手扶着拐杖，这才笑着看向边上几个执法的民警："同志，我可能要倚老卖老了，有些话和他们说，能不能通融几分钟？"

"您请。"唐老的面子肯定要给的，而且他说话非常客气，张俪云又跑不掉，耽误点时间也不打紧。

张俪云却突然拽着唐茉走到老爷子面前："你给我跪下！"

众人皆是一愣，就连唐菀和唐云先都略微抬了下眼，不明所以。

"你还愣着干吗，赶紧跪下，给爷爷认个错！"张俪云恨铁不成钢，气急败坏。这都什么时候了，要什么臭脾气啊。

唐茉性子很倔，有错也不肯认，况且此时放眼过去，周围都是人，这时候跪下，她这辈子都别想抬头做人。

"你这臭丫头……"张俪云气得甩手打她后背。

"姐，你干吗打孩子。"张德福突然挣脱束缚，伸手拦住她。

唐老摩挲着拐杖："骨头挺硬的，跪下什么的就不用了，本来我也不是她亲爷爷，受不起。"

"她当时肯定是……"张俪云护女心切，想帮她辩解。

"你知情？"老爷子看向她，眼风如刀。

"我……"

"我妈不知道！"唐茉双手抓着身侧的衣服，为了今天上镜好看，她今天也是精心装扮了一番，此时身子发颤，毫无美感。

"是吗？"老爷子冷笑。

那笑容透着几分无奈，可落在唐茉眼里，就好像是讥诮嘲弄，积蓄已久的怨气忽然爆发……

"你也说了，你不是我亲爷爷，这么多年，你们压根没把我们当成一家人，从来都不用正眼看我！平时不管不问，可我要是做错了事，就担心我给唐家丢脸抹黑，脏了你们家门厅。虚伪至极！"

"唐茉！"张俪云急得眼红。

"阻止她干吗，让她说。"唐老倒是浑不在意。

"对,我什么都不如她!她是唐家正牌小姐,什么都好,拿得出手,我就根本带不出去!你从骨子里就瞧不起我们!"

唐茉激动得身子微颤,看向唐菀的眼神尤其怨毒。

唐菀倒是一笑:"你想让我们正眼看你,你也做点让我瞧得上的事情来啊!你扪心自问,刚进唐家时,我们对你怎么样?但凡我有的,哪样缺过你?只是爷爷和爸爸选的东西,可能审美和我们不同,送的东西,你是不是扔过!没人提过,不代表别人不在意。一腔热情喂了狗,任谁脾气那么好也不愿意热脸去贴冷屁股,就算你当时小,做事也要有分寸吧!一次两次,次数多了,爷爷说两句,你还板着个臭脸!这要是我,他早就揍我了,这世上没有人应该无条件对你好!就算有,你也要看看自己,到底配不配!"

谁心底还没怨气,唐菀有理有据,倒是把唐茉的脸怼得一阵青白。

在场的人几乎没人接触过唐菀,只听说她脾气很好,平江城名媛圈的翘楚,他们可不知,这杯看似绵软的酒……呛喉啊!

"刚才你母亲让你跪下干吗?"唐菀一直很聪明,一点就透。

这边的情况,他们也有所了解,现在做错事的是张俪云,和唐茉没关系,干吗让她认错。

"我、我……"唐茉唇齿打颤。

"你是不是对我爷爷做了什么?"唐菀忽然走过去,步步紧逼。

"没有!"唐茉说得虽然坚决,却没有半点底气。

"看着我!"

唐菀忽然提高音量,吓得唐茉陡然一颤,四目相对,一个灼灼逼人,另一个则畏惧闪躲。

唐茉心理本就脆弱,禁不起刺激,老爷子过来时,她已经吓得心慌意乱,被唐菀怼了一通,底下的人还对她一阵嘲笑,又惹得她心烦意乱。

此时唐菀逼近,两人身高本就悬殊,她气场又足,眼底像是燃了火,要把她点燃烧着。

崩溃之余,唐茉大喊了一声:"我又不是故意的!"

话没落地,紧接着就是一道让人心惊的掌掴声……又急又狠。

唐菀这巴掌打得太急,就是唐老和唐云先都愣了下,更遑论别人。她性子很好,最是温和,平素都极少与人红脸,更别说动手了,能让她动手的,那定然是真的被惹急了。

唐茉脸被打得歪在一侧，脸上火灼般，瞬时辛辣红肿。

"你再说一次，你什么不是故意的？"唐菀盯着她，如水潋滟的眸子，平静无波，可内里却掀起了滔天巨浪，老爷子毕竟年纪大了，经不起摔。

"那还不是他故意找茬，我不小心才……"唐茉刚扭头辩解，不承想迎面又是狠狠一巴掌，这一下更重，甚至于她眼前出现了短暂的花白晕眩。

"你再狡辩！"

唐菀眉眼温润，给人的感觉是温婉恬静，如此疾言厉色，倒是惹得不少人关注。

都说美人或嗔或怒，皆动人。

她此时给人的感觉大概就是这样吧，饶是这杯酒浓烈呛喉，还想尝一口。

江家人和她接触过一段时间，性子特别好，见她忽然动手，也是纷纷侧目，太烈了吧，他们下意识看了眼自家五爷，这两人在一起，唐小姐会不会"家暴"他们爷啊。

可江锦上却好似不为所动，眼底带着笑，宠溺温柔。

观众和电视台工作人员皆是狠吸一口凉气。

"这么凶？"

"谁要是碰我家人，我能和他拼命，唐小姐这算什么？我都觉得打得轻了，应该按在地上使劲扇。"

"她才多大，真是有其母必有其女，一样歹毒。"

……

唐茉此时脑袋都被打蒙了，哪里还敢说话。

估计她只要开口，唐菀就能再给她一巴掌，太疼，她真的怕！

"傻站着干吗啊，跪下道歉！"张俪云气急败坏，张德福站在一侧，算是彻底蒙了不敢乱动。

他以为自己已经够混账了，可杀人越货这种勾当他可不敢做，此时看她们母女，后背发凉，忽然就尿了，默默往边上退。

"我真不是故意的。"唐茉此时还在为自己开脱。

一直没说话的唐老轻笑："之前出了菀菀的事，被我训斥了两句，我知道你很不甘心，估计心里一直在怨我。"

酒吧的事，把老爷子惹急了，张俪云就希望唐茉多去老爷子面前转悠，刷刷好感，只是那几日连日阴雨，她去得也断断续续。

"我年纪大了,可能是唠叨了一些,也知道你听不惯,但我也是真的为你好。我是真不知道,你对我怨念那么大,敢那么做……"

唐茉脸若火烧,咬紧了牙:"我不过是问了几句,你就让我别总盯着别人看,我知道,那个人是她的客户,京城有名的阔少,我攀不上,我心里有数,不用你提醒!"

老爷子出事前一天,恰好祁则衍到唐家拜访,他出手阔绰,行事也高调,邻里街坊不少人看到,唐茉知道有这么一号人,就多问了两句。

唐老好心提点两句,不承想一转头,她就……

唐老摇头,神色颇为无奈:"那人并不好惹,他要是真能看上你,那我也不说什么……"

"你怎么知道他看不上我!"唐茉狡辩。

唐老无奈:"他那种身份,什么样的人没见过,你凭什么认为自己能得到他的青睐?"

唐茉语塞。

"要是惹急了,我都护不了你!"唐老说得直接。

祁则衍至今没绯闻,不是别人不想捆绑他炒作,是不敢,关于这点老爷子自然看得通透。

唐茉冷冷一笑:"你护过我?说得这么好听!"

唐菀轻哂:"我发现你真的身在福中不知福!"

她一开口,唐茉觉得本就火辣辣的脸,顿时更疼了。

唐菀轻笑着:"你和何岸对我做的那个龌龊事,那群人陆续被放出来,为什么没来找你麻烦,你以为是自己面子大?要不是爷爷找人说情,你以为自己现在能安然无恙?爷爷打了多少电话,让人卖个面子给他,你却做了什么?你那是谋杀!"

唐茉满面骇然,震惊得瞳孔微颤。

龌龊事?围观的人再度蒙了,这又是什么鬼?

"是不是酒吧被抓那件事?唐茉和何岸设局了……"人群中本就有记者,能把唐茉和何岸扯到一起的,就只有酒吧事件了。

这么一合计,众人恍然,如果真是如此,那张俪云当时支支吾吾,在记者面前为了帮女儿,居然把唐菀推出去,简直太不是人了。

难怪唐先生反应那么大。有因必有果啊!

众人议论纷纷,张俪云听到这话,头都炸了,看向一侧的何岸:"何岸，你骗我……"

当初就是因为这件事，怕那群小崽子找唐茉报复，她才和何岸做了交易。

如果她早知道老爷子把事情摆平了，她根本不会落得这般田地！

何岸脸皮厚，直接说："这件事每个人家里都知道，我那群朋友就算无所谓，他们父母可不这么想，事情能被压下来，你和我……都没那么大面子！是你自己蠢，来求我，说什么条件都答应我，我当时又想接近唐菀，就顺水推舟了。自己没脑子，你还怪我？"

"你个混蛋！"张俪云气急败坏，冲过去要打他。

"警察叔叔，这疯子要打我！"何岸倒是机灵了一次，立刻躲到了民警身后。

张俪云气得要疯了，自己当时是有多糊涂，才会被这个混蛋骗了。

"一家智障，唐家对你们可是真不错，只是人家做好事没说而已，居然千方百计想害他们，你们丧不丧良心！"

何岸还想争取宽大处理，希望唐家饶他一次，抓住机会，肯定使劲怼。

"唐茉，你更是个蠢货，为了融入我们，我让你打电话叫唐菀过来，你就打啊，明知道我要对她干吗，你还敢这么做。"

"说什么，别人没把你当一家人，可他们一直在帮你，更没害过你吧，你都做了什么？"

"还好意思上电视，真够厚颜无耻的，要不要脸。"

……

此时在场所有人也把事情理顺了，越发替唐家不值。

唐茉却好似听到了什么惊世骇俗的话，紧盯着唐老，嘴里呢喃着："不可能，不会的……"

她打死都不信唐老会帮自己。

而此时江措走过去，站在唐老后侧，俯低了身子说道："唐老，在您住院期间，还发生了一件事。"

"什么？"老爷子双手摩挲着拐杖。

江措眯着狐狸眼，欲言又止。

"都这样了，有什么事直接说吧。"

"您昏迷不醒的时候，唐茉曾去过医院，趁着无人，还想对您……图谋不轨。"江措声音并不大，只是棚内人很多，周围总有人听到了。

图谋不轨？换句话说，不就是趁着他昏迷，想弄死他吗！

"唐茉?"唐云先知道她推倒自己父亲,已经很震惊,没想到后面还有事?

"不是,我、我就是……"唐茉沉浸在巨大的震惊中,压根忘了这件事。

"你是怕唐爷爷忽然醒过来找你算账吧,所以去杀人灭口!"何岸也听到了,顿时后背发麻,"你是魔鬼吧。"

"我觉得自己已经够混账了,我就是有点色心,杀人这种胆子是没有的。警察叔叔,抓她啊,这种人渣不能放过!"

何岸叫嚣着。

"爷爷——"唐茉这次是真的怕了。

"你这死丫头,你到底在干吗啊……"张俪云自己要被抓,都没这么怕过,可一想到自己女儿要被抓,眼眶红着,眼泪就不停往下掉。

张俪云拉拽着唐茉,"噗通"一声跪在了老爷子面前。

"老爷子,看在我当年服侍过老太太的分上,您饶她这一次好不好?我求您了!"

张俪云再狠毒,也是疼女儿的,唐茉则是傻了眼,像个提线木偶,害怕得身子发抖。

"您要打要骂都行,求您放过她。"

唐老神色如常,哑着嗓子说了句:"有些人是不打不骂不成器,我对你严苛些,不指望你将来成什么大器,只希望你别走歪路……唐茉,无论你心里怎么想,既然进了我家门,我就拿你当自家人,自家孩子做错事,我就是觍着老脸,给人赔礼道歉也是应该的,这是我该做的。至于打骂,没必要了,你对我们家怨念太重,各归各路是最好的选择。"

"老爷子!"张俪云一听这话,身子剧颤,只觉得整个世界都变得天昏地暗。

"你放心,我没什么事,唐茉的事,我不追究,不过她以后变成什么样,就是她咎由自取,与人无尤了。"

江锦上站在远处,略微眯了眯眼。

老爷子年纪大了,最见不得生生死死的东西,况且唐茉年纪太小,也是心软了。

观众席所有人都安静着没说话,全场只有张俪云不断叩头道谢的撞击声:"谢谢您,谢谢——"

就在这时候,一直站在暗处的江锦上走了出来,绕到了唐菀身边。

唐云先略微挑眉：他什么时候过来的？为什么要站在我女儿身边？

"茉茉，你还愣着干吗，赶紧谢谢爷爷！"张俪云按着唐茉的脑袋，逼着她磕头道谢。谋杀啊，要是因此坐牢，女儿这辈子就算是毁了。

唐茉没想到唐老会放过她，整个身子机械而僵硬，看看眼前的唐家几人，就好似从未认识过他们一般。

不过他不追究，对她来说肯定是好事。紧绷了多日的神经彻底松弛，眼泪就止不住往下掉，就算此时再懊悔，也回不去了。

就在母女俩都松了口气的时候，江锦上忽然咳了下嗓子。

张俪云是被他搞怕了，一看他出现了，身子都忍不住颤了下。

果不其然，他开了口……最后时刻，狠狠捅了她们娘俩一刀。

"你们好像没有一点法律常识，刑事案，还是谋杀，这不是民事纠纷，就算当事人不追究，实施犯罪的人也要承担法律责任，检察院也能提起公诉。民事赔偿可以协商，但是否追究刑事责任，无权和解！况且你还是累犯，那不是小偷小摸，而是故意杀人！"

这母女二人，刚松了口气，被江锦上这刀子扎进去，真的直接去了半条命。

不是从云巅摔在地上，而是直接跌进地狱。

江锦上还生怕自己的话没说服力，看向一侧的民警："警察同志，我说的对吗？"

民警点头。如果杀了人，求得家属谅解，就能不受惩戒，那法律就没有一点威慑力了。

母女二人都茫然了，那她们该怎么办……

"行了，我们走吧，我有点累了。"老爷子拄着拐杖，唐菀立刻伸手扶住他。

"老爷子——"张俪云慌得六神无主，唐茉更是瘫软在地，双目呆滞，显然无论是身体还是心理……已全线崩溃！

"放着好日子不过，偏要作妖，其实唐家对她们不错的。"

"活该，不作死不会死，老爷子是真的心软，都这样了，还不追究？"

"两个人都进去了也好，还能做个伴。"

……

所有人又是一阵唏嘘感慨。

江锦上随着唐家人出去后，老爷子身体不好，先扶他上了车，唐云先刚要坐进去，却发现老爷子挂着拐杖，不停戳他的腿。

"你坐别的车，让小五过来，他是我的救命恩人，我有话和他说。"

唐云先没法子，只能把位置让给了江锦上。

"唐叔叔……"江锦上咳嗽着，一脸抱歉。

"没事，我爸让你坐你就坐吧。"

唐菀则坐在老爷子另一侧，一手一个，唐老倒是难得眉开眼笑。

唐云先上车后，低声问助理小蔡："打个电话去医院问一下，是谁把今天的事情泄露出去的。"

唐老是昨天醒的，这一情况并未对外说，为了他的身子，唐云先离婚和张家人闹事都没告诉他，想自己低调处理好再和他说，也提醒别人不要声张，让他静心养病。

到底是谁泄露了风声。

小蔡蹙眉，摸出手机打电话："老爷子过来我也是吓了一跳，医生都说他不能动怒，我真怕他……"

若是再出点事，这责任谁也承担不起。

唐云先抿了抿嘴，想着今天的事，也是颇多感慨。

"先生，可能是有些医护人员不小心说的吧，或者是江家那小祖宗不小心透露出去的。"小孩子忘性大，说话也随心。

"那孩子挺聪明的，我叮嘱他好几次，不一定是他。"

唐云先看向窗外，他倒想知道，到底是谁嘴巴漏风！

他找人打听，是谁把风声泄露给了唐老，而电视台录影棚这边也没消停。

虽然这只是节目录制，并非直播，唐家却没遏制消息传播，发生的一切，早已被混入人群的记者早早传到了网上。

【唐家豪门恩怨，现代版的农夫与蛇。】

【震惊！昔日名门贵妇，今日银铛入狱。】

【唐老昏倒另有隐情，凶手竟是……】

……

各种标题充斥着网络，闻风而来的记者和看戏的群众早已挤满了电视台。

饶是警方准备再充足，当他们押着张俪云母女出去时，还是遭到了某些群众的攻击。

"太歹毒了,唐老那么好的人,居然都敢对人家下这种狠手,恩将仇报,不得好死!"

"你连以前唐夫人的一根手指头都比不上,麻雀就是飞上枝头,也不是凤凰。"

"警察同志,两次谋杀唐老,就算不判死刑,也要终身监禁吧,吃穿用度哪样不是唐家的,养不熟的白眼狼。"

群众议论纷纷,而唐茉压根没见过这种阵仗,垂着头,浑身瑟瑟发抖,一听人群中爆出"死刑"两个字,脚下一滑,直接从楼梯上栽倒。

民警一边要疏散群众,一边要押着她们,也是没顾上,唐茉就这么直直栽下去。

周围人离得近,有些过分激进的已经冲过去踩了两下。

"茉茉——"张俪云心疼却又没法子。

唐菀此时还坐在回医院的车上,关于唐茉失足被踩踏的消息已经传遍了网络,周围有民警在,出不了人命,只是皮肉苦肯定少不了。

她余光一扫,就瞧着自家爷爷正拉着江锦上的手:"……小五啊,这次的事真是多亏你,要不然我这把老骨头就是没摔死,那么冷的天,怕也要冻死了。"

"这是我应该做的,您真不用这么客气。"

唐老打量着江锦上,是越发满意顺心:"原本留下你是在平江养病的,没想到一直麻烦你。

"我听说菀菀他爸没回来时,都是你在医院照应着,何岸那小子想对菀菀不轨,也是你及时出手阻止了,你说说,光是这些事,我们唐家都没法回报你啊。

"救命之恩又不是小事,告诉爷爷,你有没有什么想要的,只要我能办到的。"

江锦上下意识瞥了眼唐菀。

四目相对,唐菀心头一跳:看我做什么?

老爷子本就敏锐,察觉他眼神越过自己,看向自家孙女,刚准备说话,唐菀手机忽然振动起来,她飞快接起:"喂——外公……"

江锦上紧抿着嘴,这肯定不是什么张家人,张俪云父母早逝,只有姐弟俩相依为命,所以……唐菀还有亲外公?

这家人没露过面,唐家也极少有人提起,江锦上倒是没在意过。

"……我这边没什么事,都处理好了,您那边应该很晚了吧,您早点休息。"

唐菀挂了电话后,唐老才解释了一句:"菀菀母亲走后,当时她家就这么一个孩子,她外婆差点跟着去了,也是怕睹物思人,早年举家出国了,一年就回来两三次,其实她爸这次出去,也不全是工作。这马上年底,估计又去那边跑了一趟,我才让他别急着回来,留下陪陪他们……"

江锦上点头,白发人送黑发人,人生大悲!

如果是独女的话,那打击可想而知。

可能是提到唐菀生母,车内气氛有些沉闷,江锦上也没多问,只是岔开了话题:"唐爷爷,您跑出来经过医生同意了?"

老爷子忽然看向窗外:"小五,你看到那个古城墙没?据说有一千多年历史了。"

江锦上:"您这是在转移话题吗?"

唐老悻悻笑着:"很明显?"

唐菀:只要不是傻子都看得出来吧!

江锦上:"周叔脾气不大好。"

周叔自然指的就是京城来的医学权威——周仲清,以前给江锦上看病的那位。

唐老一听这话,冷哼着:"他还能把我怎么着,我也是有脾气的人!"

医院内,江江正摆弄着身边的模型玩具,扭头看着身侧的人,说要给他削苹果吃,这苹果被他削得只剩核儿了。

"祁叔叔?您没事吧。"

"我没事啊。"

祁则衍方才一直在想着电视台那边的事,得知解决了,暗恨自己没把握机会好好表现。可转念一想,看着空荡荡的床位,他头皮瞬间就炸了。

唐老醒来的消息,唐家对外瞒得密不透风,对唐云先来说,祁则衍肯定是外人,不可能通知他。

江锦上有私心,自然也不会告诉他。

祁则衍知道了电视台的事,他就是帮不上忙,去压阵助威也行,所以一早就把自己收拾妥当,冲到了病房。

当时就唐菀和江江在，老爷子躺在病床上吊针，看着好似还昏睡未醒。

他敲门进去，唐菀就皱了下眉：这人怎么又来了？

"祁总，五爷不在。"

唐云先先去电视台了，唐菀不放心他，江锦上就说自己跟去看看。

"没关系。"祁则衍心底那叫一个乐呵，不在才好，可是余光又瞥见某个小家伙，略微蹙眉，还有这个小电灯泡，"我知道你们家出了事，特意过来看看。"

"祁总，我们……"唐菀刚想阻止他，可某人嘴快，已经啪啦啪啦说完了。

"那家人太不是东西了，还想去电视台曝光你们，唐小姐，您有什么需要帮忙的直接说——"

祁则衍话没说完，就瞧见原本躺在病床上的老爷子直挺挺坐了起来。

"我的天！"吓得他一哆嗦，脸都吓白了。

这……诈，诈尸啦！

"什么电视台？"老爷子昨夜醒的，医生专家又过来给他检查会诊，又让他吃了点东西，折腾到后半宿才让他睡觉，祁则衍过来时，他的确晕晕乎乎没清醒，听到这话才噌地坐了起来。

"爷爷，没什么事，您别乱动，还吊着水呢！"

唐菀气结，这祁则衍怎么是个嘴巴漏风的。

后来的事，就完全不可控了，唐老可不好忽悠，直接换了衣服就要出去，唐菀只能跟着。

祁则衍刚要跟着走，就被唐菀阻止了："你留下照顾江江！"

"我……"

待两人走后，祁则衍才看了眼小家伙："江江，我是不是做错事了？"

小家伙认真看了他一眼："现在跑路还来得及。"

祁则衍还想追唐菀，怎么可能开溜，就只能在医院等死，唐云先本就想让他滚蛋了，他是不是完了，连菀菀看他的眼神都不对劲了……

几人回到医院时，老爷子精神状态还不错，他拄着拐杖，拉着江锦上的手直直往前走，唐云先则跟在后面。

儿子是什么东西？他不认识！

刚到病房，就瞧着周仲清穿着白大褂，手中拿着一本病历表，这人就是典型的学者样貌，沉稳儒雅，看起来极富亲和力。

219

"周医生。"唐老一笑。

"高血压,高血脂,颈椎肩周不好,风湿严重……"周仲清列举了一堆毛病,最后搁了病历看向唐老,"就您这身子,您出去跑什么?"

唐老和他只接触过两次,看着挺好说话的,江锦上说他脾气不好,他压根没放在心上,忽然被怼,老脸忽然有点臊得慌。

"其实我身体不错,打太极都没事。"

老爷子说着将拐杖扔到一边,屈膝抬手,做起势的模样,只是腰一转,病房里所有人就听到了"咔嚓——"一声骨头脆响。

周仲清眯着眼:"对了,您还有骨质疏松。"

唐老咬牙:我虽然年纪大了,可我不要面子的吗?

"需要我扶您上床吗?"周仲清挑眉。

"不用,我自己能行。"

唐老气闷,扶着一把老腰,挪着步,挨着床沿坐下。

周仲清看了他一眼:"身体是自己的,自己不在乎,永远都不要指望别人能为你负责。"

唐老咳嗽着,孩子们都在,也不给自己一点台阶下。

江家人站在一侧,皆是低头闷笑,这周医生以前都是和他家五爷打交道的,什么难缠的事没遇到过。

祁则衍站在一边,一直没说话,却忽然被唐云先叫道:"小祁也来了。"他语气轻松,带着笑。可祁则衍心底却警铃大作:"嗯,我来看看。"

"我还以为你已经回京了。你如果最近要走,我这边也没什么事,定了时间,我给你送行。"

祁则衍笑得难看。

"云先?"唐老蹙眉,祁则衍好歹是客人,又是唐菀客户,怎么说话的。

"爸,是这样的,您住院这几天,他天天往医院跑,而且每次来都不空手,一待就是大半天,这马上年底了,他应该挺忙的,我怕耽误他工作。"唐云先笑道。

唐老多精明啊,加上对自己儿子了解,听语气看神色也知道有情况,忽然一笑。

"我没什么事了,犯不着为我耽误工作,该回京就回去,云先,他在平江的食宿你照顾点。"

"我知道。"唐云先点头。

"这个……其实不用麻烦。"祁则衍心底还有些窃喜，果然唐家老爷子人不错的。

他正考虑要不要从他这里下手，只听他紧接着说了句："他要回去，这机票什么的，你也提前准备好，别耽误他回京。"

祁则衍：我还能说什么。他只好硬着头皮，说了句："谢谢。"

唐菀实在没忍住，差点笑出声："爷爷，我出去给您打点热水。"

祁则衍一看唐菀落单，刚想开口，唐老就冲他招了招手："听说你是拍电视剧的，这东西是怎么弄的啊，我活了这岁数，对这个还真不了解……"

唐云先在和周仲清说话，交流老爷子病情，压根没注意，唐菀刚出去，江锦上就悄无声息地从病房消失了。

倒是江江放下玩具，跳下凳子追了出去。

热水房内，唐菀正在专心接水，医院本就人来人往，有脚步声靠近，她并未在意，只是发现那人似乎靠得有些近，有黑影从后侧笼罩过来，才下意识转身。

她的鼻尖擦过他的衣服，整个人好似被他笼在怀里。

"是你啊。"唐菀舒了口气，虽然已经处理了张家的事，她的神色却未见轻松。

"吓到了？"江锦上垂眸看她，眼底带笑。

"没有。"

"还在想今天的事？"

"只是没想到唐茉胆子那么大，对我们家怨念会这么深。"

"她是贪心不足，总希望别人对她好，也不想想自己配不配。"

"五爷，最近发生这么多事，您真的帮了我很多……"唐菀话没说完，江锦上忽然俯身靠了过来！

她呼吸一沉，后侧开水还在流着，氤氲着热气透过衣服，烫着她的后背。

有点热。

"五爷？"她下意识想要往后，江锦上却忽然伸手拉住她的胳膊，两人距离本就很近，这么一拉，唐菀整个人就撞进他的怀里。

他身上透着股薄荷清冽的味道，撞得她呼吸一沉，心跳失序。

221

"和我说话,热水也不关?快溢出来了。"

江锦上伸手越过她,将开水关掉,几乎把她搂进了怀里。

唐菀从未和异性这般亲近,四肢僵硬,不知如何自处。

江锦上撤身离开时,她只觉得耳边吹过一阵热风,他贴着她的耳朵,低低说了句:"我帮你,那是我觉得……你配得上我对你好。"

他声音温和,却好似一点火星,在她心头燎起了一片野火,吹不灭。

唐菀心悸难耐时,江锦上已经错开身子,帮她将热水瓶弄好:"她们下场如何,都是咎由自取,与其想她们,不如多看看身边的人。"

他这话说得隐晦,好似是在说别人,却又好像在告诉唐菀……

多看一下我,好吗?

唐菀调整着呼吸:"我知道,五爷,我来提热水瓶吧。"

"一个热水瓶而已,没多重,你对我……"江锦上笑得无奈,"还是那么生分。"

唐菀愣了下,他们也算一起经历了不少事,这称呼的确生分。

看着他背影,她吸了口气,踟蹰犹豫着,糯着声音低低说了句:

"五哥——"

她声音本就温软好听,因为是第一次如此称呼,似乎没什么底气,更显软糯娇憨,听得江锦上心脏狠狠一跳,手指死死攥着热水瓶。

唐菀没哥哥,就算是认识些人,称呼赵哥、李哥,那感觉和这个也不同,她心跳得莫名有些快。

江锦上脚步顿住,喉咙滚动两下,心乱了。那声五哥入了耳,进了心,耳热心更烫。

"走吧,我们回去。"他哽着嗓子,故作镇定。

唐菀点头,心底有些懊恼,自己是不是太唐突了?而且……他走那么快干吗?不喜欢这个称呼?

江江迎面小跑过来,眉心皱起:他家二叔……耳朵是不是有点红?被热水熏的?

江江仰着小脸打量着自家二叔:"二叔,你的耳朵……"

"我听大哥说,你在家挑食,又不吃胡萝卜了?"江锦上语气轻松,可无人知道他此时心脏揪得多紧,跳得多快。

胡萝卜警告一出,小家伙脸一垮,五官拧在一起,站在原地,像棵凄苦、无人疼爱的小白菜。他下意识看了眼不远处的唐菀,似乎想找她给自己撑腰。

222

江锦上看穿他的心思，轻轻勾唇："没人喜欢挑食的小朋友。"

江江瘪瘪嘴："我一点都不挑食！"

说完还气呼呼地冲着江锦上冷哼一声……

"行啊，那中午带你去吃胡萝卜。"

江江："……"

唐菀过来时，看到江江垮着脸，忍不住问了句："怎么了？"

"没事啊。"江江心底也清楚，挑食不是值得炫耀的事，拉着唐菀往病房走。

路过江锦上身边时，两人眼神默然交汇，唐菀先别过头，懊恼自己刚才太唐突，而江锦上则心头又猛地狂颤两下，喉咙干涩发紧。

此时病房里，周仲清又给唐老检查了一下，因为他是昨天夜里醒来，许多检查都没法进行，今天又给他安排了许多体检项目。

唐云先带老爷子去检查身体，江锦上知道此时自己也帮不上什么忙，留下他们还得顾着自己，也是添乱，就打算带着江江出去吃午饭。

"需要帮你们带点吃的吗？"

"不用，我爸订了餐，待会儿就送来。"唐菀说道。

"则衍？"江锦上看向一侧的人，"走吧。"

告别后，几人刚进入电梯，祁则衍咬紧腮帮："我明天真的要走了。"

唐家人话已经说到这个份上，而且他的确有许多工作要处理，不可能真的无限期在平江滞留。

"这么快？"江锦上挑眉，故作惊讶。

江家人无语：您再装？您敢说听到他要走，不是在心里敲锣打鼓放鞭炮？

"也不快啊，都在这里待很久了，只是就这么离开太不甘心。"祁则衍好像做了什么重大决定，郑重看向江锦上，"我有点事要做，你去楼下等我。"说完就快步跑出电梯。

"二叔，祁叔叔干吗去啊？"江江不明所以。

江锦上摸摸江江的头："忙他的'大斗'。"

病房里，此时只有唐菀一个人在，人都走了，她就顺手把病房收拾了下，余光瞥见门口有个人影。

她还以为是自己花了眼，又瞧见人影晃动，才挑了下眉，略带警惕:"谁啊?"

如果是来探病的,不用如此鬼祟吧。

她还没彻底看清那人长相,却瞄到某人那标志性的偏分小油头:"祁总?"

"嗯?我的手机怎么找不到了?"祁则衍边说边进了病房,饶是佯装镇定,还带着一点局促。

"手机没了?"唐菀打量着他。

"是啊,刚才还在的。"

祁则衍真的没办法在平江久留,可让他就这么走了,又不甘心,就想和唐菀好好谈一下,最起码让她知道自己的心意,可到门口就怂了,这才偷偷摸摸不敢进门。没想到被唐菀发现了,就只能找了这么个蹩脚的理由。

他的助理小朱站在不远处,伸手捂着脸:我的老板啊,拿出你冲出电梯的那股干劲儿,直接冲啊,怂什么!

"我刚才收拾完病房,没看到什么手机,你确定丢在病房了?"唐菀挑眉。

"可能吧,我随便找找,你忙你的。"祁则衍咳了声,清了清嗓子,做着找东西的姿势,眼睛却一直落在唐菀身上。

"那个……今天唐老的事,抱歉了,我不知道他醒了。"

"没关系。"

"工作的事不急。"祁则衍摸了摸后颈,"照顾唐老比较重要。"

"嗯。"

"你也要照顾好自己。"

"……"

祁则衍一直在酝酿着情绪,他这辈子还没和女生表白过,所以一直在纠结挣扎。他努力深吸一口气,清着嗓子,抬手整理了下衣服,希望以最好的状态和唐菀表明心意。

就在这时候,一道突兀的手机铃声瞬时响彻整个病房。

铃声熟悉,还在嗡嗡振动着,而声音的来源就在他自己西装裤兜里。

祁则衍心里万马狂奔,心里有无数个小人在挠墙……他僵硬地扭头,就看到唐菀手中正拿着手机,显然这电话是她打的,他呼吸急促,面对大型打脸现场,尴尬得要死。

"手机找到了。"唐菀挑眉。

"原来在我自己身上啊,哈哈——"祁则衍笑容僵硬。他此时恨不能以头抢地,哐哐撞大墙,当场昏死过去。

"那什么,你先忙,我走了,锦上还在楼下等我。"他此时哪里还有心情谈情说爱,脸都丢光了。

"祁总——"就他即将踏出房门时,唐菀叫住了他,"其实您的心意我心里大概是清楚的。"

唐菀也不是傻子,这世上哪有无缘无故的好,而且祁则衍表现得着实有点明显。

"我目前只想照顾好家人,好好工作,其他事,还没任何打算。"

"……"

祁则衍只觉得自己心脏扑腾跳了两下,就被一枪击毙了。

"我就是来找手机而已。"他硬着头皮挽尊。

"那是我想多了,抱歉。"唐菀说得大方,没有半点拘谨。

祁则衍回到车上时,神色恹恹,活像一直斗败的公鸡,一看也知道被打击得不轻。

"挑明了?"江锦上一点都不担心他俩会有点什么,因为他看得出来,唐菀对他没什么意思。

"出师未捷身先死啊,我都没挑明,就被……"祁则衍靠在椅背上,好像浑身力气都被抽干了。

江江不明白他们在说什么,低头滑动着平板,认真看动画片,压根不在意他们的对话。

过了一会儿,祁则衍才偏头看向江锦上:"江小五,她说想先照顾家里人,所以没打算,那是不是表明我还有机会?"

江锦上给了他一个眼神:人家什么意思?你心里没点数吗?

"江小五,我明天就要走了,今晚请我喝酒吧。"

"好。"

"好兄弟,还是你对我好。"

祁则衍咬紧腮帮:失恋了,需要借酒消愁。

江锦上略微挑眉:情敌表白被拒,马上要滚蛋了,需要喝酒庆祝下。

当天晚上唐云先在医院守夜,唐菀到家时,江江正趴在茶几上,默写古诗,江锦上则坐在边上盯着。

"晚饭吃了？陈妈给你留了汤。"江锦上起身。

"姐姐好。"江江兴奋地喊着，刚准备放下笔，投奔唐菀怀抱，就被江锦上扯住了衣领："把古诗默写完，你还有二十道算术题，写完才能玩。"

江江无论怎么挥舞着小胳膊都挣扎不了，只能耷拉着脑袋继续写作业。

唐家没有小孩子，很少有这么欢乐的时候，她低声笑着，在玄关处换了拖鞋："我在医院吃过了，五……"

她想说五爷，又觉得已经喊过五哥，再这样真的太过生分，要是喊五哥，又怕江锦上不喜，话到嘴边又被咽了回去。

"你不是说约了祁总出去小聚？我回来你就可以出门了，江江我来照顾就好。"

"那麻烦你了，他很乖，已经洗过澡，写完作业，让他睡觉就行。"

"我明白。"

"他睡前喜欢听故事，书都在他床头。"

……

江锦上叮嘱了两句，唐菀看他要出门，才低声说了句："少喝点酒。"

两个大男人，这么晚出去，也不可能是喝茶吧。

"我知道，会早点回来的。"

唐菀点头，总觉得这对话听着，有点新婚小夫妻的味道。

蜉蝣酒吧，江锦上到包厢时，里面光线暗淡，堆着满桌酒水，祁则衍攥着一个啤酒瓶，正对嘴吹，对面点歌屏幕上，正播放着《野狼disco》。

祁则衍正哼哼着那句："心里的花，我想要带你回家，在那深夜酒吧，哪管他是真是假……"看到江锦上进来，还有些不满："你怎么来这么迟？"

"堵车。"江锦上点了几首歌，才坐到他身边，"少喝点，明天还要赶飞机。"

"我知道，我就是心里难受，你说我哪里不好，又帅又酷又有型，还这么会赚钱，她为什么拒绝我？"祁则衍越想越憋屈，"我还没开始告白，就被拒绝了，你说难不难受？"手机的事，那么尴尬，祁则衍肯定不会说的。

"像我这么优质的钻石单身汉，她都看不上，她是不是不喜欢男人？"

江锦上咳了下，没作声。

"江小五,你说,有没有那种可能,她对我是有意思的,就是故意拒绝,吊着我?"祁则衍一想到这种可能,立马兴奋起来,"毕竟轻易得到的,都不会珍惜。"

江锦上挑眉:这个人戏怎么那么多?

"你从小到大,有一点一直没变。"他挑了个度数很低的酒,抿了两口。

"什么?"

"自以为是。"

"……"

而此时歌已经切换到后面,《手放开》《不配》《第三者》《独角戏》……

祁则衍蹙眉:这厮都点了些什么歌?

"不配"是什么鬼?还有"第三者"?几个意思啊……

祁则衍心底想着,唐家最近事情的确很多,她说的话,未必是托辞,反正他们接下来有合作,肯定要经常见面,总有机会的。

后来当他知道,唐菀居然和江锦上在一起后,就抓狂了,你不是说要照顾家人,要好好工作,你俩搞毛啊。

气得差点和江锦上割袍断义,说他挖自己墙脚。

某人只淡淡说了句:"我已经隐晦告诉过你,这一切都是你的独角戏,不要做破坏别人感情的第三者。"

这也都是后话了。

第九章
只想靠近她,多一分也好

唐家,唐菀辅导江江写完作业,小家伙便乖巧爬上床等着唐菀给他读睡前故事。

唐菀没有和人同睡的习惯，只是这孩子是单亲家庭，和自己也有相同的境遇，多了点怜惜，就点头同意了。

"那你进来睡啊！"小家伙立刻掀开被子，唐菀就脱了鞋，穿着睡衣挤了进去。

唐家没小孩，就算是客卧，床也不算小，两个人靠着，丝毫不觉得拥挤。

老爷子住院昏迷，唐菀就没睡过一个好觉，昨天唐老半夜醒了，又折腾了半宿，加上张家的事，她早已身心疲惫，故事书读了一半，就昏昏沉沉睡着了。

江江靠在她身侧，也早已睡着。

江锦上回去时，已接近十二点，陪祁则衍闹腾半宿，只觉得心累。

"他们都睡了？"江锦上声音很轻。

"嗯。"

江锦上很自然地要去看看自家小侄子，刚准备推门时，江揩低声说："唐小姐也在里面，今晚他们一起睡的。"

他点头，推开门，江江睡觉并不老实，整个身子横在床上，秋衣都被蹭到了上面，露出圆滚滚的小肚子。

唐菀睡得安稳，他推门进来发出的"吱呀"声，都没惊醒她。

江锦上帮某个小家伙调整好姿势，塞进被窝，这才看着唐菀，她已经几天没休息好，眼下有明显的乌青，整张脸都透着股疲态。

他抬手，帮她掖了下被角，她似乎睡得并不踏实，轻轻嗯了声，就稍微调整了一下姿势，直接面对江锦上。

他忽然想起了在医院那声温温软软的五哥，只觉得喉咙干涩发紧，就连呼吸都变得粗重几分。

因为翻身，刚掖好的被子又滑了下去，江锦上只能重新帮她掖被子，手指碰触到她的肩头，目光落在她修长白皙的脖颈处，再往上……

他眼神一沉，身体本能地俯低靠近。

她身上有股子香味，像是能勾人魂魄般。

江锦上屏着呼吸，唐菀轻浅的呼吸落在他脸上，每一次……都能让人失了分寸。

夜色沉沉，月色凉凉。

江锦上探着半边身子，挨着唐菀，两人没什么其他肢体碰触，只是脸靠得很近，呼吸纠缠着。

好似冷清的月光都被染上一点热度。

"菀菀——"他声音压得低。

每个字眼都好似在嗓子眼百转千回般，轻描淡写，却又好似喝了杯最烈的酒，听在耳朵里，又莫名浓稠烧骨。

听得人耳根子都觉着烫。

唐菀睡得太沉，可能是身体本能的第六感，她感觉有双眼睛在看她。

她缩在被子里，略微调整着姿势。

江锦上今晚没喝多少酒，回来时，凉风吹来，更是没有半点醉意，此时却觉得脑袋昏沉，像是醉了七八分，鬼使神差地就凑了过去。

他低头，亲吻了她唇边。

很轻，温温柔柔的。

心脏撞击着胸口，若擂鼓般，毕竟是偷吻，那种感觉，真的既紧张又刺激。

他余光瞥见睡在一侧的小侄子，小家伙再度抬腿蹬掉被子，露出一截小肚子，睡姿难看，他直接抬手，将被子略微往上一扯……将小家伙连头带脚全部盖住。

眼不见为净。

有些东西就好似饮鸩止渴，有一就想二，江锦上看着眼前的人，眼神越发温柔。

江锦上出来时，已是十多分钟之后的事，江措靠在墙边困得直打哈欠，看他出来才直起腰板，目送他回房后，才抵了抵一侧的江就："进去这么久干吗啦？出来好像心情还不错。"

江就偏头看他："只要是喜欢的人，就算待在一起什么都不做，看着也欢喜，你这种没有真爱的人是不会懂的。"

江措刚才还有点睡意，此时算是彻底醒了："哎哟我去，说得好像你很懂一样，你牵过女孩的手，亲过女孩的小嘴吗？"

江就抬手推着墨镜，任凭某人叫嚣，自是岿然不动。

此时的江锦上已经回屋，冲了个澡，愣是在浴室磨叽了大半个钟头才出来。

手机不断振动着，原来是祁则衍正在他们的小群里刷屏：

【我决定了，我一定要追到她，我就不信我如此优秀，还不能让她

拜倒在我西装裤下?】

【我现在特别兴奋,根本睡不着!你们别睡了,都给我起来嗨。】

【等我把人追到手,请你们吃饭喝酒。】

……

全都是语音。

大家非常有默契,居然没有一个人说话,只有他哥给他发了条信息:

【则衍怎么回事?】

大半夜的,和没吃药一样。

江锦上看信息是几分钟前发来的,就直接拨了个电话过去:"喂——哥,这么晚还不睡?"

"工作。"这世上从没有无缘无故的成功,"则衍喝酒了?"

"表白被拒,借酒消愁。"

"唐小姐?"祁则衍没在群里说过他在追谁,不过是他结合情况猜到了。

"嗯。"

"你就一点危机感都没有?"毕竟是亲兄弟,江锦上的小心思他还是能猜出一二的。

"感情是双向的,单方向的爱有必要放在心上吗?"江锦上轻笑,"他喝得烂醉,可菀菀早就睡了,压根没把他放在心上。"

"睡着了……"江宴廷蹙眉,"你又是怎么知道的?"

"我刚从她房间出来。"

"……"

而想起方才那般亲密,江锦上还觉得呼吸不畅。

他下意识摸了下嘴角,那抹温温软软的触觉好似挥散不去,让他恨不能画地为牢,将她整个人都据为己有。

"江江呢?今天表现怎么样?"提起儿子,某人声音都软了几分。

"挺乖的……"

"那就好。"

江宴廷此时可不知道,自家儿子,头被蒙在被子里,呼吸困难,不舒服得蹬着小腿,直至把唐菀吵醒了,她睡眼蒙眬地将他从被子里捞出来。

而此时酒店内,祁则衍还在想唐菀是不是故意吊他胃口,出师未捷身先死,满是憋屈不甘心。

230

殊不知，某人已经借着那点酒劲儿，登堂入室，占了便宜。

第二天。江锦上虽然昨夜睡得迟，醒得却很早，下楼时，唐菀恰好从外面回来，手中提着买来的早点。

"五爷，早。"唐菀思量再三，还是决定换回以前的称呼。

江锦上眸子紧了几分，手指搓动着，不动声色地应了声。

"江江还在睡觉，我没叫醒他。"唐菀提着早点进厨房，准备将东西放在盘子里再端出来，余光瞥见江锦上跟进来，才继续说道，"我待会儿要去趟派出所，没时间做早餐，就出门买了点吃的。"

"因为张家的事？"江锦上靠近她。

"嗯，找我了解一些情况。"

"怎么睡了一觉，感觉又和我生分起来了。"

唐菀手上动作一顿，讪讪笑着："有吗？"

"为什么不像昨天那么喊我？"江锦上靠得有些近，身上有股淡淡的薄荷味，很提神醒脑。

"昨天……"唐菀抿着嘴，面露难色。

江锦上本就很聪明，看她支吾的模样，似乎猜到了几分，估计是一时转变称呼，有些不自在："其实……我很喜欢你喊我五哥。听着亲近。"

他说话总是收着点劲儿，守着分寸，却听得人心痒痒。

唐菀点着头，只能随便找了个理由想敷衍他："可能一时换称呼有点难。"

"不急，你慢慢来。"

反正……我有大把时间等你适应。

唐菀要早点去趟派出所，提前吃了早餐，江锦上说要等江江醒来再用餐，所以他自己没吃饭，视线却若有似无盯着唐菀看。

唐菀被他看得莫名有些心慌，总感觉过了一夜，他看自己的眼神有些不一样了。

似乎……更加热切了！

祁则衍上午的飞机回京，唐云先和江锦上都来给他送行，某人仍旧是挺括西装，偏分小油头，今天似乎更加精致。

他想着马上要走，要给唐菀留下个深刻的美好印象。

没想到手机振动着，唐菀人没来，只给他发了条短信：

【祁总，临时有点事没法送你，我已经让陈经理过去了，祝您一路平安。】

祁则衍：难不成是因为昨天表白的事，她在故意躲着自己？

江锦上偏头打量着他：这人莫不是又想了什么乱七八糟的事，强行给自己加戏？

其实唐菀在派出所待了一个上午，出来时，手机振动着，收到一条来自祁则衍的短信，他飞机已落地。

【已到京城，感谢多日的招待。】

祁则衍已经上了车，靠着椅背，盯着手机等回信，手指轻轻敲打着膝盖，显得很不耐烦。

"小朱，我的信息是不是太官方，太客套了？"昨天发生了那么尴尬的事，祁则衍和唐菀发信息都斟酌着用词。

"你说她会不会觉得我太冷漠，心里很受伤？毕竟女人嘛，都比较敏感。我应该更温柔点的，哎，我刚才应该打个电话过去才对。"

助理小朱负责开车，压根没理他：唐小姐好像真的不太在乎这个，您真的不要再给自己加戏了。

她好像……对您真的没意思。

过了几分钟，手机振动，唐菀回信了：

【您特意过来，结果家里出了点事，没好好招待您，还让您一直往医院跑，下次您若过来，我肯定会好好陪您。】

祁则衍立刻兴奋起来："小朱，她说我下次过去，会好好招待我，我们立刻买机票回平江吧。"

助理：我想用头磕方向盘，一头撞死！

人家那才是真正客气两句，您还当真了。

难道您真的一点都感觉不到，这唐小姐根本不喜欢你吗？

祁则衍回到公司，就像是打了鸡血，召集部门主管开会，工作起来，自然认真严谨，没有半分懈怠。

唐菀离开派出所，直接去了医院。

唐云先到公司处理事情，病房里，老爷子正和江江在下飞行棋，江锦上则坐在窗边晒太阳，膝上搭着条毛毯。

"姐姐。"江江笑起来露出虎牙，分外可爱。

"嗯。"唐菀揉了揉他的头发，看向老爷子，"爷爷，您今天身怎么样?"

"老样子,就是那周医生,啧——"老爷子轻哂,"一点都不知道尊老,脾气太差,受不了,还是赶紧出院回家吧。"

"您又不配合人家治疗?"唐菀挑眉。

唐老立刻有些急眼了:"怎么可能?你都不知道我多配合,我又没病,要治疗什么啊?"

"人家特意过来,是给您看病的,不过平江这边医疗水平有限,可能要转院……"

"我不去!"老爷子冷哼,"放着好日子不过,我千里迢迢跑去外地,让人拉一刀?我又不傻。"他话音刚落,周仲清恰好过来查房,他立刻没再说话。

"周医生。"唐菀对他客气有加。

"过来啦。"周仲清打量着她,"看样子昨晚休息得不错,气色好了些。"

"爷爷醒了,心底踏实些。"唐菀笑道,"那他今天身体怎么样?"

"还是那些老毛病,最好是尽快进行手术,不过考虑到他目前的身体状况,可能负荷不了大宗手术,先休养一阵,把身体养好再说。"

"我明白。"唐菀点头。

"我和京城那边医院协商一下,看看能不能把设备运过来,如果不行,可能需要提前安排手术,最好能提前过去住下。"

"那您多费心。"

唐老蹙眉:我有说同意做手术?

江江一脸天真:"养得白白胖胖的?"

"对啊。"周仲清对孩子,还是很和蔼的。

唐老蹙着眉,莫名想到了一句话……养肥了,好宰杀!

周仲清给老爷子简单检查了下,看了眼一侧的江锦上:"锦上,你跟我来一趟办公室,我也给你检查下。"

江锦上扯开膝上的薄毯,跟着他走了出去。

办公室是临时借用的,略显空荡,周仲清拿着听诊器,让他将衣服扣子解开几颗:"最近身体没什么特别的感觉吧?"

"挺好的。"

"我早就告诉过你,保持心情愉悦很重要。"周仲清笑得别有深意。

"周叔，唐爷爷的手术一定要用那种设备？"

"也不是非要用，只是用上可以降低风险，他年纪大了，身体也受不住高强度的手术，我必须尽最大努力让他少遭点罪。"周仲清将听诊器放置于他胸口，认真帮他检查。

"这个设备应该不好借吧。"

周仲清挑眉，看了他一眼，没作声。

江锦上继续说道："如果借不到，为了唐爷爷身体好，就算您不说，唐先生那边也肯定坚持要去京城做手术的，对吧？"

周仲清放下听诊器，认真看他："你到底想干吗？"

"我在这边也多亏了唐爷爷照拂，我也想回报他，他到京城的话，能接受更好的治疗，我也能趁机还了人情，不是一举两得？"

江锦上理由说得正当合理，好似一心在为唐老考虑。

"一举两得？"周仲清收好听诊器，"唐老年纪大了，手术准备加上术后休养，估计要在京城待上几个月。唐小姐很孝顺，肯定会随侍左右。你确定不是另有所图？"

江锦上抬手将衣服扣子一一系上，手指细长，动作更优雅。

"毕竟设备运来运去的不容易，据说那个机器价值几个亿，您出面担保，如果设备磕了碰了，您也不好交代。"他说话永远都是温温吞吞，不急不慢，"其实我这么做，也是为您考虑。周叔，你不要总把人想得那么坏！"

周仲清心想：如果不是看着你长大，我真的差点就信了你的鬼话。见过把小姑娘拐回家的，还没见过想把人全家都领回去的。

周仲清垂头将听诊器收好，余光瞥了眼江锦上，他还在整理衣服。

他们认识二十多年，从小到大，无论发生什么，他始终都保持着优雅从容的骄矜模样，还从没见他着急上火。

"如果我真的把设备借来了呢？"周仲清就是故意的，其实设备百分之九十九无法借调的。

托运困难不说，而且那边的医院也有手术要做，全国不知多少人慕名去看病，都是生病，在死神面前，没人更高贵些，医院也要考量。

江锦上穿上外套："您是我的主治医生，您比我更清楚，我的身体水土更替或者换季时候最容易生病，您如果留在平江给唐爷爷看病……"

他勾唇一笑。

"山不就我，我便就山。"

周仲清嘴角一抽，意思就是，我留在这里，你就跟着留下？还是以看病为名？

不就是想留下守着唐家那小姑娘，说得好听。

也不知道他所谓的就山，就的是哪座山。

"我听说你刚来平江，第二天就生病了，水土问题？"

"嗯。"

"还是得注意点……"

叮嘱一番，江锦上才离开办公室，看着他的背影，周仲清无奈地笑出声：被他看上，也不知这唐小姐是上辈子积了福，还是造了孽。

江锦上出去时，恰好看到唐菀在和一对中年夫妇聊天，旋即三人进了电梯。

江措靠近他，低声说："那是何岸的父母，好像找唐先生碰壁了，唐小姐毕竟是受害人，如果她谅解，可能会让他少判两年，或者弄个缓刑。"

"去病房了？"

"没有，打了电话，请唐小姐出去说的吧，毕竟唐老那脾气，要是看到何家人，肯定不会给他们半分好脸色。"

唐老爷子平素和和气气，却也是个有脾气的小老头。

约莫二十多分钟，唐菀才搭乘电梯回来，一大早跑派出所，又刚应付完何家人，总有些身心疲惫，刚拐个弯，恰好看到江锦上，而他站在窗边，似乎是在看风景，又好像在等自己。

江锦上说话做事，从来都不会给人很大的压迫感，以前总听说他久病乖张，很难搞，其实接触下来，发现并不难相处。

四目相对，唐菀抿嘴笑了下，就好似黑暗的环境里倏地炸开一点火花，飞溅出来的火星窸窸窣窣，落在江锦上心上，还有些灼灼烫人。

他暗自抿嘴：这么好看，真的要守在身边，牢牢看紧才行。

唐菀走到窗边时，入目就是窗外的离离枯草，萧瑟凄迷。

"周医生怎么说？您身体没问题吧？"如果江锦上病倒了，她真不知道怎么和江家人交代。

"没事，有人为难你了？"江锦上偏头看她，说的自然是何岸的父母。

唐菀挑眉，总觉得他好像什么事都知道。

江锦上解释："刚才我看到你和他们进电梯了。"

"那是何岸的父母,他们希望我出庭的时候,能帮何岸说两句好话,或者写个谅解书,怎么会为难我。"唐菀无奈,"就是觉得最近发生的事情太多,有点累。爷爷还不想做手术,一把年纪了,还在医院搞什么一哭二闹三上吊。他在平江也有点名气,以前很爱惜羽毛的,年纪大了,连形象都不要了。"

她的手臂撑在窗边,难掩疲惫。近来发生的事实在太多,在医院陪床,日夜颠倒,人肯定会精神不济。

江锦上说道:"唐爷爷的事,或许我能帮你劝劝他。"

"他很喜欢你,保不齐真的会听你的话。"

江锦上抿了抿嘴:"其他的事都过去了,想这些也没意义。"

"道理我都懂,只是……"发生那么多事,要全然不在意,那是骗人的。

"你就是想得太多,把自己弄得太累,或许我有办法能让你放松一下。"

"什么?"唐菀偏头打量着他。

人都是有求知欲的,瞧他不说话,唐菀身体本能地朝他靠近了些许,一脸狐疑,总觉得他什么都懂,应该知道解乏的好办法。

也就是那么电光石火的一瞬间,江锦上忽然伸手,动作很快,可力道轻柔,将人揽进了怀里。

猝不及防,好似惊雷炸开般,唐菀呼吸一沉,心跳加剧,跳动的频率过快,就好似密集的鼓点在她耳边震动,让人头皮发麻。

衣服轻蹭,发出了窸窣的碎响,周围空气都好似变得稀薄,让人喘息艰难,此时天气微凉,大家都穿了几件衣服,可隐约的……

唐菀却觉得四肢百骸都染上了他的体温。

她开始本能地挣扎。

"别动。"他气息温热,近在咫尺,好似火星溅落,烫得人身子发紧。

突如其来的温柔缱绻,难免让人惊慌失措,唐菀身体僵硬着,不知该如何自处,只能哑着嗓子喊了声:"五爷?"

"你就是把自己绷得太紧了,又没人能让你靠一下,其实……"他声音本就轻柔悦耳,流进她耳朵里,像是要往她心底钻。

"你可以试试多依靠别人。"

他声线温柔,透着点宠溺。

拥抱就是短短几秒,他说完话就松开了,垂头看她:"这样是不是好点了?"

唐菀的脸微微发烫，脑子更乱了。

她此时的确没有再想那些乱七八糟的事，因为……满心满眼，都只有他了。

两人前后脚回到病房，此时正是午休时间，医院里非常安静，唐老戴着老花镜，正倚靠在床头看书，江江靠在他身边，早已睡着了。

"一起回来的？"唐老笑得高深莫测。

"爷爷，我们……"

"肯定是路上偶遇的，医院就这么大，我都懂。"老爷子笑得颇不厚道。

唐菀本就被那个拥抱搞得心烦意乱，看似朋友间简单的安慰，可她此时还悸动得心律不齐，又被自家爷爷调侃，更是面红耳热。

"我出去打个热水。"唐菀提着热水瓶就往外走。

唐老放下书，他平时也会调侃两句，也没见她脸红了，今天脸皮这么薄？

"唐爷爷，您为什么不想做手术？"江锦上查看江江的情况，顺手给他掖了下被子。

"我这把岁数了，活得够本了，再说，能活多久都是定数，做手术也不能保证以后没病没痛，不想遭那个罪。"

"我听护士说，大概率是要去外地做手术的，瞎折腾！"老爷子对生死看得开，"我自己遭罪，孩子也跟着奔波。"

"怎么着，谁让你来当说客的？"

"没人叫我。"江锦上轻笑，"您嘴上这么说，可是……"

"您真不想有个好身体，亲眼看到孙女结婚生子？四世同堂？"

唐老摘下老花镜，笑道："这事啊，光我想有什么用？你在平江也待了这么久，准备什么时候回去？"

"您想我走了？"

"怎么可能，我巴不得你在我家住下，这也不可能啊。"老爷子轻笑，"京城离这里太远，下次再见就不知要等多久了。"

"其实你想见我很容易……"

江锦上搓揉着手指："您如果同意做手术，到了京城，您想什么时候见我都可以。"

唐老眼底忽然迸射出一点精光：那岂不是菀菀和他还有机会？

唐菀回来后，老爷子就直接说："菀菀，帮我把周医生请来，我要和他商量一下做手术的事。"

"您同意了?"唐菀下意识看了眼江锦上,他到底和自己爷爷说什么了,居然会让他同意手术。

唐云先接到电话,喜出望外:"你爷爷什么情况?怎么忽然就想做手术了?"

如果老爷子不同意,唐云先真的想过直接麻醉,把老爷子拖进手术室得了。

"可能是五爷说了什么吧,我也不清楚。"唐菀同样一脸蒙。

"江锦上啊……"唐云先蹙眉。他家老爷子怎么会这么喜欢他?要不……今晚去医院就和老爷子说说,认他做干孙子得了。

晚些时候,江家打了电话给唐菀,估计是听江锦上说了老爷子可能会去京城做手术。

"……你们放心过来,有什么需要帮忙的直接说,和我不需要客气。"打电话的是江夫人。

"谢谢阿姨,暂时也没什么需要帮忙的。"

"到时候你爸肯定也要过来吧,你们住哪里啊?我听说手术前后时间加起来,时间可不短,你们总不能都跟着一直住在医院里吧。"

"还没想好,回头和我爸商量才能决定。"

"要不就直接来我家住吧,我们家没人,整天就我一个人在家,没人陪,很寂寞!"

"……"

唐菀挂了电话,还是面露难色,毕竟江夫人太热情,一个劲儿让她去家里住。如果是去京城旅游,顺便在她家住两天也就罢了。看病这种事,如果待上几个月,祖辈虽有交情,可毕竟不熟,谁好意思啊。

"怎么了?"老爷子斜倚在病床上,话刚说完,病房的门就被推开了,唐云先提着公文包已经走了进来,"这还没到下班时间吧?"

"事情处理完了。"他是听说老爷子同意手术,忙不迭赶过来看看情况,"听说您同意手术了?"

"你一直在我耳边嘀咕,我也觉得烦啊,我也不想被人说,我是那种为难儿女的倔老头。"

"我也是为您身体考虑。"唐云先笑道,偏头看向一侧的江锦上,他已经起身,主动与他打了招呼。

"唐叔叔。"

"都这么熟了，不用客气，坐吧。"唐云先已经知道，他家老头子同意手术，多亏了江锦上，对他态度自然好了许多。

"您坐吧。"病房内椅子本就不多，江锦上客气道，"我已经坐了一天，也想站一下。"

"孩子让你坐，你就坐吧。"老爷子打量着江锦上，那是越发满意。

"那你们先聊，我出去找一下江江。"江锦上知道他们一家人，肯定有些话不方便当着他的面说。

江江睡醒后就跑出去玩了，江锦上正好出去找一下。

他离开病房，把门关上后，唐老就直起身子，看向唐云先："云先，你老实说，小五这孩子怎么样？"

"挺好的。"

"我早就告诉过你，我的眼光很好，这孩子小时候我就看过，是真不错。"

唐菀坐在边上，低头剥着橙子，并没作声。

"最近发生这么多事，我也看得出来他不错，既然您这么喜欢，我有一个不成熟的小建议……"

"你说！"老爷子觉着自己挑选的人，得到别人认可，那脸上都觉得倍儿有光。

"要不您认他做干孙子吧。"

唐云先说完，还阐述了如此做的好处："您本来就喜欢他，这样一来关系会更加亲近。而且有些人亲家做不成，很容易成为仇人，如果您认他做干孙子，根本没有这方面的顾虑。"

整个病房悄寂无声，过了数秒钟，老爷子气得摘了老花镜，差点没砸他："我想让他做我孙女婿，什么干孙子！"

唐云先挑眉："这只是不成熟的建议，您别上火。"

"既然知道是不成熟的，那你就别提！"

"您想让他做孙女婿，首先得他和菀菀互相有意思才行，菀菀，你怎么想？喜欢他吗？"

唐菀低头剥橙子，莫名其妙一把火烧到她头上，一边是爷爷，一边是父亲，都死死盯着她，而且这个根本就是一道送命题！

她直接将橙子搁在桌上："我去洗个手。"

239

明明病房自带洗手间,她却直接打开门,跑了出去。却不承想,一出去,就看到了站在门口的江锦上,四目相对,更是尴尬,擦身而过,直奔公共洗手间。

江锦上是真的把手机落在病房了,准备回来取,就听到唐云先的那个不成熟建议。

他原本心底还在想,唐云先近来看他眼神比以前和善许多,敢情是把他当儿子看了!

我是想做你女婿,你却把我当儿子?

唐菀洗了手出来时,就撞到了江锦上:"你不是去找江江了?"

"正打算去。"

"刚才……"唐菀咳嗽着,病房隔音效果算不得好,"爷爷和我爸都是胡说的,你别往心里去。"

江锦上往前走了两步:"唐叔叔想认我做干儿子,那你呢?"

他声线本就温柔,让人觉得缱绻,况且此时靠得这么近。

"我?"唐菀蹙眉。

"你想让我做你哥哥吗?"

唐菀眼看着他越靠越近,此时已是傍晚,斜阳西沉,余光从走廊尽头泻入,照到这里,将他影子拉得奇长,几乎尽数都落在了她身上,整个人好似被他从头到脚包裹住。

想起之前那个拥抱,克制却温暖,她的脸又烧得酡红一片。

"虽然我很喜欢你喊我五哥,可是……我并不想做你哥哥。"

唐菀也不知该说什么,只是闷声应着。

"我要去找江江,一起吗?"江锦上知道唐菀是"逃"出病房的,现在肯定不想回去。

"嗯。"唐菀点头,跟在他后面。

不想做我哥?那你想做我什么人?

江锦上下意识搓动着手指,唐云先这个想法太危险,一定要尽快把这个苗头给掐了。

唐老确定手术后,周仲清和几个专家就着手给他制订手术方案。

老爷子毕竟年纪大了,之前摔了下,虽没大的外伤,也是伤筋动骨。考虑他需要负荷高强度的手术,手术并没立刻实施,而是定在了年前,给了他一月时间调理休养。

"周医生，您是说，我能出院？"唐老收到通知，喜不自胜。

"您现阶段身体没大问题，只要在术前养好身体就行，而且我还得回京帮您筹备手术的事，那个机器国内就一台，不少人排队等它做手术，我也要回去和医院磋商下具体手术时间。"

"谢谢您，又要麻烦您了。"唐菀除却道谢也不知该说什么。

周仲清只是客气一笑："我是医生，这都是我应该做的，这个你拿着。"他说着就从口袋拿出几张纸递给唐菀，唐菀接过，略微扫了眼。

除却开了一堆药之外，连唐老一日三餐的饮食都规定了。

"严格按照这个做，如果他不配合，随时打电话给我。"

"嗯。"

唐老蹙眉："菀菀，东西给我看看，他都写了什么？"

当他看到那几页纸，嘴角狠狠一抽，每天给他灌一堆药，戒酒、戒烟、戒浓油赤酱，每天步行2000步……

"周医生，您这个……"老爷子眼皮突突直跳，这是把他当小白鼠养吗？

灌药，养肥了，就送上手术台！

周仲清眉眼淡淡，可是开口却十分诛心："唐老，您也是平江不少人敬仰的大人物，坚持一个月而已，这点事对您来说应该没什么难度。

"您养好身体，做子女也少操心，自打您住院，唐小姐就衣不解带照顾，您不心疼自己身体，也该心疼孙女吧。

"如果您觉得实在有难度，那我也不强求，毕竟身体是你自己的，我做医生的，只能尽本分，做事对得起自己良心就行。"

唐老捏紧纸，看向周仲清，看似慈眉善目，可眼风却极为锐利。

居然用激将法，把他架得那么高，他要是做不到这些，就是徒有其名，甚至还是个不疼惜子女的怪老头。

唐菀站在边上，安静看着，却忍不住腹诽：这周医生也太狠了！

江锦上自始至终没说话。

江家人站在边上，对这种事早就习以为常了，毕竟能让他家五爷乖乖吃药，配合治疗，制得住他的医生，就这一位！

手段多，最擅长用激将法，唐老总说自己有脾气，可落到他手里，被送上手术台，那都是迟早的事。

"唐老,如果哪项做不到,您可以直接说。"周仲清挑眉。

老爷子气得冷哼:"没有。"

"那我会不定时打电话抽查,有时间我可能会亲自过来。"

"什么意思?不信任我?"此时小辈都在,就连江江都趴在床边看着,他肯定要给孩子做榜样,"我答应了,就肯定会做到。"

"我只是需要时刻了解您的身体情况,您别多想。"

"哼——"

不过能出院,老爷子心情自然是不错的,周仲清说了可能会亲自过来,不定时抽查,唐老是不蒸馒头争口气,总不能让他真的看扁了。

真的严格按照他的医嘱执行了一个月,可是……周仲清别说来平江了,就是一通电话都没打过来!气得老爷子差点背过气去,他摆明就是设套给他钻,结果老爷子质问的时候,周仲清只是不咸不淡说了句:

"我不抽查监督,是基于对您人品的信任。"

这话没法反驳啊,老爷子只能生生咽了这口气。

反正看病过程中,这一对医患之间就从没消停过。

这也都是后面的事了。

出院当天,唐云先本想请周仲清吃顿饭,被他婉拒了,一家人收拾了东西直接回到老宅。

唐菀亲自下厨做了些吃的,唐老则和唐云先在院子里摆了棋盘,江锦上负责观战。

江江是初来乍到,唐家也没小孩子,没什么消遣的东西,转悠一圈之后,瞄上了挂在廊下的画眉。

"太爷爷,您这个是什么鸟啊?长得真好看。"江江一笑,露出小虎牙,分外可爱。

"那是画眉,叫声特别嘹亮。"

"我能不能近距离看一下?"

"行啊,不过你别打开笼子,也别把手伸过去,要是被咬到,很疼的。"

"我知道,我很乖的。"

江江保证之后,老爷子才让人把鸟笼子取下来,江锦上还让江措和江就在边上守着,也是担心小孩子玩心重,真的被鸟伤了。

"嗨,你好,我叫江江!"

画眉还是很傲娇的，江江趴在边上看了半天，愣是头也不抬，惬意地晒着太阳。

和它说了半天话，见它不搭理自己，江江干脆从一边拿了个逗鸟棍，往里面戳了两下。

"啾——啾——"画眉扑棱着翅膀，警告他：当心我咬你啊！

"嘿嘿，江措叔叔，它动了！"江江偏头看向后侧的两个人。

江措悻悻一笑，这又不是死鸟，你都要把它戳死了，它怎么可能不动？

准备上桌吃饭时，江江洗好手，挨着唐老坐着，乖巧得很："太爷爷，我特别喜欢呆呆。"

"呆呆？"唐老蹙眉。

"就是那个画眉，它呆呆傻傻的，我给它取了个名字。"

画眉：……

唐老蹙眉，他的画眉可机灵了，带出去谁不夸，怎么到他这里就成呆子了。

等所有菜都上齐后，江江看着一盘胡萝卜鸡蛋炒木耳，小脸顿时垮了。

江锦上靠近他，低声道："没有人喜欢挑食的孩子。"

江江为了证明不挑食，下意识就挑着胡萝卜吃，导致唐菀以为他特别爱吃，特意把胡萝卜放在离他最近的地方："喜欢吃胡萝卜啊，那就多吃点。"

"五爷，你也吃点？"唐菀客气地招呼他。

江江看向自家二叔，希望他帮自己分担点："二叔，您不吃？"

结果江锦上只是慢条斯理吃着面前的一盘碧螺虾仁："江江喜欢的话，留给他吃吧，他吃好了，我就高兴了，做长辈的，吃不吃无所谓的，尽着孩子最重要。"

唐家人：不错，知道心疼孩子。

江江："……"

平江虽然偏南，可凛风一吹，瘦叶枯黄，也已悄然入了冬。

用完午饭，江锦上就带着江江回东院午睡，老爷子斜靠在廊下藤椅上晒太阳，唐云先则坐在他边上，简单说了下张俪云和唐茉的情况。

从警方调查，到进入司法流程，法院提审，需要一段过程。

"这事儿你看着办就行。"老爷子眯眼哼着一段评弹小调，悠哉惬意。

唐云先余光瞥见唐菀正站在另一侧廊下喂画眉,忍不住靠近老爷子,低声说道:"您怎么把江锦上安排在东院?"

老宅空房很多,他也是这次回来,才知道他居然和自己女儿住在一个院子里。

"您怎么不和我打个招呼?"

"这是我家,我安排谁住哪里,还需要经过你同意?"唐老瞥了他一眼,冷哼道。

"我不是那个意思!"

"小五是来养病的,菀菀那院子最清净,有什么问题?"老爷子斜睨着眼。

"西院也不错啊,这孤男寡女的,不太合适吧……"

做父亲的,看谁都像"采花贼",况且他父亲还有意撮合。

"那你现在去和他说,让他搬出去得了。"唐老冷哼。

"您这……"唐云先无奈,人都住进去这么久了,怎么撵出去啊。

"你也知道为难啊。"唐老轻哂,"我出事的时候,你在国外,都是小五忙前忙后照应着,还给我特意请了京城来的专家,现在用不着人家了,就打算把人一脚踹开?"

"爸,我不是这个意思!我是觉得他们这个年纪,又是未婚未嫁,住那么近,不太好……"

老爷子睨眼盯着他:"哪里不好了,你就是自己想法龌龊,把孩子也想坏了。"

"不是,我……"

"如果真有点什么,那也是你情我愿,难不成你还想棒打鸳鸯?"

"……"

唐云先是个极为斯文讲究的人,若论耍泼皮无赖,逗口舌,那是弄不过自己父亲的,这老爷子年轻时也不是这样,年纪大了,这性格,越发任性难以捉摸。

这边,唐老出院,唐菀才得空处理工作的事。

她到了书房,发现江锦上也在,打了招呼便各自忙自己的事。

唐菀先给陈经理打了电话,问了下工作室的问题,方才打开笔记本电脑,准备处理一下近期积压的邮件。

"你们工作室,还有集体办公区?"江锦上坐在一侧看书,手边热茶,冒着徐徐白气,他也不是故意偷听她接电话。

"我是在家工作,不过为了方便对外联系业务,陈叔在一个写字楼租了个小办公室,他的工作我不过问,员工也不认识我,难免有人想和爷爷或者我爸套近乎,干脆从我这里下手了,这样会省下很多麻烦。"

江锦上点头,这也难怪祁则衍接洽工作室很久,却不知道背后制作的师傅是唐菀。她负责制作,陈经理那批人负责外联销售,也算分工明确。

唐菀打开电脑后,刚点开邮箱,眉头瞬间拧紧。

"遇到麻烦事了?"

江锦上说了两句,唐菀破天荒地没理他,她眼睛紧盯着屏幕,似乎是被完全吸引了,可从她表情看得出来,遇到的绝不是什么好事。

他直接搁了书,掀开膝上的毛毯走过去,待他靠近,绕到她身后,她也好似无知无觉般,直到……

"菀菀——"

他声线温和低沉。

江锦上想看清她的电脑屏幕,俯低身子靠过去,下巴几乎要搁在她肩上,呼出的气息,好似带着股热风,吹过她耳侧,让人心颤。

唐菀几乎是下意识合上电脑,身子往前一些,试图离他远一点,只是她椅子与桌子前的间隙就这么大,根本逃不开。

"在看什么东西?"

"也没什么,就是一些垃圾内容。"唐菀轻笑,"最近收到几条短信,说我欠钱,没想到邮箱里也有,莫名其妙,估计是诈骗的。"

"只有这个?"

"之前有段时间,还接到不少售楼电话,这种骗子都是广泛撒网,能骗一个是一个,只是邮箱收到这个,有点诧异。"

唐菀略微挪着身子,尽量避开和他有所触碰。

"难怪刚才我和你说话,你都没搭理我。"

"抱歉,你刚刚和我说什么了?"

"我刚才喊你名字了。"

唐菀原本面对他还算冷静,此时心底又被他搅和得稀巴烂。

"你喊我五哥,我称呼你唐小姐太生分了,想换个称呼。叫你菀菀,可以吗?"

他声音越发低柔,喊她名字时,莫名的温柔缱绻。

245

唐菀小名就是这个，不算是什么特别的称呼，只是从他嘴里说出来，每个字眼都能轻易拨动她本就脆弱的神经。

惹人心慌。

"如果你觉得这个不合适，你可以想一个，你希望我怎么叫你？"

再想一个，那就是专属称呼了。

唐菀觉得他说话时，热风就落在她侧颈处，痒得要命："你就这么叫吧。"

"那下次，你也别叫我五爷了，太显老。"

唐菀闷声点头，而后，江锦上离开，回到了自己位置上。

唐菀表面上淡定从容，只是这心，被他搅和得一团乱，她深吸一口气，继续工作。

江锦上泡了杯碎银子，浓厚香甜的糯米香充斥着屋子，又暖又甜。

直至外面传来一阵争执声，两人对视一眼，默契地同时起身往外走。

"出什么事了？"江锦上看向外面的几个江家人。

"江措去看了。"江就解释着。

唐菀却抬脚已经往前面走，走到半路遇到了江措："张德福那个混账玩意儿来了。"

"他来干吗？"唐菀蹙眉。

"说被人追债，那些人要剁了他的手，正跪着求唐先生帮忙。"江措咋舌，"还没见过这么不要脸的人，都闹成这样了，居然有脸来要钱？你们又不欠他的。"

"唐先生已经在处理了，您别去了。"

"千层饼都没他脸皮厚。"

唐菀明白他的意思，这张德福就是个流氓混子，过来大吵大闹，场面肯定很难看。

"没关系，我去看两眼。"前面动静闹得太大，她在后面也坐不住，"你们还是留在东院吧，别让江江去前面，那就是个混蛋，我怕伤到他。"

江锦上看了眼江措："你去看着江江，我陪菀菀去看看情况。"

江家人：菀菀？什么操作？书房待一下，称呼都换了？真不愧是他家五爷。

而此时前厅已经闹得不可开交。

"张德福，你再不走，小心我报警抓你。"唐云先也没想到这个人如此无赖，闹成那样还敢过来要钱。

"警察来了我也不怕，当时你当着那么多人的面设计我，毁坏我的名誉，光是这点，你也得赔偿我的精神损失和名誉损失！"

唐云先哂笑："名誉？你有这种东西？"

唐云先是个斯文人，学不会尖酸刻薄那套，眼底那抹嘲弄，带着居高临下的蔑视，更戳人心。

"只要我告你，对你公司影响也不好，到时候股票跌了，可就不止是十几万了。"张德福就是装作死猪不怕开水烫的无赖样，甚至拿着逗鸟棍儿，开始去弄画眉。

这鸟儿已经被江江折腾了一个上午，早就累了。

被张德福戳两下，刚开始还咋呼两声，后来声音都小了。

"十几万？"说话间唐菀和江锦上已经走到了前院。

"你怎么出来了？"唐云先蹙眉。

"画眉已经不怎么叫了，我劝您别戳了，它要是直接倒下或者死了，我怕你赔不起。"唐菀轻哂。

"一只破鸟而已……"张德福话没说完，就瞧着这鸟原本双爪站在晒杠上，忽然就脖子一歪，直挺挺倒下了。

江锦上略一挑眉，这是……装死，碰瓷？

主要是技术不佳，看起来，实在有点蹩脚。

江锦上在唐家这么久，自然知道，老爷子平素会训鸟，装死这把戏，在他面前也表演过很多次了。

"破鸟？你应该知道这鸟我爷爷养了很久，当年他为了买鸟，花了一百万。"唐菀轻哂。

"就这么个破东西，一百万？"张德福来过老宅，这鸟也看过无数次，真没觉得有什么特别的。

"它是……死了？"唐菀挑眉，"现在这种极品画眉，有价无市，而且养了这么多年，一直和我爷爷做伴，它一走，我爷爷又不能动怒，这要是急火攻心……住院了，住院费，精神损失费，加上这鸟的身价，估计两百万都打不住！"

"你这死丫头，少忽悠我！"张德福伸手就要去扯鸟笼，却被江就伸手拦住了。

他在医院被江就打过，江就又戴着墨镜，天生冷厉，横亘在他和鸟笼中间，他不敢上前。

"这死鸟，分明是装死的，你们都没看到吗？刚才还好好的，突然就……"张德福气急。

"装死？谁都没看到你戳它了，现在鸟躺下了，你还不想负责？"唐菀走到鸟笼前，稍微拍了拍笼子，又拿着逗鸟棍稍微碰了两下，画眉的确没动，"你自己看，是不是死了！"

"你们这是碰瓷讹诈！"张德福挑眉，"还用的是一只鸟，你当我是傻子吗！"

唐菀冷哼："你既然不傻，那你也该知道自己这种行为是什么？名誉损失？开口十几万，你这才是真正的敲诈！来我们家耍横？那我让你看看，谁更流氓？"

张德福臃肿的脸瞬时黑透，他也算看着唐菀长大的，平时和和气气的小丫头，忽然如此跋扈，倒是把他惊得半天没说出话。

"年纪不小了，有手有脚，总朝别人伸手要，脸皮够厚的。既然你无赖，我也不用和你客气。江就，麻烦你去把门关上，打电话报警，就说有人擅闯民宅，青天白日来勒索敲诈，让他们来评评理！"

唐菀话音刚落，江就立刻动作。

"唐菀，你……"张德福刚要动作，发现唐云先已经走到两人中间。

而江锦上脚步生生顿住，手指不停搓动着。

"正如菀菀说的一样，你既然不走，那就等警察来评理。"唐云先语气冷漠。

张德福是出了名的混子，况且的确是他故意来耍流氓要钱，警察一来，少不得要被关进去几天。

"唐菀，我知道一件关于你的事，和你关系很大……"

"我的事？"唐菀轻笑。

"这件事我保证……"

唐菀挑眉，压根不给他开口的机会，只说了一个字：

"滚——"

张德福余光看着江就已经走到门口，恨得咬牙，要是被关在这里，那只能等警察来，立刻往外小跑。

"赶我出去？你们以后别后悔！"

门被砰然关上,原本直挺挺躺着的画眉鸟,又精神抖擞地扑棱着翅膀跳了起来,叫声嘹亮,就连门外都听得到。

"唐菀,你有种!你给我等着。"张德福气得破口大骂,"连个破鸟都敢来欺负我!"

唐菀则笑着看向画眉:"今天表现真棒,给你奖励点小零食。"

说着就打开一边装着面包虫的小罐子,画眉叫声更响亮。

"好了,别叫了,知道呆呆最乖了。"

画眉:呆呆……还是继续装死吧。

江锦上站在边上,觉得逗趣,嘴角微微上扬:"这鸟真的是一百万买来的?"

唐云先解释:"在鸟市花了50块买的,挺机灵的,就一直养着。"

"爸,他再过来怎么办?那么无赖,什么事做不出来。"唐菀还是有些担心。

张德福那些鸡零狗碎的事,就是抓进去,最多关几天。

只是这种泼皮无赖,就像狗皮膏药,只怕以后这种事还会继续发生。

唐云先微微蹙眉:"下次他再敢来,擅入民宅,就让人当贼把他打出去,这事儿我找人处理,你就别操心了。"

"爷爷呢?睡了?"唐菀挑眉,"这么大动静都没醒?"

"他睡眠不好,我让周医生给他药里加了一点助眠的东西。"

唐菀喂了鸟,进屋洗了个手,准备泡点茶端出来:"爸,你喝什么?"

"都行。"唐云先对茶叶没什么特别喜好。

"五……五哥?还是给你泡碎银子?"唐菀总不太好意思这么喊他,声音下意识轻柔许多。

"可以,谢谢。"江锦上说得客气。

唐云先略略挑眉:这两人何时换了称呼?叫哥哥?难不成他俩真能发展成兄妹关系,之前他提了一次,被老爷子骂得狗血淋头,要是他俩都乐意,老爷子也没办法。

唐云先嘴角一勾,莫名觉得心情不错。

后来他才知道,许多"感情"都是从兄妹开始的……

唐老出院,又确定要手术,唐菀悬着的心踏实了,需要把落下的工作进度补上,几乎天天宅在家弄点翠。

老爷子看不下去，打发她和江锦上出去散散心。

一隅茶馆，台上的评弹表演者拨着琴弦，唱着《西厢记》，正说到莺莺和张生初见的场景，唐菀坐在一侧，托腮听得认真。

江锦上是到了平江后才接触评弹，能领会大意，却辨不出每个咬字。

"喜欢听评弹？"此时茶馆都是评弹调，他需要靠得近些才能和她进行对话。

江锦上觉得这地方挺不错的，可以……自然而然地亲近她。

"还行，爷爷常听，也能听得懂。"唐菀偏头看他，"你是不是听不明白？"

然后江家人就看到他们爷点了下头，然后唐菀就挪着椅子，挨着他坐下了。

两人交头接耳，从后面看，几乎要贴到一起了，也不知嘀嘀咕咕说着什么。

他们爷可真是有一套，居然能让人家小姑娘主动亲近他。

直至唐菀手机振动，她摸出手机看了眼，江锦上靠得太近，也不是故意想看她手机，就是正好瞄到了。

备注：【奔跑的五花肉】

"我出去接个电话。"唐菀说着就往外走。

五花肉？什么鬼？

唐菀走到听不到评弹的地方，才接起电话："喂——"

"唐小菀，你最近怎么样？"拥有这个备注的，就是她的好友阮梦西，若不是好朋友，谁会取这类备注。

"我挺好的，你呢？"

"忙死了，为了年终奖，我容易吗？我妈说了，如果我在京城混不出点人样儿，就让我回家，赶紧相亲结婚。"

唐菀笑出声："你什么时候能放年假？"

"得腊月二十五六吧，最近我们部门经理和脑抽一样，经常把我叫到办公室，问了一堆莫名其妙的问题，还问我知不知道你们家。"

"我们家？"唐菀蹙眉。

"不清楚，可能是你家最近事情太多，没想到我们经理一个大男人，还挺八卦的。"

"那你怎么说？"

"我说知道啊，平江城谁不知道唐家啊，多余的话我肯定不会说。"她笑得放肆，"放心吧，我可机灵了。"

唐菀笑出声，两人约着晚上视频，才挂了电话。

……

回到座位时，江锦上偏头看她："有事？"

"我闺蜜，随意聊了两句。"

"你闺蜜……"江锦上想起，她的确有个二二的朋友，"你叫她五花肉？"

这闺蜜之间的备注，都是这么简单粗暴的？

"她叫我干瘪的豆芽菜。"唐菀笑道，"上中学时，她特别胖，而我特别瘦，我们还是同桌。"

"本身就是易胖体质，靠运动减肥，她自己打趣，说她在我面前，就是块奔跑的五花肉，我就拿来当备注用了。"

"不过她现在很瘦很漂亮，毕业后去了京城，当了个北漂。"

能这么备注，开得起玩笑，感情肯定很不错。

干瘪的豆芽菜？

江锦上余光扫了眼唐菀，这身材干瘪？她闺蜜不仅二二的，眼神肯定也不太好。

两人听完评弹，买了松子糕回家。

"对了，早上听唐叔叔说你外公要回来了？"

这个问题，江锦上早就想问了。

"嗯。"唐菀提起这个，还是挺兴奋的。

"外公和外婆都健在？"

"都在。"唐菀一笑，"我还有个小姨妈？"

"小、姨妈？"江锦上眼皮突地一跳。

他没调查过唐菀外公一家具体情况，所以对成员构成并不清楚，他记得唐老之前说唐菀母亲是独女来着？见鬼了，哪里蹦出来的小姨妈？

可仔细回忆老爷子那时说的话，江锦上才悉知，他说的是：

【当时他们家就这么一个孩子……】

可没说现在有没有啊！

"你母亲走后，又生了一个？"江锦上试探着开口，独女没了，再要一个很正常。

唐菀笑着："没有，我妈走后，外婆身体很差，就是想要也不可能，也没打算再生养，小姨妈是抱来的，我给你看看照片。"

她说着从手机里翻出一张合影，背景是一棵圣诞树，只有唐菀和一个女孩，两人穿着同款毛衣，戴着鹿角帽。

江锦上随意扫了眼唐菀身侧的人，还是觉得自己眼光是最好的。

"你小姨妈看着不大。"

"比我还小一岁，我们关系很好，我的英语口语都是跟她学的，她是拿了全额奖学金……"

江锦上只听到一个比她小，没听清她后面说了些什么，关于这个小姨妈的一切，他都没什么兴趣。

江措坐在副驾，低头闷笑着，小姨妈？什么鬼……一想到以后他们爷这种人物，要冲着一个比她小的丫头喊小姨妈，那画面……哈哈！

江锦上搓着手指："她这次也要回国？"

"不太清楚，国外休息放假时间和国内不太一样，晚些我打个电话问问。"

江锦上偏头看向窗外：小姨妈什么的，不回来也行。

而此时一架越洋飞机已经起飞，目的地——平江。

入夜凌晨一点多，飞机才缓缓降落在平江机场。

"太晚了，先找酒店住一晚吧，明天再去姐夫家。"说话的人也就二十出头的模样，高挑清瘦。

"行啊。"

不承想隔天一早，他们抵达唐家时，还没看到唐家人，倒是先碰到了别人，惹了出闹剧。

其实江锦上心底一直有疑问：这唐家老爷子是年纪大有些古怪，甚至有些小孩子心性，年轻时也是出了名的好先生，唐先生更是个斯文的人，就是陈妈，说话都很讲究。一家斯文人，唐菀这如烈酒的性子，到底是遗传了谁……

直至看到这家人，他可算明白了一二。

第十章
因为喜欢，才亲你

天微亮，新月东悬，繁星无几，只有启明星分外惹眼。

一个老人双手负于后侧，穿着件中山装，穿堂弄巷，后侧还跟了个二十出头的女孩。

"也就一年多没回来，咱们平江变化还是很大的，我记得这里早上有炸油条卖煎饼的，现在也没了。

"还想给菀菀带一份糯米藕，那家店却怎么都找不到了。

"我也老啦，这才走了几步路啊，你看我手上这汗。"

老爷子边说边往前："你说我们去得是不是太早了，他们家都没起来啊。"

"不会，唐叔经常带着鸟儿早起晨练，有时五点就出门了。"女孩声音清脆。

"我这一到平江，就激动得睡不着。"

两人还买了一些早点，步行前往唐家老宅，快到门口时，也就五点一刻，只是还没等靠近，隔着很远就看到一个人在唐家门口徘徊。

晨间起了点雾，远处灰蒙一片，只能依稀看到个人影，走得近些，才辨出是个男人。

"这是谁啊？一大早来找人？"老爷子眯着眼。

只瞧着那人左右张望，没直接敲门，而是走到一侧，伸手摸了摸矮墙，又不知从哪儿搬了个谁家不用的大花盆放在墙下。

只是花盆仅有半尺，他矮胖的身子踩上去，想攀爬矮墙，也不是件容易的事。

唐家老宅是比较老派的院子，周围的墙都不高，如果身体矫健的，徒手攀爬都不是难事。

只是这么多年,平江治安一直不错,很少发生翻墙盗窃的事,而且很多人家院子里养了狗,贼人一进去,只怕没偷到东西,就会被狗给咬下块肉。

"这……"老爷子眯了眯眼。

而他身侧的人却第一时间先拿出手机,拍了两张照。镜头聚焦,透过雾色,倒是让她彻底看清了那人的脸。

只是没等她开口,身侧的老爷子已经快步上前:"嗳——你干吗呢!偷东西啊。"

"死老头,给我滚,别多管闲事!"

老爷子年纪大,眼神本就不好,离得虽然近,可那人又面对着墙,他倒真没认出来。

"现在的人,做贼都这么嚣张?你小心我报警抓你!"

那人双手正艰难地攀附墙头,兴许是被他说的报警二字刺激到了,激动地破口大骂:"你给我老子滚,我干什么关你屁事,这又不是你家。

"你再多管闲事,小心我下去揍你。

"真晦气,一大早碰到这么个老不死的东西!"

……

老爷子气得刚想上前,一个身影比他更快地冲出去,直接抬脚,将那人垫在脚下的花盆给一脚踹翻了。

男人脚下没了支撑,双手又没扒住墙头,猝不及防,身子后仰……

伴随着花盆的滚落声,他的身体"嘭——"地砸在地上。

伴随着凄厉的惨叫声,门内的画眉开始唧唧啁啁叫起来。

"嗷——"这老巷子的地面,都是青砖石铺的,僵硬冰冷,擦皮蹭肉,疼得男人龇牙咧嘴。

幸亏天冷穿得多,若不然这一下,他不摔得头破血流,也得砸得屁股开花。

"你们谁啊,逞英雄多管闲事是吧!老子今天非让你知道我的厉害!"他从地上摸爬起来,抄起某家靠在墙边的扫帚。

"呦,这……"老爷子蹙眉,有些担忧。

女孩倒没说话,把手中提的早点递给老爷子:"爸,您站远一点。"

不待老爷子开口,这男人抄着扫帚柄已经扑过来,抡起就朝着女孩身上打,只是他刚被砸了下,浑身没什么劲儿。

女孩略微侧身,就躲过了!

"你有本事别躲,敢阴我!"男人叫嚣着。

手中有了武器,他心里有底气,抢着扫帚,嘴里还骂骂咧咧,一口一个老不死,满嘴臭丫头……

这一下扫过来,女孩真没躲,瞅准时机,直接一脚给踹了过去!

力道极大,踹得又凶又狠。

这男人扑过来也没收着力道,猝不及防被一踹,借力打力,身子直接撞翻在地,又砸到刚才摔倒的地上,新伤旧患,疼得他龇牙咧嘴。手一松,扫帚都抓不住。

而女孩走到他身边,抬脚碾了碾扫帚柄,勾脚,弯腰,抬手,抓住扫帚!

"你干吗,你想干什么……"男人吓蒙了,哆嗦着从地上爬起来,可紧随而来的,后背就被砸了一记闷棍。

"嗷——"

这扫帚还是实木的,一棍下去,钻心疼。

"臭丫头,你是不是疯了,啊——别打了,我求饶还不行吗,你别打了,姑奶奶,算我求你了。"

……

男人声嘶力竭的叫喊声,吓得画眉也跟着叫唤。

门里门外,一人一鸟,声音此起彼伏,倒是莫名有些和谐感。

此时唐家人也被惊醒了,就连唐菀都噌地从床上跳起来,连外套都没穿,裹着睡衣就往外跑,以为出什么大事了。

江锦上出去时,只看到她穿着睡衣往外走的背影,略微蹙眉,拿了两件外套,看着江江也下了床,叮嘱江措看着他,才匆匆跟上。

唐云先是最先到的,老爷子年迈,动作慢,碰到江锦上,才由他搀扶着出了门。

到了门口,天色微微亮。

江锦上只看到一个穿着红色大衣的女人,抄着扫帚,抽得一个男人抱头鼠窜。

男人看到唐云先,朝着他扑过去:"姐夫,姐夫!救我!这是个疯婆子!"

这人不是别人,却是张德福。

255

"真倒霉，我来我姐夫家，关你屁事，你个疯女人。"张德福一看唐家人都出来了，以为靠山到了，试图躲在唐云先后面，寻求庇护。

"你姐夫家？"女孩第一次开口说话，声音又清又脆。

"不然呢！我告诉你，等会儿我要去验伤，不赔了钱，你别想走。"张德福叫嚣着。

女孩没作声，而是看着唐云先："这是你妻弟？"

唐云先还穿着睡衣，看了眼张德福，直接说："不是。"

"唐云先，你别瞎说啊，我和你……"

张德福此时浑身骨头都要被敲断了，扶着腰，佝着背，满面凄凉，鼻涕眼泪都要被打出来了。

"我和你姐姐已经离婚了，你和我自然没有任何关系。"唐云先说得很直白。

"唐云先，你……"张德福气急败坏，而那个女孩却紧盯着他，"你看什么看，就算离婚了，那我和他也是认识的，我来找人，关你屁事啊。"

"找人？"女孩轻哂。"我还没见过有人找人，不是从正门走，而是翻墙而入的。这自古翻墙的，不是偷人的，就是做贼的。就算是被人误会，路见不平，难道不是你活该的？"

张德福气急败坏，这到底是从哪里钻出来的臭丫头，手狠，还牙尖嘴利的。

"翻墙？"唐云先蹙眉，"你一大早，来我们家做什么？"周围一些邻居也被这么大的动静惊扰起来，纷纷开门，伸头张望。

此时天色已然大亮，薄雾退去，巷子里的人影景物看得也越发清晰。大家可能觉得这女孩眼生，不大认识，只是瞧着站在她后侧的老爷子，有人惊呼了一声："这不是沈老嘛！您怎么回来了？"

沈……

张德福定睛眯眼，刚才被打蒙了，哪里还有闲心看来的人是谁。

此时看到远处那位老爷子，顿时脸色发白。

这邻居间倒是嘀咕了起来。

"这什么事啊，两个亲家遇到了？哎哟，这有点尴尬吧……"

"这一大早，这个时间点遇到，也太巧了。"

"张德福可不是个好东西，无耻又流氓，只怕待会儿又要闹出不小的动静，这姑娘怕是要吃亏的。"

"沈家的人啊，这事儿，谁吃了亏还不一定……"

雾色渐散，人影清晰。

江锦上扶着唐老出来时，明显感觉到唐家人表现不大对劲，原以为是看到张德福愤懑诧异，对于门口手持扫帚的女孩，并没多关注。

此时听到邻居议论唐家的亲家，再结合这女孩的模样年龄，这大概就是唐菀口中的小姨妈了。

女孩穿着红色风衣，低领束腰，长发松松一扎，露出一截白皙的脖颈。白如玉，黑若墨，红衣艳而不俗，身材清瘦，显得异常明艳。

"小姨妈。"唐菀低低喊了声。

她冲着唐菀笑了下，如梨花漾春水，干净得没有一丝杂质。模样不是拔尖儿的那种娇俏，胜在周身那股子气质，虽然看着平平淡淡，可眉眼之间透着一股子洒然和倔劲儿，让人很难忽视。

其实张德福不认识他们并不奇怪。

本来他身份就很尴尬，而沈家又侨居国外，不在平江，就算回来，他家也很懂分寸，不会和张家人碰面，免得尴尬。

只是老宅边上，住的都是老邻居，就算这沈家出国一二十年，沈老的面孔肯定是认识。

张德福也没想到这是沈家人，想起自己刚才大放厥词，一时颇为尴尬。

"小姨妈，这到底怎么回事？你们怎么会……"唐菀打量着他们。

"我和父亲过来时，正看到他鬼鬼祟祟要翻墙，父亲问了一句，他就破口大骂，我不过维护父亲，他就拿东西打我，我不过是正当防卫。"

她语气轻描淡写。

"分明是你先把我踹下来的！"张德福气急败坏。

"那不是因为你辱骂我父亲？做子女的，谁受得了这个。"

"你……"

"如果不是你翻墙，我父亲也不会多问，毕竟天没亮，你又长得不像个好人，贼眉鼠眼的，就算这是你自己家，也难免惹人怀疑吧。"

江锦上站在后侧，略微挑眉。

这嘴……是真厉害！估计黑的都能被她说成白的，况且这整件事，的确是张德福有错在先，所以他更没法申辩。

唐云先蹙眉："你到底来我们家干吗？"

"我……"张德福咬牙，目光一转，看向了唐菀。

"你看我做什么?"

唐云先却冷冷一笑:"上次过来,就让你滚了,这次居然学会翻墙了?又被追债,这次是准备做贼了?"

张德福急着要钱还债,追债的人扬言要剁他手。

他知道唐家有钱,就是客厅墙上挂的画拿出去也能值上不少钱,这才动了歪心思,趁着天没亮,翻墙而入,不承想被沈家人碰到了,这才闹出了事情。

周围的街坊邻居交头接耳,议论纷纷。

"不要脸的东西,凭什么给他钱,不给就来偷?都四五十岁的人了,也不觉得害臊。"

"我看报道,还以为他改过自新,没想到是狗改不了吃屎!"

"真是又脏又龌龊,败类,人渣。"

……

周围邻居直斥他做人昧良心,不配做人,让他滚出这里!

张德福觉得没脸,灰溜溜地跑了。

由于是工作日,大家都忙,闹剧发生后,邻居略微讨论几句,就各自散了,就算是有闲言碎语,大多也是斥责张德福不是个东西。

唐老这才拉着亲家的手往屋里走。

一行人刚进屋,江锦上转头,就对上了沈家老爷子打量的目光,不卑不亢,笑着和他打了招呼:"沈爷爷。"

沈家这位老爷子面容和善,穿着笔挺的中山装,最起码也六七十的年纪了,看着也就五十出头的模样,精神矍铄。

他长得不似唐老那般瘦削,略微有些发福,却不胖,看着倒是慈祥和蔼。

只是刚才江锦上已经听邻居议论半晌,约莫也清楚,这沈家人个顶个的厉害,对他态度也越发恭敬。

"你们过来怎么不提前说一下啊。"唐老笑道。

"是啊,爸,您怎么过来也不说一下,我好去接您。"唐云先说道。

沈老爷子无所谓地笑着:"又不是什么贵宾,你这里开车去机场,来回都要三四个小时,费那个事儿干吗,我昨天夜里到的,知道你们肯定睡了,就没打扰。"

"刚回来,我这兴奋得睡不着觉,天没亮就过来了,也没想到会碰到他。"

"对了,我给你们带了早餐,有点凉了,要热一下。"

陈妈去热早点,除却两位老爷子在聊天,大家都各自回屋换衣洗漱。

唐菀和江锦上并肩而行,忍不住打了个哈欠。

"怎么?还没睡够?"

"有点儿,最近工作也挺累的。"

"江江昨晚又去闹你了?"

"不是他,我朋友,很久没聊天了,视频说了会儿,又缠着我聊了很久,说是12月底了嘛,公司要做业绩,她都忙死了,好不容易抽空聊会儿天……"

唐菀自己絮絮叨叨说了半天,却发现身侧的人没反应,偏头看了眼,略显抱歉地说:"我是不是话太多了?"

江锦上没说话,只是忽然靠近,手伸过去,从她发顶拂过,将几根略微杂乱的头发顺到后面。

初冬的清晨,连风都是凉的,只是他指尖是温热的,从她头顶轻柔拂了两下。

"我头发很乱?"唐菀听到外面的动静,是直接跳下床冲出去的,哪里还顾得上形象,此时才胡乱伸手扒拉了两下。

"还好。"江锦上笑道。

唐菀闷声点头,可能是心理作用,照不到镜子,她总觉得自己肯定是蓬头垢面,女为悦己者容,难免觉得难堪。

"怎么不说话了?"江锦上偏头看着她。

"我一直在说我和闺蜜的事,可能有些无趣。"

"没事,我喜欢听你说话。"江锦上的声线永远是舒缓轻柔,自带三分暖意,"而且……我也想多了解你一些。"

唐菀这一大清早,脑袋本就晕乎乎的,被他这话一暖,心底莫名塌陷几分。

手指扒拉着头发,无意碰到耳垂……一片滚烫。

"对了,你那个小姨妈……"江锦上语气似乎有些意味深长。

唐菀也知道,初次碰面,就是这种情况,江锦上肯定觉得她小姨妈是个很彪悍的人,立刻出声解释:"其实我小姨妈——沈疏词人很好,虽然比我小一岁,可是很照顾我。"

"那个张德福是个什么人,你也清楚,当时肯定不只是辱骂外公这么简单,说话定然极其难听,小姨妈才动手的。她平时真的很温柔。"

江锦上点头:"我知道,只是看她打人的模样,好像练过。"

"其实现在很多人都想出国,但国外并不见得就很安全,所以她特意学了一点防身术。"

"这倒是真的。"

有些国家私人可以拥有枪支,如果一旦引发事件,那死伤就会很惨烈。

"而且我会的那点三脚猫东西,也都是她教的。"唐菀笑道,"她说女孩子学点防身术肯定有用,逼着我练了几招。"

江锦上点头,原来唐菀会的东西,居然都是她教的。

不过听唐菀描述,加上门口他的观察,江锦上几乎可以断定,这个小姨妈应该不像张家人那般会作妖,只是是敌是友,就难说了。

唐菀不想让江锦上觉得自己小姨妈真的野蛮暴力,和他解释了半天,江锦上认真听着,似乎是在思索什么……

他在想什么?想我的小姨妈?

唐菀抿了抿嘴,伸手拢着头发,看不透他的心思。

两人到了院子,各自回屋。

江锦上到房间时,江江已经回来了,正踩在小凳子上,照着镜子认真刷牙,翘起的头发一晃一晃的……

像个刺猬。

见到江锦上回来,才急忙漱口:"二叔,外面怎么啦?"

"没什么,姐姐的外公和小姨过来了,待会儿出去记得叫人,别失礼了。"江锦上叮嘱,张德福的事肯定不会告诉小孩,没那个必要。

"姐姐的外公和小姨……"江江眼睛一亮,"那我一定要好好表现一下。"

江锦上看着他快速洗完脸,就开始翻找衣服,还急着让他给自己抓抓头发,弄个发型,收整得利利索索,跟着江锦上去了前厅。

客厅内,小姨妈正陪着两位老人聊天,许是知道家里有小孩子,看到江江也并不觉得诧异。

"唐爷爷好,沈爷爷好,沈姐姐好!"

"来我这里坐!"唐老心情不错,眉开眼笑,招呼他过去,"江江啊,你这称呼有问题啊,这位呢,是你唐姐姐的小姨,你再称呼她姐姐,这辈分都乱套了。"

"可是奶奶说，比我大的漂亮女生，都应该叫姐姐啊，难道您觉得她长得不好看？"江江眨眨眼，说得格外认真，倒惹得一屋子人哄笑。

"这小嘴真甜，难怪刚才一直说他可爱讨喜。"沈老笑着。

"沈爷爷您也非常帅气！"

"我这年纪，还帅气？"老爷子嘴上这么说，脸上的笑容却逐渐加深，谁不喜欢听漂亮话啊。

沈家来人，唐云先特意在外面的餐厅定了位置。

大圆桌，都很熟，坐哪里没那么多讲究。

"菀菀，坐外公这里！"许久未见，沈老爷子自然想和外孙女多亲近。

两家人难得聚在一起，肯定要喝点酒。

唐老不能喝，只能郁闷着看着一群人推杯换盏，倒是唐菀，与沈疏词之间虽然隔了辈分，感情却极好，也端着酒杯，多喝了几杯。

唐菀本身酒量很好，喝几杯肯定没问题，大家也就没管她，只是再回过神，才发现她似乎喝多了。

结账离开时，唐菀身子虽然有些趔趄，可尚存理智，沈疏词扶着她，两人上了同一辆车。

唐菀喝了太多酒，回到老宅，沈疏词扶她回屋休息。

因为住在一个院子里，江锦上和江江都在。

"姐姐没事吧？"江江趴在床边，伸手摸了摸她的脸，"脸好烫啊。"

"酒喝得太多了，所以小孩子千万不能喝酒，知道了吗？"沈疏词笑着捏了捏江江的小脸。

一天相处下来，这孩子倒是不错，讨喜又机灵。

唐菀整个人裹在被子里，脸烧得通红，似乎是醉得不省人事了。

"五爷，我们出去吧。"沈疏词安顿好唐菀，她自己离开，肯定也不会把江锦上留下。毕竟孤男寡女的，不太合适。

"嗯。"江锦上点头，反正沈疏词只要一走，他照样可以回来。

只是他没想到，沈疏词紧接着说了句："我听菀菀说，你对清史很有研究。"

"还行。"

"那你对我们家菀菀呢？"

261

江锦上没想到她问得如此直接，只是一笑。聪明人之间，大抵不需要说太多，沈疏词看得出来他对唐菀不一般，也是多此一问。

沈疏词看了他一眼，回屋看向江江："江江，很晚了，你也该睡觉了，不要打扰姐姐休息。"

江江很乖，听了这话，还帮唐菀掖了下被子，这才走出来。

"今晚要不要跟我睡？"沈疏词弯腰，捏了捏他的小脸。

"二叔？"江江看向江锦上，征求意见。

"不要给她添麻烦。"

"好。"江江笑着拉住沈疏词的手。

两人离开时，沈疏词扭头看了眼江锦上，只说了句："别辜负她。"

他们刚离开，江锦上连装装样子、做做戏的心思都没有，毫不犹豫地直接去了隔壁。

他推门进去时，唐菀并没躺在床上，而是正从洗手间出来，一手扶着墙，脸红得不自然，脚步趔趄着，看到江锦上，似乎有些诧异。

"五哥——"

她声音本就温软，喝了酒，烧了喉咙，嗓子眼燥得冒烟，说话更小意缱绻。

"感觉怎么样？"江锦上随手关了门，"你今晚到底喝了多少……"

话没说完，唐菀身子晃了晃，脚下趔趄，整个人直直往前栽去。

"菀菀！"

江锦上瞳孔骤缩，快步上前，在她即将摔在地上时，迎面托住她，瞬时将人搂进怀里，双手自然交叠，扶住她的腰和后背。

他心脏猛烈跳动着，略微平复后，一时间没敢乱动。

而唐菀此时也不是全然失去了知觉，双手本能想抓着依靠，拧紧了江锦上腰侧的衣服，人几乎是无意识地靠过来。

呼吸急促，灼灼烧人。

"菀菀。"江锦上压低了声音。

此时碰触她，才觉得她身体热得不寻常，她今晚虽然喝了不少酒，可她酒量不差，按理说不至于醉得不省人事。

他碰了碰她的胳膊手腕，继而伸手摸了摸她的额头。

手心温度相比较唐菀高热的额头，定然是清凉舒爽的，她下意识蹭了蹭，就像一只乖顺的猫。

"是不是头疼,浑身都没劲儿?"

这八成是高烧了。只是因为喝了酒,她浑身发热的迹象刚才就被掩藏了,倒是没人察觉,得亏他过来看了眼,要不然这熬一整夜,指不定把人烧成什么样。

"五哥……"唐菀头抵在他胸前,双手攥着他的衣服。

"怎么了?不舒服?"

"唔——"唐菀脑袋迷迷糊糊的,也不知道自己在做什么,在他胸口蹭着,无意识呢喃着,"难受。"

她此时头疼脑热,怎么可能舒服。

她的额头热得烫人,烧得江锦上心口处,都隐隐发热。

再怎么说,他也是个正常男人,她这种举动,很难让人不失了分寸。

他伸手揉了揉她的头发:"房间有药箱吗?"

"唔?"唐菀仰着小脸,似乎不知道他在说什么,她的脸烧得通红,眼尾都染了层热,看着他,眼底似有水汽。

江锦上喉咙有些发紧,此时看她这般模样,哪里还有心思想别的,什么理智、克制,全都溃不成军。

"知道我是谁吗?"他声线越发温柔。

"五……唔——"

唐菀整个人都是迷糊的状态,眨了眨眼,似乎没缓过神。

他手指扶着她的后脑勺,揉了揉她的头发,偏头又啄了一下。

"为什么?"唐菀声音很轻。

"什么?"

"为什么要亲……"

"因为喜欢,才亲你。"

唐菀脑子是彻底晕的,只是看着他又凑了过来,唇角被什么碰了下。

好似初夏的惊蛰……

唐菀心脏陡然一紧,手指更紧地拉住了他的衣角。

江锦上已经看到了唐菀房间的药箱,将她抱上床,才翻找药箱,拿了温度计给她测温,继而找出退烧药。

唐菀烧得太厉害,虽然也乖乖吃了药,可药效反应并不快,江锦上只能拧了毛巾,给她进行物理降温,她半梦半醒,意识全无。

江锦上又给周医生打了个电话。

周仲清此时已经回京准备给唐老手术的事宜,他这两天连续做了四台手术,好不容易今天早点下班,天没黑就拉上窗帘睡了。

江锦上的手机铃声是特别设置的,与旁人不同,周仲清脑子嗡然作响,以为他出事了,几乎是直接从床上跳起来:"喂——"

"周叔。"

"哪里不舒服?"他已经掀开被子,准备下床穿衣服随时去平江了。

"不是我不舒服。"

"那是唐老?"

"不是,是菀菀。"

"唐小姐?"周仲清拿衣服的手指顿了下,"她怎么了?"

"高烧不退。"

周仲清:"……"

他在医学界,就算不是什么权威,那也称得上专家吧,他每天经手的都是什么病人啊,那都是疑难杂症,你现在……感冒发烧也来找我?

"那现在她情况如何,有什么症状,吃过什么药?"周仲清还是耐着性子问了。

江锦上描述完,他才打着哈欠说:"没什么大问题,安心等她烧退了就行,这是需要时间的,如果一个小时还没效果,你再……"

挂了电话,又守了一个多小时,唐菀温度的确有所下降,江锦上才长舒了一口气。

想着早上她穿着睡衣就跑出门,这毕竟是冬天了,只怕是那时候感染了风寒,加上又喝了不少酒,这身上肯定更不舒服。

约莫十一点,她发了一次汗,整个人蜷缩在被子里,嘴角被烧得干涩发白。

"菀菀,喝点水。"江锦上记得周仲清说,发烧会让人丢失很多水分,可能的话,让她多喝点水。

可唐菀此时早已烧得云里雾里,不知今夕何夕,对他说的话完全无动于衷。

江锦上迟疑着,端着水杯,自己含了口,低头靠近……

这种喂水喂药的方式,电视上经常有,江锦上以前住院无聊时看过一些,觉着做作又矫情,现在看来,有人一直拍,还一直有人爱看,也是有道理的。

唐菀这一夜睡得很不踏实，身上发了几次汗，脑子混混沌沌的，都是江锦上的影子在转。

翌日，京城江家，周仲清已经联系好了医院，唐老的身体，肯定要提前住院，这期间，江夫人一直打电话关心进度。

所以有什么情况进展，周仲清也会第一时间告知她。

"夫人，我建议还是提前过来比较好，到这边可以给唐老的身体做个更加全面的检查，然后再根据他此时的身体情况对手术方案进行调整……"

江夫人笑道："周医生，您做事我百分百信任，不过手术的话，您把握多大？"

"手术都有风险，不过您放心，我会尽全力的。"

此时正准备上班的江宴廷从楼上下来，与客厅两人打了招呼："妈，周医生。"

"对了，我正和周医生商量唐老过来看病手术的事。"江夫人冲他笑道。

"嗯。"

"唐家一家三口，加上你弟弟，还有江江，这老弱病残，拖家带口的，也来京城是不容易……"江夫人说着，还颇为无奈地叹了口气

老弱病残？某人刚坐下，准备吃早餐，听到这话，眼皮一跳。

直觉告诉他：事情并不简单。

"你们公司最近不是不忙吗？你看他们家照顾小五和江江那么久，不如你去平江接人吧。"

"我们公司挺忙的！"江宴廷立刻回绝。

"工作是忙不完的，平江那地方很不错，你看你最近熬得都瘦了，我看着都心疼，正好去散散心，就当旅游度假了。"

江宴廷语塞，话说到这个地步，他还能说什么！

"其他事你不用管，机票什么的，我给你订，你只要负责把人平平安安带回来。"

"我都差点忘了，马上学生放假，又要开始春运了，这要抓紧时间订票啊。"

江夫人说着，都不给某人反应的时间，就把事情给敲定了！

此时他面包咬在嘴里,味同嚼蜡。

冬日的暖阳天,万物披露带霜。

唐菀醒来时,发烧加上酒的后劲儿,浑身肌肉都酸痛发胀,就连眼睛都觉得酸涩不已。

昨晚记忆涌入,喝酒,回家,蒙眬中她好像做了个梦,江锦上也在,他们好像还……

【因为喜欢,才亲你。】

她脑子瞬间炸了,下意识摸了摸唇角,各种记忆梦境真假交织,她几乎辨不出昨天发生的一切是否真实。

她不停想着,手指压着唇,却好似瞬间化为更轻柔的东西。

又热又软的。

在她唇边啄着,那股热意,瞬时窜遍四肢百骸,心跳陡然失序,浑身都热了起来,整个脸瞬时烧得通红。

应该是做梦吧,不可能的!

她和江锦上……

怎么可能!

她昨夜还梦到了母亲和奶奶,问她舒不舒服,让她少喝酒,那江锦上,可能就是个梦吧。

她双手撑着,挪了挪身子,余光瞥见床头水杯下压了一张纸,边上还有拆开的药盒,温度计。

那上面清晰记录了喂药时间,量体温,还有一些发烧的注意事项。

这是昨晚江锦上询问周仲清后,又担心忘记,特意在纸上做的笔记。

行草,肆意狂放,潇洒风流。

她请教过江锦上清史,自然认得他的字迹,她现在只能肯定,昨天晚上,江锦上的确来过,可后面发生的事,是真是假,她根本没法断定。

因为睡得比较迟,唐菀起来去前厅时,两位老爷子去小公园打太极,唐云先去了公司,沈疏词在陪江江下五子棋,而江锦上在逗鸟儿。

"姐姐!"江江最先看到了人,"你生病了?现在觉得好点了吗?"

唐菀生病的事,根本瞒不住,江锦上只说发烧,已经退了,对于他在唐菀屋里守了一夜的事,倒是只字未提。

一大早,唐云先和两位老爷子已经前后脚进唐菀房间看过,确定她无碍才各自去忙了。

房间里看着并没什么异常,江锦上并没说和衣照顾一夜,只说帮了点忙,大家以为可能就是拿了药倒了水,也没细想。

"嗯,没什么事了。"

"我看你脸上没什么血色,要不然再去医院看看。"沈疏词走过去,又伸手摸了摸她的头,确定正常才稍稍安心。

"真的没事,放心吧。"唐菀冲她笑着,继而看向江锦上,"五哥,昨晚是你照顾我?我看到你放在床头的便笺纸了。"

"嗯。"江锦上还想着,经过昨晚那几个吻,两人关系应该能突飞猛进了吧。

没想到唐菀客气地冲他一笑:"谢谢。"

然后……她偏头,抬手,逗了下画眉,转身就进屋,说饿了,要吃早饭。

江锦上:……

其实唐菀记得那几个吻,只是她整个人烧得云里雾里,不知今夕何夕,也不知是不是真的,也没办法贸然去问他。

如果都是自己的臆想,压根没发生过,江锦上该怎么想她?睡梦里,居然和他做了这种事?

太羞耻!

所以思来想去,唐菀还是决定先装失忆吧。

用完早餐,唐菀准备中午亲自下厨,约沈疏词去超市和菜场。

"我要倒时差,就不去了。"

唐菀皱眉:"你真不去啊?"

沈疏词伸手揉了揉脖颈:"最近太累了,一直没缓过劲儿,估计上了车我就睡着了,也帮不了你什么,要不然江五爷陪你去吧,毕竟是男人,还能给你提提东西。"

"五……五哥?"唐菀虽然打算对他装死了,可独处的话,心底也难免觉得尴尬。

"江五爷,菀菀就交给你了,她刚生完病,你多照顾点。"沈疏词直言。

"我也要去!"江江立刻举手。

"菜场又脏又乱,你去干吗啊,又不能帮忙提东西,在家逗逗鸟、玩玩泥巴多好。"

"我早就不玩泥巴了!"

几分钟后,某个小家伙趴在桌子上,几坨橡皮泥,也玩得津津有味。

车子行驶在去超市的路上。

江锦上靠在椅背上,一直在阖眼养神,唐菀却总是不自觉地想起昨晚的事,又不知道是真是假,又不好意思开口问。

可是那种感觉过于真实,越回味,越清晰,她时不时偷瞄江锦上,他看着很正常,就好像什么都没发生过一样,这让她更不知怎么开口了。

就在她又偷偷打量江锦上的时候,他忽然就睁开了眼,偏头看她,四目相对,空气都好似瞬间凝滞了。

"在看什么?"

"没、没什么。"

江锦上和她想的一样,他不确定唐菀是否记得昨夜的事,一时也不敢贸然开口,要是把人给吓跑,就得不偿失了。

唐菀悻悻笑着:"我只是想问一下昨晚的事,我怎么就发烧了,你照顾了我很久?我记得你和小姨妈好像……"

"我和你小姨妈怎么了?"江锦上转身侧头,认真看她。眼神深沉,有些烫人。

"没、没什么……"

唐菀话音未落,江锦上忽然倾身过去,她瞳孔微怔,身子本能向后,可车厢本就不大,她后背贴在车门上,人就被他锁在了身下。

江就开着车,扶了扶墨镜,江措则恨不能往后张望,又不敢!

"五、五哥……"唐菀不知他想干吗。

江锦上却忽然伸手,抚上她的额头,似乎是想试一下她的体温,也许是觉得用手测温不太准确,整个人略微往前一些,将自己额头贴在了手背上。

两人额间,只隔着一只手。

他指尖温热,可手心温度极高,似乎还带着一点潮热,唐菀体温早就降了下去,被他这么一搞,整个身子又好似要烧了起来。

靠得太近,她背着车窗,逆着光,而江锦上却正对着车窗,阳光裹挟着斑驳陆离的景物光影,在他脸上跳动着。

好看得让人惊艳。

"好像是不烧了。"他昨天熬了一宿,嗓子自然嘶哑。

"那昨晚是你发现我生病?"唐菀试探着开口。

"我看你不太舒服,原本就是想过去看看,没想到发现你脸红得不正常,帮你测了体温,确定是发烧了。"

"那我们昨晚……"话到了嘴边,字眼在舌尖打转,她却不知怎么开口。

"昨晚怎么了?"江锦上也在试探。

两人的斡旋,就看谁先憋不住了。

"没什么。我只是昨晚梦到我妈和奶奶了,我还以为是她们在照顾我。"

奶奶?江锦上搓动着手指,你奶奶会嘴对嘴给你喂水?

可他这心底饶是憋闷,也没法子。

沈家人并未在平江滞留多久,待了三天搭乘最早的航班就回去了,想等唐老去京城做手术再回来。

老爷子却直接说:"我可能年后才做手术,你们不必来回折腾。"

沈老不断叮嘱唐云先和唐菀,有情况随时通知他,可上京时间定下来之后,他们却没通知沈家。也是不愿他们来回折腾。

手术定在腊月中旬,不过上京时间则定在了冬至后第二天。

北方寒潮来袭,平江气温骤降几度。

冬至当天,早起上了大雾,唐菀出门时,手机还收到了平江地区大雾黄色预警。

"菀菀,出门注意安全。"老爷子叮嘱,"要不就等雾散了再出去。"

"事情太多了,我怕忙不过来,晚上还要收拾行李,时间太赶了。"

唐菀说着,拿着车钥匙就往外走。

要见陈经理,说一下工作的事,最主要的是要给江家人选礼物,带特产,她旁敲侧击咨询过江锦上家中每个人的喜好,不过最后还得她自己去选。

除却江氏夫妇,江锦上的大哥,江家老太太还健在。

这位老太太,江江倒是提过几次,江锦上却极少提及,也不知道是不是祖孙关系不好,她没细问,不了解就连选礼物都不知怎么下手。

一隅茶馆,唐菀到包厢时,还没到唱评弹的时间,茶馆分外幽静,陈经理已经给她泡了茶。

"大概要去多久?"

"不一定，得看爷爷手术恢复的状态，如果顺利，年前就能回平江。"唐菀喝了口热茶，"工作室那边怎么样？"

"挺好的，你就安心带爷爷去看病，这边不用担心。"

唐菀工作室这边有许多事要交代。

而江锦上此时正在书房，盯着江江补作业。

前几日沈家人过来，江江跟着吃喝玩乐，布置的作业，一天拖着一天，这马上要回京，还有5天的任务量。

"二叔，能不能歇一下再写？"小孩子没几个喜欢写作业。

"你今晚是想熬夜？"

江江瘪瘪嘴没说话。

"不写也行，反正回家，检查作业的是你爸。"

江江立刻握住笔，低头写作业。

而此时江措敲门进来，靠在江锦上耳边，低声说了两句话，他神色微动："江江，你认真写作业，我出去一下，回来检查。"

江锦上一走，某个小家伙甩开笔，立刻开始放飞自我……

反正没人盯着他，先玩一下呗。

他此时哪里知道，自己的老爹已经到了平江城。

"哥，怎么是你亲自来了？"

江锦上是得知大哥到了，这才出去相迎。

"来接唐老上京看病。江江怎么样？还听话？"

"嗯，正在写作业。"

殊不知此时的江江，正抱着平板，在玩超级玛丽。

唐云先在公司，老爷子马上要去京城了，也舍不得小公园里平日一起下棋逗鸟的老伙伴，出门遛弯顺便和他们告别。

所以唐家人都不在。

陈妈瞧着江宴廷到了，热情招呼他进屋："您先坐着喝点茶，我立刻给老爷子打电话。"

"不用特意通知他，我想先去看看江江。"

"江江在东院，我带您过去。"

"不用，您忙。"

江锦上轻笑："这么突然过来，是想给江江一个惊喜？"

"这小子性子野，如果不是突击检查，我怎么可能知道他在干吗？"

都不是脚步很重的人，到了院子里，也没什么动静。

江江压根不知道自己父亲来了，此时正盘着腿坐在椅子上，手指不停划拉着平板，玩得津津有味。

不停戳着屏幕给一侧的江家人看："快看，又赢了！"

殊不知……

此时一个人影，猝不及防从窗口探了进来，江家人还算很有戒备心的，第一时间就注意到了，瞳孔微怔，吓得脸都白了，下意识想提醒江江，却被江宴廷一记冷眼给呵斥住了。

他只能难受地低声咳着嗓子。

"嗳，我跟你说，这一关特别难，哎呀——好可惜，没吃到变大的蘑菇。"

"咳——"

那人清了下嗓子，又不敢太大动静。

"现在几点了啊？二叔是不是应该回来了……"江江玩游戏也是很忐忑的，按下暂停键，他忽然仰着小脸，看向他。

"叔叔，能不能麻烦您帮我去门口放风啊，二叔要是回来了，您立刻跑回来通知我！好不好？"

江江说完，都觉得自己太机智了。

"咳——"那人又咳了一嗓子。

"您怎么了……"江江蹙眉，"嗓子里有痰？"

那人满头黑线，给他挤眉弄眼！

"痰卡嗓子了？很难受？"江江不解，"还是您拉肚子，想上厕所？"

"唔——"他眼睛往窗边瞟。

江江终于注意到了，晃一抬眼看过去，手一滑，平板落地，也不知碰到了什么，游戏又开始了，伴随着清脆悦耳的游戏背景声……

游戏结束。

江宴廷冲他一笑，江江吓得差点从椅子上滚下来，立刻收好腿，端正姿势坐好。

心脏怦怦直跳，三魂七魄都要被吓没了，原本因为玩游戏亢奋，还红艳艳的小脸，此时也是一片刷白。

当他推门进来时，伴着一股寒风，江江只觉得浑身都凉飕飕的，慌乱将所有没完成的作业藏在别的书下面。

"爸，你来啦！"江江跳下椅子，朝他扑过去。江宴廷弯腰，熟稔地托着他的小屁股，将人抱起来："好像胖了。"

江江笑得心虚。

看得出来，这小子在平江过得很滋润。

唐家没有小孩子，唐老每天也没别的事，带着他穿街弄巷，到处吃喝玩乐，怎么可能不胖。

"你二叔说你在写作业，怎么在玩游戏？"

"我……"江江毕竟是孩子，刚才已经被吓得魂飞魄散，脑子再灵光，一时也想不到什么方法应付他。

而某人却直接说道："每天也不能总是写作业，劳逸结合也是很重要的。"

"嗯，劳逸结合。"江江太小，这脸上藏不住事情，满脸都写着两个字：心虚！

此时看他父亲提起劳逸结合，笑得那叫一个狗腿谄媚，以为眼前的危机，大概是能平安度过的。

他那点小心思，怎么可能逃过江宴廷的眼睛，接下来他的一句话，就把江江彻底吓蒙了。

"那你在玩游戏，肯定是作业写得差不多了，待会儿拿过来给我检查一下。"

江江笑着，那小表情简直比哭还难看。

一听说要检查作业，江江身子还忍不住抖了下。

"怎么了？"江宴廷抱着儿子，低声问，看着倒像个合格的父亲。

"有点冷。"江江借着搂他脖子的工夫，不断给后面二叔发送求救信号。

江锦上：不在服务区。

江江咬唇：哇！关键时刻掉链子！

"爸，你累不累？"江江立刻小狗腿的模样，挣扎着下地，"要不我给您捶捶肩。"

江宴廷只拍了拍江江的小屁股："去，把作业拿来。"

江江只能硬着头皮走到桌子前，磨磨蹭蹭地收拾作业本。

某人也不急，他就慢条斯理地等着。

"别慌，慢慢整理，反正我有的是时间等你。"江宴廷声音低沉，不怒自威。

尤其是此刻好似已经看穿一切,就等着江江送死的模样,更加吓人。

唐菀回来时,看到的就是这幅景象。

江宴廷一身黑长款风衣,称体精良,一副精英做派,端是坐着不动也挺吓人,也难怪江江这么怕他。

有江宴廷帮忙,上京事宜自然被安排得更加稳妥。

唐家人此番上京,可能会逗留一段时间,虽说到了京城,很多东西能就地购买,可收拾行李也不轻松。

唐菀原本只想带一个行李箱,却莫名其妙装了两大箱东西,最后还不够。

江江则低头补作业,一边坐着渣爹,一边躺着渣叔,他连偷懒都不敢,江宴廷手中拿着他的日记本,随意翻看着。

说是日记本,其实就是让他记录一下每天都在干什么,练习一下造句。

"江温言。"江宴廷将日记本扣在桌上。

江江一听他爸喊他大名,心底咯噔一下。

"你这是日记本?"每一页只有日期和天气。

"我还没开始写啊。"江江咬着笔头。

"不知道的,还以为你这本子是专门用来记录天气的。"江宴廷轻哂。

江锦上偏头看了眼,开口就补刀。

"内容可以胡编乱造,天气不行,所以先记录天气,其他的慢慢补呗。"都是从学生过来的,江江那点小心思,根本不够看的。

江江咬唇:这叔叔真的太渣了,不帮忙就算了,居然还扎他一刀。

而隔天一早,天气微凉,在江家人的帮助下,将行李装车上路,希望午饭前能抵达京城。

而此时京城江家,天刚亮,江夫人就起来忙活,又是让人把家里收拾干净,又是亲自出门买菜,最后则去老宅接了老太太。

江老爷子过世后,她原本和小辈都住在一起,只是她那些老朋友家里各个儿孙满堂,不是在讨论孙子娶媳妇儿,就是谁家来了个曾孙子……

她家倒好!

两个孙子,也算有福气,都是青年才俊,长得也人模人样。

偏生都不争气,是有个曾孙子吧,可她连孙媳妇儿的影子都没看到。

这马上要过年,又到了相亲旺季,前段时间为了逼江宴廷相亲,反正小曾孙也不在京城,就赌气搬回老宅住了。

她在气头上,以为江宴廷会来哄哄她,答应去见几个姑娘,算盘打得叮当响。

结果她从家中用人口中得知,他就说了一句话:"我也实在不想相亲,还是别去她面前,给她添堵了,等她冷静冷静就会搬回来的。"

老太太最疼小曾孙,就算此时不回,等江江回家,肯定也搬回来了。

一听这话,老太太气得差点没昏过去,憋着口气,愣是没搬回家。

这把年纪了,老太太也要面子,自己撂挑子走了,总不能就这么搬回去,一直想找台阶下,刚好唐家人上京,她就立马收拾东西回去了。

这江夫人来老宅接人,心底原本还有些忐忑,生怕老太太还不愿走。

或者不愿回去,当着唐家人的面,又和大儿子起冲突,那就不好看了。

心底忐忑着,没想到,刚进客厅,就瞧着行李都收拾好了……

老太太,一头银丝,穿着簇新的红紫色棉衣,衣服上绣着大团木槿花,戴着金边眼镜,手边放着拐杖。

显然就是在等她过来!